KB107649

두 번 결혼할 법

두 번 결혼할 법

2015년 12월 3일 초판 1쇄 펴냄

지은이 | 서철원 장마리 김저운 한지선 정도상 김소윤 김경나 황보윤 이병천
펴낸이 | 최병수
편 집 | 권영임
디자인 | 여현미

예옥등록 | 제2005-64호(2005.12.20)
주 소 | 〈122-899〉 서울시 은평구 진흥로 43-2, 101호(역촌동)
전 화 | 02) 325-4805
팩 스 | 02) 325-4806

ISBN 979-11-953594-8-6 03810

값 13,000원

이 도서의 국립중앙도서관 출판예정도서목록(CIP)은 서지정보유통지원시스템 홈페이지(http://seoji.nl.go.kr)와 국가자료공동목록시스템(http://www.nl.go.kr/kolisnet)에서 이용하실 수 있습니다.(CIP제어번호: CIP2015032377)

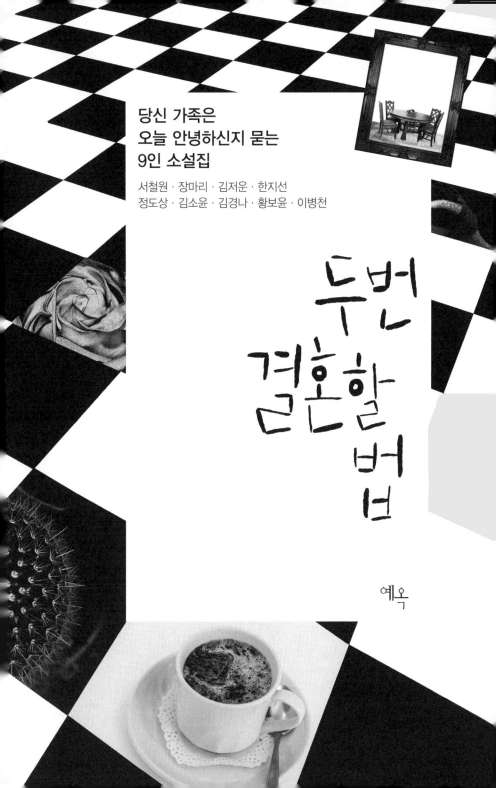

당신 가족은
오늘 안녕하신지 묻는
9인 소설집

서철원 · 장마리 · 김저운 · 한지선
정도상 · 김소윤 · 김경나 · 황보윤 · 이병천

두번
결혼할
법

예옥

차례 ◆

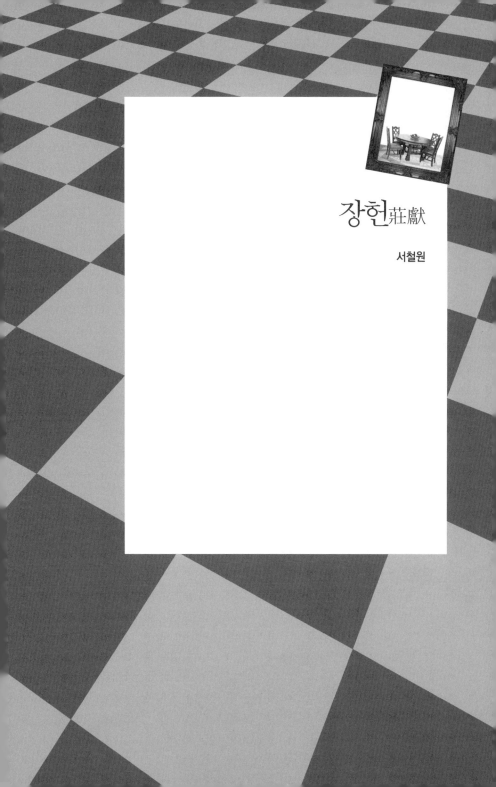

장헌莊戱

서철원

영조, 이금李昑

"하늘엔 탕탕蕩蕩의 별들이, 땅엔 평평平平한 사람들이……."

임금의 말 속에 천지는 까마득히 밀려나갔다. 하늘 모서리 끝으로 바람이 불어갔고, 멀리 별이 떠 있었다. 땅 위에 사람과 짐승과 물과 꽃들이 초연히 피어 있었다. 임금의 입속 하늘은 탕蕩 하나로 채워질 수 없을 것이고, 임금의 입속 땅은 평平 하나로 나눌 수 없을 시각.

임금의 눈빛은 적막하고 냉랭했다. 동궁시강원東宮侍講院 설서說書 홍국영이 대꾸했다.

"하오나, 세상은 눈빛 하나로 움켜쥘 수 없고, 세상은 손금 안에 가둘 수 없사옵니다. 신, 홍국영은 고하옵니다. 세상은 천지로 나눌 수 없고, 나누어질 수 없는 세상은……."

홍국영의 목에서 갑인甲寅년 정월 열 여드렛날 아침나절 털방석을 쪼아대던 까치 울음이 들렸다. 홍국영은 사지를 오므리고 손을 모았다. 허리 숙일 때 새소리가 들려왔다.

"세상을 말하는 게 아니다. 백성들 저마다 거느린 식솔을 말하는 것이다."

식솔.

그 한마디 속에 끈기 있는 삶이 보였다. 임금의 입속 식솔은 뱃속 저 까마득한 골짜기에서 올라오는 듯싶었다. 따순 온기로 전해오는 임금의 유전流轉은 단단하고 집요해 보였다. 그 한마디로 임금은 세상을 나누고 백성을 다독거리고 있었다. 홍국영이 물었다.

"백성과 그 가족을 말하시옵니까?"

"가족?"

임금의 눈이 동그랗게 뜨였다. 놀라는 표정 같지는 않았다.

무엇을 생각하든 그 이상의 답을 얻을 것이라고, 홍국영의 생각은 그저 생각일 뿐이었어도, 임금의 사유는 미루지 않아야 했다. 성급하게 임금의 생각을 읽어서는 안 될 것이며, 생각을 따라 이어지는 임금의 머릿속 골짜기에서 노닥거리거나 배회하지도 않아야 했다. 임금의 생각을 쥐고 방황하는 그것부터가 불충이었다.

임금은 오래 말이 없었다. 생각에 잠길 때 파란 하루살이가 임금 이마에 패인 고랑을 건너갔다. 임금은 가족이라 말하지 않았으나, 식솔 그 한마디 속에 굶주림과 연민은 하나의 줄기로 연결되어 있었다. 연민으로 올 때 가족은 부드러운 잎사귀 같았으나, 왕가의 의무로 올 때엔 어렵고 두려운 개념이었다. 개념이 품은 개념에는 가족의 진실

10

보다 왕가를 둘러싼 핏자국이 선명했다.

임금이 덧붙였다.

"그 논리가 어렵고 그 말이 두렵다. 말을 아껴라."

제.

홍국영의 대꾸는 조용하고 단단했다. 극단의 대꾸가 가족의 합리를 드러내거나 개념의 불온을 덮을 수는 없어도, 그 한마디 속에 홍국영의 충은 완고했다.

임금이 지닌 탕탕평평의 정치적 신망과 학구적 지성을 염려한다 해도 그때뿐이었다. 임금의 총기를 읽을 수 없는 홍국영의 마음은 허랑하고 가뭇없었다. 임금의 마음은 목까지 이끌려오지 않았다.

홍국영의 목에서 임금과 백성이 건너갈 바다가 보였다.

"가없는 백성들의 난바다를 염려하소서. 때가 되면 절로 사그라들 것이지만, 그날이 오면 백성들 모두가 하나의 숨을 내쉬며 우러러 볼 것이옵니다."

"······."

임금이 고개를 가로저었다. 긍정할 수 없는 골자는 부정할 수도 없었다. 백성들 저마다의 고충을 임금의 강단으로 풀 수 있다면 다행이었다. 명백히 그럴 수는 없을 것이었다. 그렇다 쳐도, 죽는 순간까지 백성을 가르치거나 베풀 수는 없을 것 같았다.

진실은 떠도는 말 속에 있는 것이 아니라 세상을 쥐고 흔드는 노론에 있다는 것도 홍국영은 알았다. 치정과 음모와 반역과 불충의 회

오리 속에 홍국영은 임금의 살아갈 자리와 임금의 죽어질 자리를 생각했다. 임금의 삶과 죽음은 홍국영의 생각으론 닿을 수 없는 무지의 땅, 몽매한 곳에 놓여 있었다. 지존의 영토 안에 삶과 죽음은 엄연해도 결국 모두의 삶, 모두의 죽음과 다를 수밖에 없었다.

경계를 허물고 백성들 속으로 임금의 삶이 뛰어드는 날, 세상은 뒤집힐 것이고, 노론은 놀란 토끼처럼 자취를 감출 것이었다. 숨 막히는 때에, 임금은 다시 백성들 저마다 거느린 식솔을 생각할지 몰랐다. 임금의 삶은 늘 죽음을 잠재로 하였어도 그 삶은 언제나 실체로 왔다. 실체의 삶 속에 죽음은 예비 되어 있었고, 임박한 삶은 청정했다.

그것이 임금의 삶과 죽음이라고 말할 수는 없으나, 임금의 삶을 돌이키고 죽음을 내다보는 까닭만으로 홍국영은 불온하였다. 불온한 사지로 임금의 심기를 돋우고 임금의 신체를 돌보는 일은 마땅하지 않았으나, 거역할 수 없는 조건 속에 홍국영의 죄상은 감추어졌다.

홍국영이 조용히 숨을 내쉬었다. 날숨 끝에 홍국영은 조용히 뱉었다.

"노론 스스로 무너지는 건 시간문제이며, 노론에게 줄 구실이 가장 큰 걸림돌이옵니다."

"시간과 구실, 그것을 내게 묻는 것인가?"

"결정하실 때가 되셨사옵니다."

결정.

별이 무궁한 저녁에 임금은 하늘과 땅을 사색하는 듯이 보였다. 생각에 잠기는 동안, 하늘 모서리에 한 점 별이 달을 좇아 흘러갔다. 땅

위엔 무뚝뚝한 바람이 동에서 서로 불어갔다. 임금의 눈빛은 젖어 보였다. 임금이 내릴 결정은 임금만이 아실 것이었다.

"밤기운이 차다. 속엣말만 들추거라."

제.

홍국영의 짧은 대꾸 속에 밤사이 건너가야 할 길은 멀고 아득해 보였다. 임금은 재촉하는 듯이 보였고, 서두르는 듯이 보였다. 임금의 이마 고랑을 따라 작년 가을까지 울다 죽은 귀뚜라미 울음이 들렸다. 임금은 조용히 뱉었다.

"결국 시간이 말해줄 것이다. 허면, 무엇이 시간을 감당하겠는가?"

"가장 큰 것을 버려야 큰 뜻을 일으킬 수 있고, 큰 뜻을 일으킨 뒤에라야 바로 세울 수 있을 것이옵니다."

말 속의 두려움은, 혈육의 유전과 왕가의 전통을 정면에서 찌르고 있었다. 임금의 눈 속에 붉은 나뭇결이 보였다.

큰 것을 버려야…….

그 말의 진실은 결국 임금에게 있었다. 임금은 노론의 영수 홍봉한을 생각했다. 대국을 겨루는 날마다 홍봉한은 기어이 세자를 절수切手로 가져가길 원했다. 단번에 끊어낼 수 있는 수는 흔치 않았으나, 큰 것을 버려야 하는 임금의 뜻 모두가 그 속에 담겨 있었다.

홍봉한은 권력의 돌탑이 오직 손 안에 집결되기를 바랐다. 손금을 따라 조선의 문맥이 흐르길 원했고, 손금 위로 조선의 들맥이 굽이치는 지평선을 원했다. 손금 안으로 조선의 바다가 출렁이길 바랐다.

임금은 언제까지 홍봉한을 데려가야 할지 알 수 없었다. 저마다 외로운 근성이 있다 쳐도, 그 외로움을 딛고 악의 근본에 가까워지는 인간의 심리를 임금은 이해할 수 없었다.

임금은 선으로 악을 무마하고, 짓눌린 악으로 선의 긍휼을 되찾고 싶었다. 선악의 극점에서 임금은 큰 것을 버려야 하는 까닭을 다시 상기시켰다.

"그것이 대안이라면, 가혹하게 버릴 것이다."

다시 임금의 눈 속으로 붉은 나뭇결이 보였다. 나뭇결 속에 잠들 수 없는 노기가 보였고, 결 따라 새파란 쪽빛이 보였다. 홍국영의 눈에 비친 임금은 외로워 보였다.

홍국영이 나직이 말했다.

"의분을 가라앉히소서."

"내일 동이 트는 대로 창경궁 선인문宣人門 앞뜰에 뒤주를 놓아라."

홍국영의 눈이 동그랗게 뜨였다.

"곡물을 담는 뒤주를 말하시옵니까?"

"검고 단단한 것이라야 한다."

"하오나······."

홍국영이 눈을 감았다가 떴다. 가장 큰 것을 걸고 가장 큰 오류를 바로잡으려는 임금의 뜻은 단호했으나, 비등점 끝에 선 임금은 왠지 슬퍼 보였다. 슬픈 눈으로 임금은 기어이 큰 강을 건너려 하고 있었다. 이 가혹함이 당대에 무엇으로 기록되며, 훗날 어떠한 놀라움으로 남을지, 홍국영은 알 수 없었다. 놀라움이 임금의 이마를 지나 천천히 홍국영의 머릿속으로 건너왔다.

홍국영이 대꾸했다. 목에서 나뭇가지 부러지는 소리가 들렸다.

"단번에 건너가려 하시옵니까?"

"대안이 없지 않느냐."

상심의 임금은 안도의 임금과 달라 보였다. 임금의 상심은 밤마다 홍국영의 칼자루를 따라 내리던 달빛보다 뚜렷해 보였다. 이 밤에, 임금의 근심은 뼛속 깊이 가라앉고 있었다.

홍국영이 마른 북어처럼 임금을 바라봤다. 임금의 뜻을 알 것 같기도 했고, 모를 것 같기도 했다. 홍국영은 이승에 정박한 임금의 나룻배에 올라 깊은 슬픔의 골짜기를 건너가고 싶었다. 임금의 수심은 임금의 뜻에 따라 깊어지거나 얕아질 것인데, 그 깊어진 자리의 깊이를 잴 수 없고, 얕아진 자리의 공허를 홍국영은 메울 수 없었다.

"하오나, 그 가혹한 것을 어찌 당장 내일 이른 시간에⋯⋯."

"어차피 갈 길이다."

임금의 길은 주저할 수 없는 뜻으로 채워져 있는 것 같았다. 길 앞에 임금은 한 가지만 생각하는 것 같았다. 임금은 상심으로 강화된 깊은 슬픔으로 건너오곤 했는데, 오늘만큼은 식솔에 눈먼 자의 슬픔을 버리고 매운 눈으로 시류를 건너가고 있었다. 임금의 목에서 기갈의 여름이 보였고, 눈보라 치는 겨울이 보였다. 사계四季가 지워진 임금의 눈엔 오직 여름과 겨울뿐이었다.

"그 대신 세자의 아들만큼은 국본國本으로 세워야 할 것이다. 그것이 가장 큰 것을 버리는 나의 조건이며, 조선을 돌이키는 나의 뜻이다."

세자 이선李愃, 그 아들 이산李祘을 가리켰다. 임금은 아들을 내주고 손자 산을 숙명으로 정한 모양이었다. 식솔을 걸고 가족을 지키려는 임금의 뜻은 벼락같았다. 벼락 속에 천둥이 보였고, 눈보라가 떠갔다.

제.

홍국영이 사지를 오므렸다. 복근 사이로 박동이 전해왔다. 깊이 수그릴 때 어깻죽지가 떨렸다. 홍국영의 목에서 〈빈풍豳風〉을 따라 울던 부엉이鴟鴞 울음이 들렸다. 자식을 보낸 부엉이는 울음 하나로 도모하고 대비하고 있었다.

"때에 이르면 고삐를 늦추지 않겠나이다."

"그날이 오면, 붕당의 괴물들이 나라를 쥐고 흔드는 일이 없어야 할 것이다. 백성을 업신여기는 신료들도 없어져야 할 것이며, 나라의 기강을 애태우는 관료도 사라져야 할 것이다. 가난과 기근과 굶주림이 없는 복된 세상을 열어갈 것이다."

임금의 바람은 메마르게 들렸다. 큰 것을 버리고 일으켜 세우는 조선의 미래는 밝지도 어둡지도 않았다. 그 이상 바람은 무리이며 사치였다. 홍국영이 단전에 힘을 주었다.

제.

임금의 뜻이 뼛속으로 스며들었다. 뼈마디 사이로 바람이 불어갔다. 조용한 저녁이었다. 홍국영의 머릿속에 떠오른 뒤주는 어둡고 캄캄해 보였다. 별이 사라진 뒤주 속에서 세자는 몇 날을 견디어줄지 알 수 없었다.

아마도 임금의 입속 식솔은 태고의 기슭에서 밭을 매던 조상의 조상을 말하지 싶었다. 멀리에서 새 울음이 들렸다. 자식을 부르는 어미 부엉이 같았다.

세자, 이선李愃

임오壬午년 여름, 세자에서 서인으로 폐위된 선愃은 그 밤에도 조선의 문체와 나랏글을 근심하였다. 선의 시름 속에 별이 보였다. 바람은 한강 북쪽 기슭을 따라 북한산 곁으로 불어갔다. 선의 목에서 나랏글의 기근과 나랏말의 목마름이 들렸다.

"나라의 문체文體는 나라의 무늬와 같은 것이다."

선은 덧붙였다. 나라마다 독특한 무늬가 있듯 나랏글에도 저마다 특별한 무늬가 있는 것이며, 나랏글이 전통을 세우는 것이라고. 나라의 문체가 국가의 존엄을 지탱하는 것이며, 문체의 역사가 국가의 원동력이 될 것이라고, 선은 솔을 앞에 두고 차분하게 말했다.

솔이 허리 숙였다. 솔의 등짝은 시위를 당긴 활처럼 휘어 보였는데, 두드리면 맑은 쇳소리가 날 것 같았다. 솔의 등판을 바라보며 선은 말을 이었다.

"모두 내가 죽기를 바라는 모양이다. 이 밤에도……."

선의 눈에서 세자의 삶과 죽음은 하나의 깃털로 뒤엉켜 있었다. 깃털 속에 광기와 불충으로 갈라선 삶의 신비가 보였다. 그 속에 밀려오는 충과 떠밀려가는 죽음의 진실이 보였다.

솔이 대꾸했다. 목에서 조용한 물소리가 들렸다.

"심려치 마소서. 오히려 그 반대일 것이옵니다."

"나는 조선의 문체를 염려하고 북벌을 원한다. 그것 하나만으로 노론이 나를 배척하는 명분이 되고 남을 것이다. 그 이유 또한 안다."

선의 눈동자 안으로 이 밤에 걸어 가야할 길이 보였다. 길 위의 난바다에서 선은 홀로 노를 쥐고 있었다. 이 밤에, 선은 뱃길 따라 출렁이는 길항拮抗을 들려주는 것 같았다.

싸한 공기가 솔의 목을 넘어갔다. 솔이 낮게 대꾸했다.

"버리소서. 그 모두……."

모두.

그 한마디 속에 모두의 삶이 걸려 있고, 누구의 죽음이든 죽음은 예고되어 있었다. 붉은 눈으로 솔을 바라봤다. 솔의 입속 모두는 불현듯 밀려오지 않고 부뚜막 높은 곳에 십자가를 걸고 밥과 국과 찬을 나누던 서학인들의 뜬 눈 속에 잠긴 평등의 세상처럼 건너왔다. 그 모두는 십자가를 짊어진 예루살렘인의 기나긴 유랑 속에 들려오던

기도문처럼 푸근하게 밀려왔다.

　　……노론은 서학과 상생할 수 없는 뿌리이며, 서학은 노론과 합쳐질 수
　　없는 나무인가.

　선은 눈을 감았다 조용히 떴다. 머릿속 노론과 마음속 서학이 서로
의 빈 곳을 채워주면 조선은 하나로 무르익을 것인데, 백 년이 지나
도 그럴 것 같지는 않았다. 날이 지나면 노론은 가시로 남을지, 서학
은 풀잎이 되어줄지 알 수 없었다.

　창덕궁 한 곳에 내린 달빛은 고요하고 차분했다. 뜰에 박힌 돌마다
뼛가루처럼 달빛이 뛰어 올랐다.

　"솔아, 네 나이가 몇이냐?"

　"스물둘이옵니다."

　솔의 목에서 무사의 끈기가 들렸다. 생의 연민은 보이지 않았다.
솔은 말 한마디에도 칼과 창과 활이 지닌 무구의 탄력을 쇄신하는 듯
이 보였다.

　"나보다 다섯 살 아래구나."

　그 나이로는 세상을 갈아엎을 수 없었다. 노론은 갈아엎을수록 더
깊이 숨어들거나 뻗어가는 것도 알았다. 노론의 길은 탕평을 거스르는
가파른 가시밭이었다. 임금의 탕평은 노론 앞에 치명적이었다. 탕평
의 물결 속에 노론의 고갈과 몰락을 기대하였어도, 숨통만큼은 끊어낼

수 없었다. 노론은 조선의 바다에서 결코 화해되지 않았다. 노론의 적은 선이었어도, 선의 적은 언제나 노론과 무관하였다. 정세를 읽는 데 민첩하였다는 이유만으로, 선은 노론의 적대적 존재였다. 그 진실은 임금도 알았고, 선도 알았으며, 노론도 알았다.

선은 머릿속을 건너가는 노론을 생각했고, 노론을 갈아엎고 일어서는 어린 산㣅을 생각했다. 그 모두 꿈같지 않고 생생했다. 죽을 때 모두 데려갈 수 없다는 사실 하나로 선은 안도했다.

선이 말했다. 눈동자 안쪽으로 붉은 노루가 보였다.

"솔아, 너는 나를 무척 닮았구나."

"황공하옵니다."

"네 잘못이 아니다. 너는 내금위였느냐?"

제.

극단의 대꾸 속에 내금위內禁衛의 빠른 발과 생의 민첩함이 보였다. 그 삶의 어려움도 보였다. 내금위의 숙명은 존재의 비밀이 아니라 죽음에 있다는 것도 선은 알았다. 내금위의 숙명은 명예 그 하나에 있었다. 그 이유만으로 내금위는 입 밖에 담기를 주저했고, 입안에 머금기를 꺼려했다. 까다로운 신분만으로 내금위는 늘 노출을 두려워했으며, 두려움 속에 칼과 창과 활의 총기만을 신뢰했다.

솔은 어려서 궁에 들어왔다. 솔의 태생은 저 자신도 알 수 없는 천애 고아였다. 솔은 오직 내금위 무사로 길러졌다. 내금위의 무예는 삶의 정직에서 왔고, 그 명예는 삶을 버릴 때 왔다.

그것이 내금위가 지닌 순수라고, 솔은 언젠가 말했다. 순수의 힘은 오직 칼과 활과 창과 갑옷에서 오는 것이라고, 내금위는 흔적 없이 사라질 때 가장 아름다운 것이라고, 솔은 우울한 눈으로 말을 맺었었다.

조용한 눈으로 솔을 바라봤다. 눈 속에 달을 가린 검은 먹구름이 보였다. 먹구름 속에 바람이 불어갔다. 바람 속에 먼저 죽은 내금위들의 혼백이 보였다. 그 모두 가엾거나 슬퍼 보이지는 않았다.

"끝까지 나를 지켜줄 수 있느냐?"

"이미 오래전 저하를 위해 죽고자 언약하였나이다."

"그렇구나, 그랬지. 허나 그 말의 진실은 죽음보다 삶이 더 절박하기 때문이라는 걸 모르느냐?"

"하오나, 제 삶의 진정은 죽음에 있사옵니다. 오래전 두려움을 버렸나이다."

갸륵하구나.

그 말을 뱉고도, 마음은 간단하지 않았다. 선은 무예를 좋아했는데, 솔의 칼과 활에서 무武의 근본을 배웠다. 솔이 지닌 무의 총기는 솔의 것인데, 어찌 자신의 칼과 연루되어 있는지 선은 알 수 없었다.

선은 다시 노론을 생각했다. 노론을 뒤집고 눈 속을 파고드는 어린 산을 생각했다. 어린 산을 생각하면 질긴 유전이 떠올랐다.

"삶이 절박하고 죽음이 가깝구나. 솔아, 너는 누구로 죽고 싶으냐?"

솔은 말하지 않았다. 솔의 눈은 감겨 있었다. 선은 다시 물었다.

"너는 죽은 뒤 누구의 이름을 얻고 싶으냐?"

솔의 뜬 눈은 청명하고 밝아 보였다. 솔은 눈을 뜨고도 말하지 않았으나, 절대 악에 저항하는 절대 선의 경지로 죽을 것이라고, 그 눈은 말하고 있었다. 어쩌면 솔은 선으로 악을 누르고 악으로 선을 덮으려는 모순을 말하고 있는 것이라고, 솔은 저 홀로 십자가를 짊어지고 있는 것이라고, 선은 생각했다. 생각 끝에 솔의 목소리가 들렸다.

"사도使徒."

"무엇을 뜻하느냐?"

"신이 보낸 자……."

사도.

그 이름 속에 솔의 운명이 보였다. 이름의 파격을 끌어안은 솔의 눈 속에 유랑의 예루살렘인이 보였다. 가나안 땅을 찾아 나선 서학인의 고단한 길도 보였다. 불현듯 솔의 눈에서 하얀 십자가가 떠갔다.

크고 거룩한 이름이구나.

선은 그 말을 뱉지 못했다. 저마다 입속 거룩한 나라를 떠올리며 선이 대꾸했다. 선의 목에서 혈육의 버랑이 보였다.

"아들을 버리는 아비의 마음을 헤아리면, 자식을 두고 가는 아비의 마음이 보인다. 이것과 저것이 하나로 통하는 그것이 가족이다."

"가족……."

솔은 눈을 감았다.

가족.

단 한 번 불러본 적 없는 가족은 그 의미를 알 수 없었다. 알 수 없어도 부르고 싶은 아비 어미는 그 속에 누워 있었다. 핏줄의 질긴 인연과 살을 쓰다듬는 온기로 아비 어미는 그 말 속에 살아 있었다.

"너의 소원을 들어줄 것이다. 밤이 깊다. 멀지 않은 곳에서 쉬어라."

제.

솔의 대꾸에서 삶과 죽음으로 갈라선 샛노란 극점이 보였다. 솔의 극점은 이해되지 않았다. 솔이 지닌 용기의 출처를 선은 끝내 알 수 없었다. 그 용기는 눈빛에서 떨어져 내렸고, 활처럼 곧은 등판에서도 떨어져 내렸다. 아마도, 그것은 광기의 하나일 것이다. 선과 솔의 눈빛이 돌 뜰을 가로질러 허공 속에 오래 떠 있었다.

돌 뜰 위로 한 점 물방울이 떨어져 내렸다. 상의원尙衣院에서 지어 올린 종이옷을 걸치고 솔과 거닐고 싶은 밤. 선의 눈은 젖어 있었다.

정조, 이산李祘

"나는 사도思悼의 아들이다."

혼을 흔드는 한마디 속에 솔의 혼백이 보였다. 선의 운명도 보였다. 임금의 한마디는 당상들의 뼈를 흔들었고, 규장각 검서관들의 골을 찔렀다.

사도.

그 이름 속에 조선의 과거가 보였다. 임금의 한마디는 오랜 시간 한 뭉치 감정과 한 덩어리 이념으로 채워져 있었다. 임금은 오랜 날 울먹이거나 참아온 모양이었다.

존현각 밖에서 새들이 울었다. 한낮의 새들은 길게도 울었고, 흉하게도 울었다. 새들은 저 울고 싶은 대로 울었으나, 박제가는 아비를 아비라 부를 수 없고, 형을 형이라 부를 수 없는 몸으로 우는 날이 많았다. 박제가의 신분은 늘 생의 긴장과 문장의 전율을 안고 이덕무, 이서구, 유득공과 함께 규장각에 남아 있었다. 그것이 규장각이 짊어진 한계라고 검서관들은 말하지 않았으나 모두는 알고 있었다.

박제가의 출생은 자유로웠으나, 서류庶流의 기후는 늘 상승할 수 없는 사직의 층간에서 돌았고, 규장각 너머 너른 대기의 능선으로 나아가지 못했다.

하얀 낮달이 중천에 떠서 임금과 박제가를 흘겨봤다. 임금의 눈 속에 붉은 기린이 보였다. 임금의 목에서 술이 부드러운 붓과 끝이 날카로운 칼이 보였다.

"쓸쓸한 날, 붓을 쥘지 칼을 쥘지 결정할 것이다. 모두 돌아가라."

쓸쓸한 날.

그 말 속의 두려움과 어려움을 박제가는 알았다. 그 말 속에, 사도세자의 죽음과 연루된 자들의 치죄와 단죄는 여백 없이 뚜렷했다. 가족의 유전과 전통을 끊어낸 자들을 향한 적대감정과 울분도 그 말은 품고 있었다. 결국 임금의 뜻대로 될 것이지만, 붓과 칼을 놓고 임금은 오랜 밤 근심으로 지새운 것 같았다.

　임금도 당상도 검서관들도 우울한 날이었다. 임금의 우울은 이성적으로 매듭지을 수 없고, 검서관들의 우울은 감정적으로 끊어낼 수 없지 싶었다. 그 까닭을 누구에게 물어야 할지 모호했다. 시파에게 물어야 할지, 벽파에게 물어야 할지, 노론의 가지들이 갈라선 판국에 물음이 닿는 자리가 붓이든 칼이든 지나야 할 자리인 것만은 부정할 수 없었다. 두렵고 두려운 날이 기다리고 있었다.

　존현각을 나온 박제가는 붓과 종이를 들고 벼루의 연안으로 나갔다. 박제가는 겨우 적었다.

　　즉위 원년, 임금은 사도세자思悼世子의 죽음을 끌어안고 오래 슬퍼하셨다. 임금의 목소리가 아득하고 멀어서 모두는 당나귀처럼 귀를 세워야 했다. 어심이 가서 닿는 자리가 임금의 자리일 것인데, 그날따라 임금은 몹시 우울하고 어수선해 보였다. 늙은 내관들은 허리 굽혀 겨우 들었고, 귀가 먼 당상들은 임금의 표정만 주시했다. 임금이 고른 숨소리로 명했다.
　　"사도세자의 존호尊號를 추후할 일이다. 이름을 올려 장헌莊獻이라 할 것이다. 수은묘의 봉호封號를 영우원永祐園이라 하고, 사당을 경모궁景慕宮이라 추대할 일이다. 존봉尊奉의 의절을 송나라 복왕의 고사를 빌어 마련하겠다. 들어라. 봉원도감封園都監을 추숭도감追崇都監에 합쳐 설치할 것을 명한다."

임금의 목소리가 떨렸다. 대소 신료들의 곡은 들려오지 않았다. 당상들은 말이 없었다. 말없는 당상들은 임금의 말이 어서 끝나기를 기다렸다. 임금이 목안으로 침을 삼키었다. 임금이 젖은 목소리로 덧붙였다.

"죽은 아비의 시호를 여러 신하들 앞에 고한다. 선조先朝에 시호를 사도思悼라고 하신 것은 성스러운 뜻이 있으실 것이라 믿는다. 허나 지금 내가 오직 종천終天의 슬프고 사모하는 마음을 담아 시호를 장헌으로 정하고 새롭게 불러 세운다. 예부터 제왕들이 시법謚法을 관여하려 하였음을 내가 일찍이 그르게 여겨 왔다. 혹시라도 지나치게 아름다움이 넘치면 어찌 나의 본심이겠는가? 이건 내 뜻과 여러 신하들의 뜻이 합쳐진 것일 게다. 나는 늘 모두를 그렇게 바라봐왔다. 오늘 신하들과 마음을 나누니 기쁘기 그지없다."

말을 맺은 임금이 눈두덩을 주먹으로 눌렀다. 상선이 물에 적신 명주천을 임금에게 주었다. 임금이 젖은 천에 눈물을 닦아내고 한숨 쉬었다. 곁에 선 장용영 무사들이 조용히 임금을 바라봤다. 이덕무, 이서구, 유득공이 울적한 마음을 가누지 못했다.

선왕이 내린 시호를 다지고 새로운 시호를 올리는 일은 까다롭고 어려웠다. 임금이 말을 맺을 때 신하들의 눈빛은 제각각인 것 같았다. 까다로움을 아는 눈빛이 있었다. 번거로움을 아는 눈빛도 보였다. 그랬어도 임금의 심지를 읽는 눈빛은 많았다. 눈빛 하나로 충신과 간신을 가려낼 수는 없어도, 교지를 받는 자리에서만큼은 모두가 한마음 한뜻으로 총총하기를 박제가는 바랐다.

　벼루의 연안은 풍랑 없이도 늘 출렁거렸다. 붓의 함선들이 돌아간 벼루에서 교지의 떨림은 왔다. 임금의 교지는 연안 먼 곳에서 깊은 소용돌이로 휘돌았다. 수평선 너머 붓의 함선들이 노를 멈추고 쉬었다. 텅 빈 벼루 위로 별빛 같은 생의 현오玄奧와 물빛 같은 죽음의 오묘五妙가 내렸다. 벼루에서 이따금 무관의 호령이 들려왔으나, 이 밤에 쪽빛으로 빛나는 시 한 줄 또렷이 보였다.

　『시경詩經』주남周南편 '가지 늘어진 나무樛木'에서 노론의 실체가 보였다.

　　南有樛木 남쪽 기슭 가지 늘어진 나무마다
　　葛藟纍之 칡덩굴 얽혀 있네.

　『시경』에 노론의 몰락은 보이지 않았다. 『시경』은 칡덩굴로 얽히고 설킨 노론의 경솔을 꾸짖고 있어도, 오래전 목을 맨 자들의 결의結義와 머지않은 날 벼루 밖에서 숨통을 걸 자들의 창의倡義를 다독거릴 뿐이었다. 이 밤에, 유서 없이 죽은 자의 혼백이 깨알 같은 별과 함께 벼루에서 헤엄치고 있었다.

　붓을 놓았다. 쓰고 남은 먹물을 거북 연적에 담고 뚜껑을 닫았다. 거북 등짝에서 맑은 계곡물 소리가 들렸다. 손을 씻고 고개를 들 때, 멀리에서 부엉이 울음이 들렸다. 먼 사계를 지나 과거에 울었을 부엉이 울음과 임금의 교지를 글로 옮길 때 들려온 부엉이 울음은 달랐다. 서로 다른 울음과 교지 속에, 삶과 죽음은 임오년 윤오월 선인문 앞뜰에서 검고 단단한 뒤주를 놓고 한없이 갈라서 있었다.

오늘 밤 누구의 죽음이든 그 죽음의 실체는 검은 뒤주와 나누어지지 않았다. 뒤주 안에서의 죽음과 국경에서의 죽음은 다를 것이되, 다를 수밖에 없는 죽음을 같은 눈으로 바라보는 일은 어리석으며 몽매한 일이라고, 시간 지나면 알게 될 일을 서둘러 보려는 것은 망상일 뿐이라고, 박제가는 생각했다.

아침나절 각자의 몸을 빠져나간 혼백들이 노을을 뒤집어쓰고 저물녘에 돌아왔다. 혼백은 저마다 젖어 있었다. 한강 북쪽으로 붉은 노을이 떠갔다. 하루가 모질게 길었다.

다음 날 비가 내렸다.

비가 내렸어도 임금의 부르심은 멎지 않았다. 빗줄기 속에 소쩍새 울음이 들렸다. 일찍 나온 귀뚜라미가 처마 모서리에 집을 짓고 울었다. 임오년의 귀뚜라미와 갑진甲辰년 귀뚜라미는 변함없었다.

비오는 날.

탕평으로 탕평을 도모하고자 한 것은 먼저 승하한 임금의 뜻이었으므로, 즉위한 임금의 시류에 논하기 버겁고 위중했다. 비오는 날, 임금은 박제가의 눈을 붙들고 뒤주에 묶여 있는 세자의 죽음을 되새기고 싶어 했다.

우람한 말들이 임금의 말을 덮고, 덮인 말을 임금이 다시 들쑤셨다. 임금의 목소리는 임금의 사적 감정과 울분으로 들렸다.

"눈으로 볼 수 없는 것은 마음으로 보아야 할 것이다. 마음으로 볼 수 없는 것은 역사로 볼 것인데, 저마다 관점이 다르니 하나의 마음으로 볼 수 없음이 애통하다. 허나, 연민하진 마라. 모든 죽음에는 저마다 죽을 수밖에 없는 명분을 안고 가기 마련이다."

박제가가 조용히 임금의 말을 받았다.

"말을 아끼소서. 음색을 보이지 마시고, 노기를 가라앉히소서. 달의 정령이 처마에 내려와 있사옵니다. 벽파의 늙은 여우들이 언제 다시 범 사냥에 나설지 모를 일이옵니다. 말을 삼키시어……."

벽파는 선의 죽음을 응분한 처사로 여겼다. 벽파의 원칙은 뜨겁고 가팔랐다. 원칙은 뒤집을 수 없고 되돌릴 수 없었다. 같이 도모하여 뒤주에 가둬 죽이려 할 땐 언제고 죽고 나자 돌이키려 드는 시파에 대한 벽파의 입장은 강경했다. 시파의 애도는 노론의 소용돌이었다. 세자의 죽음에 대한 최소한의 예의이며, 인간된 도리라던 시파의 논리는 벽파를 몰아세우기 위한 것이라고, 모두는 알고 있었다. 그런 시파를 향한 벽파의 적대감정은 최선이었고, 최악이었다. 권력의 과시는 세자를 죽음으로 몰아간들 얻을 수 있는 게 아니었다. 권력은 억지로 가질 수 있는 게 아니라 자연스레 고여 드는 물과 같았다. 그 단순한 논리를 한쪽에서는 과시하려 했고, 한쪽에서는 지키려 했으니 세자가 죽어갈 수밖에 없었다는 벽파의 논리를 임금은 받을 수 없었다.

임금이 입술을 깨물었다. 임금은 벽파의 논리를 으깨고 싶어 했다. 뒤끝을 잠재울 수만 있다면, 한곳으로 몰아가 거침없이 베고자 했다. 박제가는 알았다. 임금의 논리를 업신여기는 신료들과 맞서는 일이 임금에겐 힘겹고 고단했을 것이었다. 임금은 자신의 논리에 맞서는 신료들을 가볍게 보지 않았다. 가벼운 것은 차분히 받아내야 가라앉는다는 것도 알았다. 외방에서 올라오는 장계를 받는 자리에서 임금의 표정은 늘 한결같았다. 규장각 각신들과 강연에서도 임금의 표정은 한결같았고, 대답도 한결같았다. 의금부에서 좌파와 서학죄인들을 문초할 때도 임금은 조급해하거나 하옥을 서두르지 않았다. 때 묻지 않은 진실을 임금은 최선으로 보았고, 때가 묻었다 쳐도 임금은 늘 근본이 깨끗한 본보기를 원했다.

임금의 목소리는 여전히 젖어 있었다.

"늙은 여우들의 범 사냥을 모르는 바 아니다. 중론을 감춘 소론의 의중도 안다. 아비의 죽음을 검서관의 시로 베어낼 순 없어도 시로 다독일 수는 있을 것이다. 누구라도 반역은 용서치 않을 것이다."

박제가는 사지를 오므리고 눈꺼풀을 내렸다. 임금의 논리에 맞서는 적들을 박제가는 임금 앞에 세울 수 없고 불러낼 수 없었다. 수많은 논총의 무사들이 노론의 벌판에서 싸우다 죽어갔고, 끝없는 시의 물결이 말발굽 같은 논풍에 맞서 꺾여 나갔다.

박제가는 허리를 세우고 임금을 바라봤다. 임금의 눈 속에 눈보라가 보였다.

"끓는 의구를 이쯤에서 거두소서. 모든 의심은 시기와 질투와 앙갚음에서 생겨나옵니다. 그것은 사직을 위한 고뇌가 아니옵니다. 단지 의심으로 번잡해지고 무거워지며 사무치게 되는 것이옵니다."

임금이 고개를 끄덕였다. 박제가가 소리 없이 고개를 묻었다. 임금이 대꾸했다. 임금은 장헌세자의 죽음을 끝내 버리지 못하는 모양이었다.

"암반 같은 아비의 죽음이 후대를 기름지게 하여도, 피의 논리를 피의 종사로 갚진 않을 작정이다. 나는 그렇게 남기를 희망한다."

말끝에 임금의 마음이 보였다. 임금의 마음은 늘 임금 안에 있을 것인데, 내시부 상선과 지밀상궁과 승지들은 임금의 심기를 파악할 수 없다고 날마다 울먹였다. 임금의 음색은 저 아득한 임금의 뱃속에서 시작되었어도, 그 뱃속이 허허벌판인지 깊은 바다인지 누구도 알수 없었다. 식도를 거슬러 울대와 목젖을 떨어서 임금은 목소리를 낼것인데, 누구도 임금의 뱃속을 떠나 식도를 타고 울대에 임박한 음색하나로 그날의 심기를 파악할 수 없었다.

평소 임금은 말을 아꼈고, 글을 무겁게 여겼다. 손수 먹을 찍어 종이에 남기는 일보다 말로 남기면 사관과 검서관과 승지들이 곧게 글로 옮겨 기록할 것은 기록하고 버릴 것은 버리는 것을 좋아했다. 박제가는 이길 수 없는 적들과 싸움에서 입게 될 치명적인 상처를 생각했다. 하얀 나라, 검은 전쟁의 소용돌이 속에 조선의 앞날은 임오년 윤오월과 같았다.

박제가의 낮은 말 속에 충이 느껴졌다.

"전하, 신의 충은 미진하오나 신의 믿음은 한결같사옵니다. 모든 그것들은 후대에 평가될 것이옵니다. 하니 종사에 전율하지 마소서. 의중을 삼키소서. 그 일에 능히 가혹하소서."

"안다. 알아도 어찌할 수 없는 게 핏줄이지 않겠는가? 재촉하지 마라. 오늘은 조용히 가자."

박제가의 충은 임금의 편에서 바라볼 때 가장 정직했다. 부서지지 않는 충이란 있을 수 없으나, 불충 앞에 드러나지 않는 것 또한 충이었다.

편전을 나왔다. 자리를 무를 때, 오래전 죽은 부엉이 소리가 들렸다. 임오년 한여름 뒤주 멀리에서 속절없이 울던 부엉이는 날아가고 울음만 남아 있었다.

궁을 나와 홍대용의 유춘오留春塢에 들렀다. 홍대용의 석상오동 거문고에서 빗소리가 들렸다. 천둥소리가 들렸고, 다산茶山의 유배 소식이 예감되었다. 아마도, 먼 후일에 있을 다산의 유배는 오동에 스며드는 벼락같았고, 외줄기 섬광 같았다.

박제가가 조용히 어깨를 떨었다. 빗줄기 속에 암전 같은 세상이 보였다. 천둥 치는 캄캄한 세상 너머 세상이, 다산의 입속에 돌던 천주天主의 나라 같았다. 꿈같이 고요하고 물같이 평등한 나라, 예루살렘지나 먼 곳에 있다던 가나안 땅은 척박하거나 가난해 보이지 않았다. 넘치거나 부족해 보이지 않았다. 어쩌면 그곳은 허균 스승의 이야기

속 나라 율도栗島와 같을지 몰랐다. 멀리에서 문장으로 임할 수 없는 나라가 떠갔다.

저녁나절 인왕산을 바라보며 박제가는 신음했다. 볼 수 없는 먼 미래의 예감으로 임금의 과거를 돌아보는 일은 외람되고 서글펐다. 산마루에서 소쩍새가 울었다. 새들은 죽은 뒤 다시 울지 못할 것을 아는 듯 날마다 곡진하게 울었다.

솔아, 하얀 솔아

임오년 겨울은 희고 시렸다.

눈 내린 능선마다 눈꽃이 피어났고, 바람 부는 곳에 자란 얼음은 칼날 같았다. 익은 얼음들이 부서져 내리면 세상은 칼로 베어지는 소리를 냈다. 칼에 잘려나간 바람의 파편들이 들녘 끝에 꽂혀 오래 신음했다.

겨우내 임금은 강녕전 서재에서 나오지 않았다. 그해 여름은 뜨거웠어도, 왠지 마음은 시렸다. 시린 마음은 가을이 오고 겨울이 왔어도 사그라들지 않았다. 여름을 생각하면 선이 떠올랐고, 선을 대신해 죽었을 젊은 호위무사가 떠올랐다. 뒤주 속에서 죽은 무사의 이름은 생각나지 않았다.

그 여름 밤 임금은 홍국영과 마주했다. 임금의 목에서 가뭄에 타는 목마름이 들렸다.

"뒤주를 준비해놓았는가?"

홍국영은 사지를 오므리고 깊이 허리 숙였다. 얇은 옷 위로 홍국영의 등판이 보였다. 홍국영은 차분하면서도 고른 골격을 보였다.

"검고 단단한 것으로 선인문 앞뜰에 두었나이다."

"입 밖에 담지 마라. 입안에 머금지도 마라. 철저히 파묻히고 묻힐 때 조선은 살아난다."

임금은 감추어질 것을 두려워하는 것 같았다. 임금은 드러나지 않는 것을 염려하는 것 같았다. 홍국영은 물고기처럼 임금을 올려봤다. 임금의 눈은 젖어 있었다. 홍국영의 눈을 가로질러 파란 물고기가 헤엄쳐갔다.

"죽은 뒤 내릴 시호는 정하셨사옵니까?"

"세자가 종이에 적어 올렸다. 호위무사가 사도使徒라는 이름을 원했다."

사도.

홍국영은 그 이름을 입에 머금고 오래 우물거렸다. 삼킬 수 없는 이름은 뱉어야 할 것인데, 뱉을 수 없는 조건으로 그 이름은 파묻히길 홍국영은 바랐다. 바람이 등짝을 후려치고 지나갔다. 옆구리를 들추고 찬바람이 옷 속으로 들어왔다.

"비밀은 감추어져야 하고, 그 죽음은 실록과 승정원일기에 철저히 기록되어야 한다. 뒤주 하나로 대극大極을 열어갈 것이다."

임금은 덧붙였다. 그것만이 붕당의 패악을 무마하고 붕당의 건실함을 드러낼 것이다. 유구한 역사와 왕가의 전통을 위해 비밀은 속으로 삼켜야 하며, 그 죽음은 역사의 너른 마당으로 스며들어야 한다. 선의 신체는 살아남아도 그 영혼과 운명은 뒤주 속에 남아야 한다. 자식을 죽여가면서 세상을 일으키는 아비는 세상 그 어디에도 없느니…….

임금의 뒷말을 따라 말발굽 같은 바람이 불어갔다. 시린 바람을 안고 임금은 북한산을 바라봤다. 임금의 눈에서 붉은 사슴뿔이 보였다.

홍국영은 조용히 뱉었다.

"허시면, 그 이름자를 기어이…….'"

"삶을 불사한 죽음이 무겁다. 그 마음을 생각하고, 그 죽음을 애도하는 것이라야 한다. 그래서 사도思悼이다."

사도.

그 이름의 정령과 그 이름의 혼백을 홍국영은 가슴으로 받았다. 보낼 수 없는 죽음은 돌아올 수 없는 강을 건널 때 사무치는 것이라고, 홍국영은 사지를 오므렸다. 허리를 묻고 손을 모았다. 손톱 아래 맺힌 먹구름이 보였다. 먹구름 너머 눈보라가 보였다. 그 너머 하얀 달이 떠 있었다.

"선의 아들이 국본으로 설 수 있는 조건은, 붕당의 최악을 막고 노론의 종자를 밀어내는데 있다. 아비의 억울한 죽음을 지닌 자만이 해낼 수 있는 것. 이것이 선의 아들이 임금의 자리에 오를 수 있는 명분이다. 멀리 내다보고, 먼 후대를 위해 이 뜻은 감추어져야 한다. 갈아 엎을 수 없으니 갈아치울 수밖에 없다. 노론의 적은 노론 스스로 만들어내는 수밖에……."

임금은 그 이름자에 든 어두운 상처가 오래도록 세상에 남아 입에서 입으로 이어지고, 글에서 글로 전파되기를 바라는 것 같았다. 이름 하나로 임금은 모두를 거는 것 같았다.

겨울은 인내하기 힘겨웠다. 연일 아궁이에 불을 넣어도 방은 데워지지 않았다. 오열이 났고, 밤새 기침을 했다. 임금의 머리는 가지런했으나, 겨울 곳곳에 널린 임금의 생각은 봉두난발로 이어졌다.

임오년 빛의 결정과 소리의 억장이 무너져 내리던 날, 누구도 선의 죽음을 바라지 않았다. 검은 뒤주 속에서, 수긍할 수 없는 죽음을 신체의 놀람과 사유의 뚜렷함으로 받아내기엔 모두가 역부족이었다. 세자가 죽어간 사건의 전말이 바람처럼 팔도에 번져나갔어도, 모두는 엎드려 말이 없었다.

그해 여름, 늦은 밤 선은 솔과 마주하였다. 성균관 존경각 책장에 꽂힌 책과 책 사이 숨소리는 돌고 돌았다. 들창 너머 달이 중천에 떠 있었다. 구름 한 조각 느리게 흘러갔다. 구름 아래 어디선가 새소리가 들렸는데, 집을 짓지 못했는지 울음 속에 물방울 소리가 들렸다.

선이 조용히 말했다. 오랫동안 생각에 머금다 뱉은 말은 가혹하게 들렸다.

"이 밤 지나면 뒤주에 갇힐 것이다."

"뒤주라고 하셨사옵니까?"

솔이 차분한 음색으로 물었다. 솔의 목에서 한 줌 추억이 보였다. 어린 시절 숨바꼭질 놀이 끝에 찾은 뒤주와 한순간 운명으로 달려드는 뒤주는 천지간 나뉘어져 있었다. 뒤주 속에 생의 긴장이 보였고, 뒤주 안쪽으로 눈먼 죽음이 보였다.

솔을 바라봤다. 솔의 입가에 옅은 웃음이 맺혀 있었다. 선은 덧붙였다.

"검고 단단한 것이라고 했다. 두렵고 가혹한 공간이 될 것이다. 견딜 수 있겠느냐?"

"이 몸은 이미 오래전 몸을 버렸나이다. 이 몸은 오직 저하만을 위해⋯⋯."

솔은 말을 잇지 못했다. 솔의 얼굴은 예비된 고통 앞에 고통을 대신할 고통을 찾는 듯이 보였다. 솔의 고통을 대신할 고통은 죽음뿐일 것인데, 솔은 죽음 앞에 밀려오는 고통을 한마디 속에 던져 넣고 있었다.

오직.

그 말의 어려움과 그 말의 진실을 선은 알았다. 그 한마디 속에 생의 전율이 보였고, 가파른 죽음의 언덕이 보였다. 골고다 언덕을 오르는 예루살렘인의 기나긴 유랑 끝에 드러난 삶의 희구는 '오직' 그 한마디 속에 뒤엉켜 있었다. 죽을 이유를 안고 죽기를 원하는 솔의 마음은 죽을 수 없는 까닭이 더 강했다. 선도 알았고, 솔도 알았다.

선을 바라보는 솔의 눈빛은 침착하고 또렷했다. 삶을 걸고 죽음으로 치닫는 극점에서 선과 솔의 시름은 보이지 않았다. 책과 책 사이 선과 솔은 선과 악이 버무려진 언약 하나로 조선의 과거를 돌아봤고, 조선의 미래를 예감했다.

언약 하나로 그 모두를 갈아엎을 수 없을 것이고, 그 모두를 쇄신할 수도 없을 것이었다. 뒤주 하나로 모두를 버릴 수 없을 것이고, 그 모두를 데려갈 수 없을 것이었다. 그렇다 쳐도, 솔의 죽음으로 조선을 지탱하는 한 가지 마음이 오면 다행이었다.

선의 눈 속으로 눈보라가 보였다.

"솔아, 뒤주는 말이다. 아마 죽을 때까지 열리지 않을 것이야. 참지 말고 울먹여야 한다. 숨이 다할 때까지 끓는 소리로 말해야 한다."

제.

갑옷 위로 어깨가 떨렸다. 솔의 골격에서 시위를 당긴 화피단장이 보였다. 그 속에 둥근 쟁반이 보였다. 두드리면 밝은 소리가 나올 듯 솔의 등판은 곧고 부드러웠다. 솔의 어깨가 떨릴 때, 세상이 떨리는 것을 선은 알았다.

"사도. 그 이름을 강녕전 서재에 계실 때 올렸다. 그 죽음을, 모두는 나로 알 것이다. 죽은 뒤 시호로 내려질 것이다."

"그 이름을 기억하겠나이다. 그 이름의 아픔을 안고 새벽을 맞겠나이다."

들창 너머 달빛이 성균관 뜰에 고여 있었다. 북한산을 넘어온 바람이 날을 세우고 전각 사이를 불어 다녔다. 바람 속에서 솔의 마음이 밀려왔다. 밀려오는 솔의 마음속으로 선의 마음이 불어갔다.

"아프지 마라. 고통을 대신할 고통은 어디에도 없다. 무엇이든 주저하지 마라."

제.

솔은 그 한마디에 삶을 덮고 죽음을 삼키고 있었다. 새벽이 오면, 솔은 한 송이 꽃이거나 한 마리 새가 될지 몰랐다. 선의 눈에서 물방울이 떨어져 내렸다. 솔의 눈에서 젖은 안개가 보였다. 안개를 뚫고 늑대 한 마리 조용히 걸어와 선을 바라봤다. 눈 속에 거친 눈보라가 보였다.

단상 위에 포개어놓은 옷에서 솔향이 났다. 종이옷은 잘 말라 있었다. 선이 옷을 내밀었다.

"상의원에서 올린 종이옷이다. 입고 자거라. 동트기 직전 의금부에서 올 것이다. 외로운 눈으로 가지 마라."

"저하, 본래 눈빛은 한 줄기로 뻗어가는 것이라 외로운 것이옵니다."

솔이 종이옷을 받았다. 촉감이 부드러운 옷에서 한없는 공허가 만져졌다. 종이 능선을 따라 아득한 산맥이 뻗어 있었다. 눈부신 하양으로 종이는 종이의 질감을 버리고 물과 바람과 소리로 채워져 있었다. 저 갈 곳을 아는 자만이 입을 수 있는 흰 종이옷은 조선의 끝이 아니라 조선의 시작이며, 세상 끝나는 지점의 보풀이 아니라 새 세상이 들어설 자리의 깃털이었다. 그것만으로 솔의 손은 떨렸다.

선의 입에서 죽음의 인고가 보였다.

"그 모두를 삼키고 가려니 아플 것이다. 나는 이 밤에 떠날 것이다. 흰머리산 서쪽 기슭에 종이옷을 지어 입고 사는 무리가 있다고 했다. 조선 너머 멀리, 옛 고구려 유민들이라고⋯⋯."

⋯⋯고맙구나. 너는 내 가족이다.

정할 수 없는 가족은 속박과 다르지 않았다. 속박을 끊고 밀려오는 솔은 한 덩어리 고뇌였다. 한 짐 돌덩이였고, 뚜렷한 눈보라였다. 선이 긴 한숨을 내쉬며 솔을 바라봤다. 솔의 눈은 청명하고 부드럽게 보였다.

갑옷을 벗을 때 솔의 몸은 무수한 능선으로 채워져 있었다. 야트막한 구릉의 근육들은 한 데 뭉쳐져 있지 않고 전신에 고루 퍼져 있었다. 솔의 몸에서 기름진 들맥과 가파른 산맥으로 둘러싸인 조선의 산하가 보였다. 그 속에 외로운 삶이 보였고, 의로운 죽음이 보였다. 죽음 속에 삶이 보였고, 삶 속에 죽음의 진실이 보였다.

종이옷으로 갈아입은 솔의 몸에서 신분은 무의미했다. 솔은 세자익위사世子翊衛司 칠품 우부수右副率였다. 본 이름을 알지 못했으므로, 솔은 사도의 이름으로 죽기를 원했다. 죽은 뒤 솔의 이름을 버리고 천주의 가호 아래 깨끗한 이름으로 묻히길 원했다.

솔의 십자가는 검명劍名 아래 박혀 있었다. 칼 속에 새겨진 십자가는 깊고 또렷했다. 칼을 쥐고 이마에서 입술로 이어지는 솔의 성호는 짧고 정결했다. 회강會講 때 섬돌 아래 시립侍立한 솔을 떠올리며 십자가를 생각했다. 십자가 속에 그려진 하얀 나라를 생각했고, 노론이 일으키는 검은 전쟁을 생각했다. 뜻과 뜻을 헤아리면 머릿속에 흰 소용돌이가 돌았고, 까맣게 밀려오는 눈보라가 보였다. 떨리는 손으로, 솔을 보내는 까닭이 거기 있었다.

하얀 나라, 검은 전쟁.

두 가지 뜻이 하나로 합쳐질 수 없는 이유만으로 솔은 불충이었다. 하얀 나라, 그 한 가지만으로 솔은 유죄였다. 솔아, 하얀 솔아.

: 알아둘 것.

이 소설의 인물과 사건은 역사적 실증과 변별된다. 실존들의 생과 사에 관한 통찰은 글쓴이가 지닌 미망未忘의 안타까움에서 시작되었다. 그 세상은 어둡고 캄캄하였다. 어둠 속에 또렷한 어둠이 보였고, 칠흑漆黑으로 둘러싸인 장막은 다시 암흑暗黑으로 덮여 있었다. 결국 이야기의 가능성은 당대의 주역들에 의해 긍정되거나 부정될 것이다. 역사를 딛고 출몰하는 허구의 세계를 존중한 이유가 여기에 있다. 허구의 세계가 침범하려는 엄한 사실의 경계를 지키려 한 것도 그 때문이다. 그 진위를 가지고 역사적 진실을 물을 수 없다. 역사 해석은 사관의 몫일 것이고, 소설의 문필은 작가의 몫이다. 때문에 사관에겐 증명의 여지를 두었을 것이고, 작가에겐 가공의 여백을 주었을 것이다. 무릇 역사는 다시 오는 것이다. 참고한 문헌은 다음과 같다.

강명관, 『공안파와 조선후기 한문학』, 소명출판, 2007.

강명관, 『안쪽과 바깥쪽』, 소명출판, 2007.

규장각, 이세열 역, 『규장각지 상 · 중 · 하』, 소명출판, 2011.

금장태, 『다산 정약용, 유학과 서학의 창조적 종합자』, (주)살림출판사, 2005.

김백철, 『조선후기 영조의 탕평정치: 『속대전』의 편찬과 백성의 재인식』, 태학사, 2010.

김우철, 『조선후기 정치 · 사회 변동과 추국』, 景仁文化社, 2013.

김중혁, 『이산 정조, 꿈의 도시 화성을 세우다』, 여유당, 2008.

김학주, 『새로 옮긴 시경(詩經)』, 명문당, 2010.

이이화, 『조선후기의 정치사상과 사회변동』, 한길사, 1994.

이주한, 『노론 300년 권력의 비밀』, (주)위즈덤하우스, 2011.

이태진, 김백진, 『조선후기 탕평정치의 재조명: 『조선시대 정치사의 재조명』 후속편』, 태학사, 2011.

임용한, 『박제가, 욕망을 거세한 조선을 비웃다』, (주)위즈덤하우스, 2012.

정석종, 『조선후기의 정치와 사상』, 한길사, 1994.

조 광, 『조선후기 천주교사 연구의 기초』, 경인문화사, 2010.

서철원　2013년 대한민국 스토리 공모대전 최우수상 수상. 발표 작품으로 「칼새」「호모 아나키스트」「그들만의 전설」「추림」「빙어」「여우비」「겨울, 1975」「가야무사 : 운봉고원의 칼」이 있음.

가족의 증명

장마리

중대형 평수의 아파트 입주가 시작되면서 젊고 세련된 손님들이 늘어나고 있다. 원장과 동갑이라는데 한참이나 동생으로 보이는 손님이 어린 딸과 볼륨매직을 하고 돌아갔다. 세 시 반이다. 부랴부랴 뒷정리를 하면서 사천성으로 전화를 한다. 원장은 만리장성 짜장면이 덜 느끼하다고 하지만 사각사각 씹히는 노란 단무지 때문에 나는 사천성으로 배달을 시킨다. 물릴 정도로 먹는 짜장면이다. 단무지라도 내 마음에 드는 걸 시키고 싶다.

　　사천성 배달원이 미용실로 들어서자 원장이 눈을 흘긴다. 노란 단무지 비닐을 벗기며 나는 말대꾸를 한다.

　　"짜장면은 노란 단무지가 제일 중요한 거잖아요!"

　　"아이고, 그냥 단무지가 아니라 노오오란 단무지겠지!"

　　원장은 노오오란을 강조해 말한다. 그러거나 말거나 나는 단무지를 씹으며 짜장면을 비비기 시작한다. 아침을 건너뛰기에 대충 비빈 후 급하게 입에 몰아넣는다. 원장도 나무젓가락에 짜장면을 가득 감아 올려 입에 막 몰아넣고 작은 입을 오물거린다. 볼 거 하나 없는 원장이지만 먹는 모습은 좀 섹시한 편이다. 그때 무릎이 툭 튀어나온 추리닝에 삼색 슬리퍼를 신고 챙모자를 눌러 쓴 남자가 들어온다. 나는 입에 든 짜장면을 넘기지도 못하고 냉큼 묻는다.

"어서 오세요, 손님! 커트하시게요?"

남자가 그렇다고 대답한다. 나무젓가락을 면 속으로 푹 찔러놓고 일어나려고 하자 원장이 내 옷 소매를 잡아당기며 남자를 향해 말한다.

"손님, 오 분만 기다려주세요용."

남자는 원장의 코맹맹이 소리에 피식 웃고는 점심이 너무 늦어 배고프겠다고 신경 쓰지 말고 천천히 드시고 나오라며 의자에 앉아 휴대폰을 꺼내든다. 텔레비전에서는 개그 프로가 재방송되고 있지만 쳐다보지 않는다.

원장은 올해 서른하나다. 남편은 없고 여덟 살짜리 아들이 있다. 그 아들 때문에 나에게 잘해주는 것이다. 원장은 키도 작고 통통하고 얼굴도 예쁘지 않다. 남자한테 차인 것이다. 그래서 남편이야기는 한 마디도 안 하는 것이다. 누가 자신의 가족에 대해 물으면 딴소리를 한다. 나도 그렇다. 백육십삼 센티미터에 사십구 킬로그램, 쌍꺼풀이 짙은 눈과 오똑한 코와 도톰한 입술, 목소리가 비록 계집애 같고 온통 노란색에 환장해 있지만, 나는 열아홉 사내다. 사람들은 여자가 아니냐고 성전환자냐고 게이냐고도 묻는다. 그 말을 이제는 신경 쓰지 않지만 명주 때문에 왼쪽 귀에만 하고 있는 피어싱을 빼버릴까 생각하고 있다. 그러나 노랗고 화려한 내 외모가 피어싱 하나 빼버린다고 나을 것도 없을 것이다. 그런 말에 눈웃음을 짓고 아니라고 말하기까지는 적잖은 노력과 시간이 걸렸다. 재수가 없다고, 남자 망신은 다 시킨다고, 욕을 하고 미용실을 나가는 사람이 요즘도 있다. 처음 초롱미용실에 면접을 보러 왔을 때 원장 역시 그랬다.

원래 스텝이란 여기저기 두루 돌아다니며 기술 좋은 원장에게 노하우를 전수받아야 한다. 그래서 오래 머물지 않는다. 그런데 나는 머물고 싶어도 나를 받아준 곳이 없었다. 내 외모와 목소리 때문이다. 두 곳에서 일주일과 오 일을 일했다. 돈 한 푼 받지 못했다. 한 곳에서 일 년을 일해도 스텝에게 월급을 올려주는 원장은 없다고 직업학교 선배들이 말했다. 그래서 옮겨 다니며 자신의 월급을 인상하는 거라고. 내가 초롱 미용실에서 일할 수 있게 된 것은 순전히 진보적 성향의 사십 대 시장市長 덕분이다. 새로 취임한 젊은 시장은 직업학교 취업실적 평가를 졸업 후, 삼 개월에서 육 개월로 연장시키겠다고 각 직업학교장에게 공문을 보냈다. 학교장은 나 때문에 정부지원금과 최우수직업학교 표창장을 놓칠 수 없다고 솔직하게 내게 말했다. 학교장은 뷰티 재료상 사장에게 특별히 부탁했노라고, 뷰티 재료상은 직업학교에 재료를 납품하는 곳이기도 했지만 백 퍼센트 취업성공을 자랑하는 자신의 남편이 운영하는 곳이라고 웃으며 덧붙였다.

"제가 현수예요. 박현수."

내 소개를 하자 초롱미용실 원장의 눈이 두 배쯤 커졌다. 소파에 앉아 휴대폰으로 게임을 하고 있던 노란 꼬맹이도 마찬가지였다. 노란 꼬맹이가 노란 맹꽁이 안경을 추켜올리며 홀린 듯 자리에서 일어나 슬금슬금 걸어왔다. 그러고는 정확히 내 허리를 안았다. 면접자리라는 것을 알면서도 나는 참지 못하고 몸을 비틀며 간지럽다고 소리를 질렀다. 노란 꼬맹이가 활짝 웃었다. 앞니 두 개가 빠져 있었다. 머리도 노랗고 안경테도 노랬으며 셔츠도 바지도 운동화도 온통 노랬다. 내 분신을 만난 것 같았다. 지금까지 살아오면서 나를 환대해준 사람은 초롱이가 최초였다. 원장은 내가 마음에 들지 않은 눈치였지만 초롱이 때문에 어쩔 수 없다는 듯 내일부터 출근하세요, 라고 했다. 지금은 내 노란 외모와 목소리가 초롱이와 함께 미용실의 트레이드가 되었다.

초롱미용실에 온 지 육 개월이 지났는데 기술은 는 게 없다. 자격증을 딴 지는 일 년이 됐다. 아직 손님은 시술하지 못한다. 원장의 지시 아래 뒷머리 로트를 말고 매직기로 펴고 샴푸를 하며 바닥을 청소하고 물품을 정리한다. 가끔 착해 보이는 남자나 초등생 남자아이가 오면 원장이 눈짓을 준다. 그러나 요즘은 초등학생도 이렇게 해달라, 저렇게 해달라, 그것은 마음에 안 든다, 주문이 많다. 원장이 마무리를 해야 탈이 없다.

나는 건물주인 편의점 사모가 오면 어깨부터 주무른다. 어깨에 귀신이 앉아 있는 것 같다고 늘 투덜거린다. 원장은 세입자에게 야박한 편의점 사모에게 눈을 흘기지만 나는 그녀의 기분을 맞춰준다. 편의점 사모는 퇴근 때 편의점에 잠깐 들렀다 가라고 살짝 말한다. 하지만 사내가 너무 값없어 보일까 봐 그냥 편의점을 지나친다. 되도록 천천히 휴대폰을 보는 척. 사모가 불러 세운다. 삼각 김밥이나 컵라면을 공짜로 준다. 가끔은 캔 맥주까지. 정수리에 유독 머리가 없어 머리카락 한 올에도 예민한 아웃도어 사모가 미용실에 오면, 갓난아이 머리 감기듯 샴푸를 하고 머리 지압을 정성껏 해준다. 내게 팁을 주는 유일한 고객이다. 내가 비록 머리는 못 만지지만 나를 찾는 단골이 있다. 초롱미용실에서 나는 없어서는 안 될 스텝이다.

빈 그릇을 내놓고 양치질을 서두른다. 휴대폰이 울린다. 명주인가 싶어 깜짝 놀란다. 그런데 아버지다.

나는 버스에서 내려 명주가 없는 것을 확인하고 약국으로 쏜살같이 달려간다. 파스와 진통제를 사고 밖을 살핀 후 길을 돌아 집으로 간다. 냉큼 집 안으로 가지 않고 노란 잎을 가득 매달고 있는 은행나무 아래로 걸어간다. 플라스틱 의자에 엉덩이를 내려놓으며 우듬지에 손을 넣어 담배를 꺼내 불을 붙인다.

명주는 그때보다 키가 더 큰 듯했고 어깨도 쩍 벌어져 보였다. 처음에는 반가웠다. 한 번도 면회를 못 가 미안한 마음을 사과하고 싶었다. 소주나 한잔 하자며 포장마차로 데리고 갔다. 명주는 인간이란 원래 그런 거라고 입에 소주를 털어 넣고는 무심하게 뱉었다. 나는 얼른 잔을 들어 원샷 했다. 명주는 과묵해진 듯 말이 없었다. 그게 더

쫄게 만들었다. 하지만 소주가 한 병에서 두 병으로 두 병에서 세 병으로 늘어나자 뱉는 말은 모두 욕설이었고 눈에 살기가 번득였다. 나는 일어나자는 말을 못 하고 빈 잔을 내려놓으며 부리나케 잔을 채워줬다. 주인이 그만 문을 닫겠다고 했다. 술값이 모자랐다. 당연했다. 명주가 이렇게 술을 많이 마실 줄은 몰랐다. 쪽팔렸지만 주인에게 사정했다. 그러나 주인은 내 머리를 물 묻은 손으로 때리며 좆도! 돈도! 없는 것이 술을 처먹었냐고 화를 냈다. 명주가 소주병을 깨고 상의를 벗어젖혔다. 커다란 용이 명주의 몸을 빌려 하늘로 승천하고 있었다. 주인은 바닥에다 침을 뱉으며 내 등을 밀었다.

　뜨겁고 검붉은 용암이 분출하다가 굳어버린 듯 온갖 쓰레기로 흘러내리고 있는 우리 집을 한참이나 바라본다. 가로등 불빛에 쓰레기 집은 더 귀기해 보인다. 오늘도 아버지는 리어카를 끌고 동네를 한 바퀴 돌았을 것이다. 골목이나 아파트 상가에서 재활용쓰레기를 뒤적이다 사람들에게 들켜 드잡이를 당했을 것이다. 다음 골목에서 재활용쓰레기를 발견하고 냉큼 리어카에 싣고 사차선 도로를 무단횡단했을 것이다. 신경질적으로 경적을 울려대는 차들을 아랑곳 하지 않고 유유히 길을 건넜을 것이다. 그러다가 골목에 주차되어 있는 승용차를 리어카에 실린 고철로 긁고 모른 척 내뺐을 것이다. 블랙박스를 보고 찾아 온 차주에게 멱살잡이를 당했을 것이고 막무가내로 쌍욕을 하며 덤벼드는 아버지의 몰골과 집 꼴을 보고는 내동댕이쳤을 것이다. 그래서 늘 온전치 못한 허리를 삐끗했을 것이다.

해마다 봄이 되면 동사무소는 물론 시청에서도 경찰서에서도 우리 집을 방문해 쓰레기와 악취 때문에 민원이 끊이지 않는다고, 아버지를 설득하다가 화를 내다가 협박하다가 돌아갔다. 아버지는 그들에게 물을 뿌리거나 분뇨를 뿌려 다시는 못 오게 했다. 우리 집은 더욱 퀴퀴하고 구린내가 진동했다.

아버지와 나는 한 집에 살지만 서로의 삶을 간섭하지 않고 관심도 두지 않는다. 어지간히 못 견디겠는지 전화를 걸었다. 뜨거운 용암은 그 누구도 손을 못 대듯 나 또한 우리 집 쓰레기는 어쩌지 못한다. 꽁초를 버리고 자리에서 일어난다. 집 앞에 다다르자 퀴퀴하고 구리고 썩은 냄새가 코를 찌른다. 외출했다가 돌아올 때마다 견딜 수 없게 만드는 냄새와 집안 꼴이다. 그러나 일단 집으로 들어가면 냄새도 쓰레기 천지인 환경에도 적응하게 된다. 인간이란 원래 그런 거라고, 명주가 내 어깨를 토닥이며 했던 말이 거짓은 아닌 것 같다. 처음에는 견딜 수 없던 일도 차츰 견뎌지고 아무렇지 않게 되는 거라고, 자신이 이 년간 소년원에서 견딜 수 있었던 이유였다고 말하던 명주의 표정이 잊히지 않는다.

대문은 제 역할을 할 수 없게 된 지 오래다. 한쪽 돌쩌귀에 넝마처럼 붙어 있는 양철대문을 냅다 발로 걷어찬다. 와장창 깨치는 듯한 소리를 뱉으며 넝마자락이 흔들리다 자리를 잡는다. 명주에게 명치를 얻어맞고 쿨럭, 숨도 못 쉬고 배를 잡고 뒹구는 내 모습과 닮은 듯하다. 어딘가에 숨어 있던 도둑고양이가 잽싸게 도망친다. 고양이가 판을 쳐도 쥐새끼들은 줄어들지 않는다. 고양이가 쥐를 잡아먹지 않기 때문이다. 나는 발길질을 한 번 더 하려다가 그만둔다. 개구멍처럼 뚫린 틈으로 몸을 숙이고 집 안으로 기어들어간다. 쓰레기로 인해 안방 문도 닫을 수 없다. 쓰레기 사이로 때에 찌든 이불을 덮고 누워 있는 아버지가 희끄무레하게 보인다. 아버지의 외모는 노숙자와 다름없다. 어깨까지 닿는 머리 때문에 더욱 그렇다. 그럼에도 나는 아버지 머리를 깎아 드리지 않는다. 아니 손도 대지 않는다. 끙끙 앓는 소리가 갑자기 커진다. 다른 때는 코를 골거나 이를 갈며 잠들어 있다. 간혹 아무 소리도 나지 않을 때가 있다. 서울역에서 맞닥트린 어느 노숙자의 죽음 같아 깜짝 놀랄 때가 있다. 나는 그가 죽어 있는지도 모르고, 그가 덮고 있는 이불 속으로 자꾸만 발을 집어넣었다. 지독한 냄새보다는 추위를 견딜 수 없었다. 새벽 한기에 눈을 떴다. 내가 그의 이불을 다 차지하고 있었다. 얼른 그에게 이불을 덮어주려는데 눈과 입이 벌어지고 나무토막처럼 굳어 있는 시커먼 주검을 보았다. 그 모습이 무서웠다. 다시는 오고 싶지 않던 집으로 돌아오고 말았다. 명주가 경찰에게 잡혀가던 날, 가출을 했다. 명주 혼자 죄를 인정하고 소년원에 갔기 때문이다. 나는 명주의 심부름꾼에 불과했다. 그럼에도 소년원에 혼자 간 명주가 말할 수 없이 고마웠다. 한 번은 면회를 가야 했지만 용기가 나지 않았다. 명주가 소년원에 가게 되자 직업학교에 다니게 되었고 미용기술을 배웠으며 자격증을 취득했다. 미용은 나도 쓸모가 있는 인간이라고 인정해 준 최초의 것이다. 처음에는 명주가 없으면 어떤 일도 못 할 줄 알았다. 그런데 오히려 명주가 없으니 나도 쓸모가 있는 인간이라고 깨닫게 되었다.

내 방을 제외한 모든 곳은 쓰레기로 뒤덮여 있다. 온전히 전기도 사용할 수 없다. 겨우 선을 하나 연결해 내 방에서만 사용한다. 나는 휴대폰 불빛에 의지해 내 방까지 기어들어가 스탠드를 켠다. 스탠드 머리를 안방 쪽으로 돌리고 다시 기어서 아버지에게 간다. 아버지를 발로 툭 찬다. 굳이 말을 하고 싶지 않기 때문이다. 아버지가 앓는 소리를 내며 몸을 일으킨다. 약봉지를 그 앞에 던져준다. 아버지는 머리맡에 있는 소주병 뚜껑을 힘겹게 따 진통제 두 알에 소주를 삼킨다. 나는 파스도 그 봉지에 있다고 말하고 돌아 나온다.

"현수야……."

내 이름을 부른다. 고양이처럼 기다가 멈춘다. 아버지가 파스를 내밀고 있다. 어쩔 수 없이 그 앞에 쭈그리고 앉는다. 누더기 같은 셔츠와 남방과 내복을 등허리까지 거칠게 밀어 올린다. 앙상한 척추와 등이 어둠 속에서도 하얗게 드러난다. 어두워 보이지 않을 것 같은데 똑똑히 보인다. 타박상이 심한 듯 내가 손을 댈 때마다 앓는다. 아이 씨팔…… 욕을 뱉고 기어서 내 방으로 돌아와 쾅, 문을 어느 때보다 세게 닫는다.

아버지가 집을 쓰레기 더미로 만들기 시작한 건 엄마가 집을 나가고부터다. 더 정확히 말하면 엄마가 사라지고 난 후다. 지방 신문사에 다니던 아버지는 가장으로서 역할을 못 했다. 말이 신문사 기자였지 거래처에서 광고를 따와야 월급이 생겼다. 관공서 뒷거래를 눈감아 주지 않은 게 빌미가 되어 그나마 잘렸다. 일자리를 알아본다고 집을 나간 아버지는 처음엔 벼룩시장이나 교차로 등 구인구직 신문들을 주워 왔다. 하루 종일 신문을 들여다보고 전화를 걸었다. 몇 군데 면접도 다녀왔다. 며칠 안 되어서는 에이, 더러운 새끼들이라고 욕을 내뱉고 소주를 들이켰다. 술이 늘기 시작했고 엄마의 잔소리를 참지 못하고 손찌검을 시작했다. 아버지는 하루 종일 쏘다니다가 한 뭉치의 신문을 들고 와 집구석에 쌓아놓기 시작했다. 어느 날은 리어카에 재활용쓰레기를 주워왔다. 엄마가 좋아하던 개나리가 심어진, 서너 평 되는 공간은 점점 아버지가 주워다 놓는 쓰레기로 점령되기 시작했다. 마트에서 일을 하고 돌아온 엄마와 싸움은 예삿일이 되었다. 다른 때보다 심하게 다툰 날, 학교에서 돌아와 보니 엄마가 보이지 않았다. 아버지에게 물었지만 대답하지 않고 소주만 냅다 마셨다. 나는 마트에 들러 엄마의 소식을 물었다. 아는 사람이 없었다. 엄마는 그렇게 홀연히 사라졌다. 엄마가 생각날 때마다 집 앞 은행나무 아래 의자에 앉아 훌쩍거렸다. 그러다 보면 마음이 가라앉았다.

다음해 가을, 집 앞 커다란 은행나무가 여느 때보다 노랗게 물들었고 은행이 많이 맺혔다. 햇살에 반사되어 전등을 켜놓은 것처럼 온통 훤했다. 창가에 서서 그 모습을 보고 있으면 눈물이 났다. 찬바람이 불기 시작하자 노란 잎이 후드득 떨어져 내렸다. 이리저리 휩쓸리며 날았다. 아버지는 노란 은행잎이 등을 밝히는 시월 마지막 날, 초라

하기 그지없는 제상을 차렸다. 내가 누구의 제사냐고 묻자 대답은 않고 내 머리를 손으로 누르며 절이나 하라고 했다. 나는 그날 절대 쓰레기를 치울 수 없다는 아버지의 술주정을 어렴풋이 이해했다. 아버지가 무서웠다. 은행나무가 앙상한 몸뚱이만 남았을 때 나는 열이 올랐고 헛소리를 시작했다. 이틀이나 일어나지 못했다. 삼 일째가 돼서야 아버지가 병원에 데리고 갔다. 의사는 영양실조와 우울증이 심하다고 했다. 아버지는 병원에 나타나지 않았다. 집을 비울 수 없다고 했다. 육 인실 병실에 일주일을 입원해 있었지만 나를 찾아오는 사람은 명주밖에 없었다. 내 옆 침대 아이의 엄마가, 아이를 먹이기 위해 귤을 까주다가 내게 내밀었다. 나와 눈이 마주치자 머리를 쓰다듬었다. 왈칵 눈물이 쏟아졌다. 나는 그 귤을 먹지 못하고 손에 쥐고 있다가 잠이 들었다. 인기척에 눈을 떴다. 명주가 내 귤을 까먹고 있었다. 그러나 명주에게 화를 낼 수 없었다. 명주도 지하셋방에서 병원 청소부 일을 하는 할머니와 살았고 늘 배가 고픈 아이였다.

평소에도 계집애처럼 예쁘게 생겼다는 말을 듣던 나는 변성기가 오지 않았다. 아이들은 쓰레기 집 아이라고 놀리다가 계집애라고 왕따를 시켰다. 그런 나를 보호해주는 유일한 친구가 명주였다. 명주는 학교에서 제일 싸움을 잘했다. 명주 곁에 있으면 다른 애들이 나를 괴롭히지 않았다. 대신 명주가 시키는 일은 어떤 것이라도 해야 했다. 명주와 다른 고등학교에 다닐 용기가 없었다. 고등학생이 된 명주의 폭력은 과감해졌다. 새로 부임해 온 교장이 실업계지만 인문

계 못지않은 실력을 키우고 학교의 전통을 바로 세우겠다고 했다. 폭력근절을 첫째 사명으로 강력 대응하겠다고 했다. 그 말에 용돈을 빼앗긴 몇몇 아이들이 명주의 행동을 부풀려 고자질했다. 교장의 방침에 따라 열 시까지 야간자습을 하고 있었다. 교장실에 불려간 명주는 야간자습이 끝났는데도 돌아오지 않았다. 수위가 학교를 돌며 문단속을 했다. 잠시 후 교장의 외제차가 교문을 통과했고 그 뒤로 그림자가 다리를 끌며 걸어 나왔다. 나를 발견한 명주가 무릎을 꺾고 쓰러졌다. 명주의 얼굴은 12라운드 경기를 뛴 권투선수의 얼굴보다 처참했다. 입술과 코피가 터져 피로 얼룩져 있었고 부어서 눈이 보이지 않았다. 골프채로 엉덩이와 허벅지를 맞아 걷지 못했다. 며칠 지나자 온몸에 멍이 번졌고 퉁퉁 부어올랐다. 명주는 일주일간 학교에 나오지 않았다. 담임은 명주를 찾지 않았다. 명주는 몸이 어느 정도 회복되자 교장의 외제차를 박살냈고 고자질한 아이를 때려 중태에 빠트렸다. 명주 옆에 당연히 나도 있었다. 그런데 명주는 혼자 소년원에 갔다.

진통제를 먹은 아버지가 밤새 앓는다. 나는 귀를 틀어막고 이불을 뒤집어쓴다. 서서히 졸음이 몰려온다. 이런 때 잠이나 자야 하는 내가 싫지만 인간이란 원래 그런 거라던 명주의 말이 새삼 옳다고 여겨진다.

다른 때 같으면 벌써 리어카를 끌고 나갔을 아버지가 아침인데도 꼼짝하지 않는다. 할 수 없이 24시 기사 식당에서 뼈다귀 해장국이 인분을 포장해온다. 아버지께 드리고 나는 내 방에서 먹는다. 음식을 끓이고 요리할 주방은 없다. 변기통과 세탁기가 있는 화장실에서 해결한다. 화장실이 온전한 것은 내가 사용하는 최소한의 공간이기 때문이다. 밥솥과 휴대용 가스레인지와 양은 냄비와 수저 등이 한쪽 구석을 차지하고 있다. 온수는 나오지 않는다. 찬물에 대충 그릇들을 담가놓고 밀린 잠이나 잘까 하고 화장실 문을 열자 시커먼 쥐새끼가 후다닥 사라진다. 개의치 않고 자리에 눕는다. 한 달에 두 번 쉬는 공휴일이다. 하지만 잠이 오지 않는다. 명주는 소년원에서 제빵사 자격증을 땄지만 일자리를 구할 수 없다고 했다. 할머니가 아프다는 명주의 말에 백만 원을 주었다. 죄책감과 부채감에서 벗어나고 싶었다. 일주일 후 월세가 밀려 그렇다며 백만 원만 더 해달라고 했다. 나는 원장에게 재차 가불을 해서 그 돈도 마련해주었다. 그런데 할머니가 수술을 해야 한다며 천만 원을 더 달라고 했다. 그런 큰돈은 구할 수 없다고, 저번에 준 돈도 가불한 돈이라고 나도 모르게 짜증을 섞어 말했다. 명주는 내 말이 끝나기가 무섭게 주먹으로 내 명치를 가격했다. 나는 십 분이 넘도록 새우처럼 몸을 말고 바닥에서 파닥거렸다. 명주가 주머니에서 칼을 꺼내 흔들었다. 내가 고개를 외로 틀고 숨을 몰아쉬자 머리를 잡아챘다. 원장이 과부라며? 그 아들놈을 내가 좀 데리고 있을 테니까 실종신고 못하게 네가 연기 좀 해! 대답을 않는 내게 다시는 나타나지 않겠다고, 자신을 못 믿느냐고, 초롱미용실 정도면 돈 천만 원은 그리 큰돈이 아니라고, 그 돈이 없다고 미용실이 망하는 것도 아니라고, 침을 튀기며 말했다. 그래도 나는 대답하지 않았다. 명주가 칼날을 턱밑에다 바짝 들이댔다. 차고 시린 칼날의 섬뜩함에 하마터면 오줌을 지릴 뻔했다.

"나한테 미안하다며, 씹새끼야."

어쩔 수 없이 나는 고개를 끄덕이고 말았다. 그러나 명주의 부탁을 들어주면 초롱미용실을 떠나야 한다. 초롱미용실을 떠나고 싶지 않다. 다른 미용실에 적응할 자신이 없기 때문이다.

일 년 전만 해도 초롱미용실은 원장 혼자 꾸려나갔다. 중대형 아파트가 들어서면서 미용실도 리모델링을 했다. 새로 지은 상가나 건물에 브랜드 미용실이 들어섰기 때문이다. 원장은 인터넷 카페에 가입해 미용정보도 주고받고 세미나에도 열심히 참가한다. 백만 원에 달하는 최신 미용기기도 모두 갖췄다. 나는 건조대에 널려 있는 원장의 속옷을 보았다. 팬티는 물론 브래지어도 밴드가 늘어져 있었고 후크도 녹이 슬어 있었다. 지금 살고 있는 아파트도 원장의 집이 아니다. 리모델링 비용을 대기 위해 팔았고 현재는 월세로 살고 있다. 항상 검은 스트라이프정장을 깔끔하게 차려 입고 있어 남들은 돈 있는 젊은 과부 원장이라고 생각한다. 나는 그렇지 않다는 속사정을 알고 있다.

초롱미용실 스텝들은 한 달을 채우지 못하고 그만두거나 월급을 받은 다음 날 인사도 없이 나오지 않았다. 스텝들이 견딜 수 없는 건 오천 원이 안 되는 점심밥을, 짜장면을, 먹어야 해서가 아니다. 미용실에서 만날 휴대폰만 들여다보고 앉아 있는 노란 꼬맹이와 지내는 일을 견디지 못해서다. 하지만 나는 아무렇지 않다. 미용실에서 초롱이와 함께 먹는 치킨이 집에서 먹는 밥보다 백 배 낫고, 초롱이를 노랗게 꾸미며 노는 게 즐겁다. 팔십만 원이 안 되는 월급에도 가끔 내가 한 턱 쏘기도 한다. 초롱이를 데리고 편의점에서 삼각 김밥이나 라면을 함께 먹는다.

초롱이가 초등학교에 입학하자 담임이 부모 상담을 청했다. 담임은 초롱이 상태가 심각한데 왜 이렇게 방치했느냐며 당장 병원에 데려가라고 원장을 계모 대하듯했다. 초롱이는 학교에서 왕따를 당하고 있다. 선생이나 주위 사람들, 원장도 노란색에 과도하게 집착하는 초롱이가 문제가 있다고 말한다. 그러나 나는 초롱이가 남보다 노란색을 많이 좋아할 뿐이라고, 제 뜻대로 되지 않을 때는 바지에 오줌을 싸는 게 그렇지만, 정신 상태는 극히 정상이라는 것을 알고 있다. 초롱이는 곧 이 방법을 사용하지 않을 것이다. 엊그제도 그랬다. 노란 머리카락 사이로 까만 머리가 보이자 염색을 해달라고 원장을 졸랐다. 일주일에 한 번꼴로 염색을 해야 했다. 원장은 시간도 너무 늦었고 피곤하다며 초롱이를 밀쳐냈다. 초롱이가 입을 삐죽이다가 뒷정리를 하는 내게 부탁했다. 원장이 버럭 소리를 질렀다. 원장도 그날은 진상 손님한테 당한 날이라 기분이 별로였다. 초롱이가 울음을 터트렸다. 이때 오줌을 싸지 않았다. 초롱이는 엄마와 주위 사람에게 관심을 받고 싶은 거였다. 그들은 관심이 없다. 원장도. 그저 조용히 없는 듯 있어주기만 바랬다.

"병원에서는 아무 문제가 없다니까 더 미치지."

원장이 술에 취하면 혀 꼬부라진 소리로 잠든 초롱이 얼굴을 쓰다듬으며 하는 말이다. 가끔 회식이라며 나를 붙잡는다. 원장도 외롭기 때문이다. 양념 반 후라이드 반으로 치킨을 시키고 내게 만 원을 내밀며 편의점에서 맥주를 사오라고 한다. 미용실에서 초롱이랑 함께 먹는 저녁밥 대용 치맥인데 이때가 나는 가장 행복하다. 어차피 퇴근을 해도 집에서는 밥을 먹을 수 없다. 게다가 말짱한 정신보다는 조금 알딸딸한 기분으로 퇴근해서 곧바로 잠드는 게 좋다. 요새는 술기운에라도 명주를 만나면 한 번쯤 대들고 싶다. 물론 그랬다가는 뼈가 부러지는 것은 일도 아니고 손으로 휙휙 칼날을 돌렸다가 착 접어 넣는 손칼에 내 얼굴은 난도질을 당할 것이다. 명주가 칼까지 가지고 다닐 줄은 몰랐다. 명주는 미용 일을 한다더니 훨씬 더 예뻐졌다며 내 볼을 톡톡 쳤다. 귀걸이 그거 진짜 금이냐고도 물었다. 기분이 상했지만 대들 수 없었다. 명주는 일주일의 시간을 주겠다고 했다. 명주를 죽이는 상상을 한다. 명주에게 칼을 빼앗은 내가 한 번만 살려달라고 애원하는 명주의 심장에, 목에, 깊숙이 칼날을 쑤셔 넣는 꿈을 꾸다가 깨어난다. 요새는 명주가 말한 인간이란 원래 그런 거라는 말이 낯설지 않다.

초롱이가 훌쩍이며 은행나무 아래에 앉아 있다. 뛰어가 꼬옥 안는다. 어깨를 들썩이며 서럽게 운다. 초롱이의 노란 가방은 칼로 난도질이 되어 있고 노란 머리도 쥐여뜯긴 듯 헝클어져 있으며 노란 맹꽁이 안경도 깨졌고 테도 한쪽이 부러졌다. 옷도 흙과 코피가 묻어 엉망이다. 하지만 초롱이에게 말하지 말았어야 했다. 원장과 마신 맥주가 주량을 넘긴 탓에 그만 119번 버스종점 끝에 커다란 은행나무 있는 곳이, 우리 집이라고 말해 버렸다. 그 말을 기억하고 초롱이가 찾아올 줄 몰랐다. 초롱이가 이곳에 오려면 한 시간 넘게 버스를 타야 한다. 학원을 다니지 않기 때문에 원장은 초롱이를 기다리고 있을 것이다. 아니 모처럼 쉬는 날이라, 원장도 밀린 일을 하느라, 낮잠을 자느라, 초롱이 존재를 잊었는지 모른다. 어쨌든 초롱이를 혼자 보낼 수 없다. 무엇보다 명주를 만날까 봐 그렇다. 그렇다고 쓰레기 집으로 데려갈 수도 없고 난감하다. 일단 버스정류장까지 가 보기로 한다.

명주가 버스 정류장 의자에 앉아 꽁초가 된 담배를 손가락으로 튕겨내며 금방 도착한 버스에서 내리는 승객들을 훑고 있다. 나를 기다리는 게 분명하다.

"우리 집으로 가자."

초롱이 얼굴이 일그러진다. 나쁜 놈들을 혼내주겠다고 같이 가자고 했잖아, 떼를 쓴다. 나는 고갯짓을 하며 나쁜 형, 무서운 형, 때문이라고 변명한다.

"형도 나처럼 많이 맞았어?"

그렇게 묻는 초롱이 눈에 안쓰럽다는 빛이 역력하다. 아이, 시팔 쪽팔려. 나는 걸음을 멈추고 초롱이 눈을 보며 말한다.

"복수할 거야!"

"어떻게?"

"아직은 말할 수 없어. 형이 먼저 해보고 가르쳐줄게."

초롱이가 고개를 끄덕인다. 우리는 말없이 손을 잡고 걷는다. 초롱이 걸음이 너무 느리다. 나는 초롱이 손을 잡아끈다. 그런데 초롱이가 내 손을 잡아당기며 그 자리에 우뚝 선다.

"서로 도와주기."

나는 고개를 끄덕이고 초롱이가 내민 새끼손가락에 고리를 건다. 초롱이가 씨익 웃으며 손을 흔든다. 나는 손바닥을 앞뒤로 비벼 복사를 마치고 초롱이 머리를 쓰다듬는다.

초롱이가 우리 집 앞에서 인상을 찌푸리고 코를 쥔다. 애상한 일이지만 당황스럽다. 나는 개구멍으로 몸을 밀어 넣고 기어들어간다. 하지만 초롱이는 고개만 젓고 있다.

"저 안쪽에 보물섬이 있어!"

"......"

"노란 보물섬!"

초롱이가 정말? 묻는다. 나는 고개를 끄덕이고 다시 안으로 들어간다. 조금 더 자신 있게, 성큼성큼. 그제야 초롱이가 따라 들어온다. 아버지 몰골을 보고 아악! 소리를 지르고 주저앉아 버린다. 나는 재빨리 말한다.

"보물섬을 지키는 해적이야."

초롱이가 믿어야 할지 말아야 할지 모르겠다는 표정으로 아버지와 나를 번갈아 쳐다본다. 아버지가 갑자기 양팔을 꺾어 올리고 소리를 지른다.

"나는 해적이다!"

초롱이가 울음을 터트리며 내게 쪼르륵 기어와 안긴다. 아버지가 그 모습을 보고 깔깔거린다. 나는 초롱이를 토닥이며 아버지를 째려본다. 차마 욕을 뱉을 수 없어, 입모양으로 씨이팔, 어이구, 뒈져버리지…… 등의 말을 마구 지껄인다. 그러거나 말거나 아버지는 나를 외면하고 초롱이를 달랜다. 그럴수록 초롱이가 싫다고 고개를 젓고 손으로 밀친다. 아버지가 수건으로 한쪽 눈을 가리고 떼에 전 이불을 어깨에 두르며 말한다.

"나는 백 년 동안 보물섬을 지키며 왕자를 기다리고 있었다. 아하, 그러고 보니 바로 니가 그 노란색을 좋아한다는 왕자구나!"

초롱이가 거짓말처럼 울음을 그치고 아버지를 쳐다본다. 천천히 시선을 내게 옮긴 후 고정한다. 이런 상황이 납득이 안 가지만 나도 고개를 끄덕인다. 아버지가 초롱이에게 묻는다.

"노란 왕자가 맞느냐?"

"그렇다! 내가 노란 왕자다!"

초롱이가 발딱 일어나 제 허리춤에 손을 얹고 가슴을 쫙 펴고 말한다. 이런 광경이 몹시 낯설다. 초롱이도 내 아버지도.

"왕자님, 환영합니다. 보물섬을 왕자님께 넘기겠습니다!"

아버지가 한쪽 무릎을 굽히고 고개까지 꺾는다. 초롱이가 활짝 웃는다. 기가 막히다. 나도 그만 웃고 만다. 정말로 믿기지 않는다. 아버지의 이런 행동이.

초롱이는 작은 고양이가 되어 이곳저곳을 마구 쏘다니며 콜록거린다. 초롱이가 움직일 때마다 먼지가 제 세상을 만난 듯 활개를 치고 날아다닐 게 뻔하다. 햇빛이 직접 들지 않아 보이지 않지만 짐작할 수 있다. 내 콧속이 근질거리기 때문이다. 초롱이는 쓰레기 속에서 무언가를 꺼내 들고 아버지에게 묻는다. 아버지는 천 년 된 요술 상자라든가, 해적선장의 구두라든가, 추락한 우주선의 의자라고 그럴싸하게 대꾸한다. 초롱이는 십여 년 만에 우리 집 안까지 방문한 최초의 손님이고 근 십여 년 만에 아버지와 나를 웃게 한 주인공이다. 커다란 궤짝 안을 들여다보던 초롱이가 연거푸 재채기를 한다. 손등으로 코를 문지르며 배가 고프다고 한다. 데리고 나가 뭐라도 먹이고 싶지만 명주를 만날까 봐 겁이 난다. 엉거주춤한 모습으로 때에 전 이불을 개고 쓰레기를 괜히 이쪽에서 저쪽으로 옮기며 초롱이에게 눈을 주고 있던 아버지가 말한다.

"아가, 라면 먹을래? 할아부지가 끓여 줄까?"

초롱이가 고개까지 끄덕이며 네에, 라고 크게 대답한다. 아버지는 앓는 소리를 하면서도 냄비에 물을 받고 휴대용 가스레인지에 불을 켜 라면을 끓인다. 내 방으로 초롱이를 데리고 들어간다. 초롱이 눈과 입이 쩌억 벌어진다. 초롱이가 아무리 노란색을 좋아해도 원장은 초롱이 방을 노랗게 꾸며주지 않는다. 당연한 일이다. 나를 처음 봤을 때처럼 초롱이가 웃으며 다가와 내 허리를 안는다. 그때나 지금이나 초롱이 앞니는 여전히 빠져 있다.

햇살이 좋던 어느 봄날 아버지가 노란 병아리를 가지고 왔다. 열다섯 마리였다. 부화장에서 버린 병아리였을 것이다. 노랗고 보송보송하고 꿈틀거리는 생명체가 경이로웠다. 그러나 병아리는 다음 날부터 죽어가기 시작했다. 아버지가 항생제를 물에 타 먹이기도 했지만 소용이 없었다. 열다섯 마리 병아리는 일주일 만에 모두 죽었다. 아버지가 은행나무 아래에다 병아리를 묻었다. 그 후 나는 노란색에 집착하게 되었다. 노란색은 어머니가 좋아하던 색이기도 했고 노란색을 쳐다보면 마음이 편했다. 내 방을 노란 벽지로 도배했다. 쓰레기 속에서도 노란 내 방은 화려했고 아름다웠다. 물건과 옷도 노란색으로 바꾸었고 머리도 노랗게 염색했으며 손톱도 노랗게 칠했다. 미용은 화려한 내 외모가 그리 큰 흠이 되지 않았으며 나를 더 돋보이게 했다.

비록 라면이지만 십여 년 만에 아버지와 함께 하는 식사다. 아직 모아놓은 돈은 없다. 돈을 모으는 일보다 먼저 해야 할 일이 아버지를 병원에 데려가는 일이다. 물건을 버리지 못하고 쌓아두는 사람을 '호더 장애인'이라고 한다. 정신과 치료를 받아야 한다. 인터넷에 그렇게 씌어 있었다. 아니 아버지는 머리보다 어쩌면 몸이 더 문제일지도 모른다. 쉰둘의 아버지를 사람들은 일흔의 할아버지로 본다. 아버지를 병원에 데려가고 적금도 하나 부을 계획을 세울 때 참 행복했다. 그런데 내 계획이 명주로 인해 물거품이 되게 생겼다. 초롱미용실을 떠나고 싶지 않다. 나도 남들처럼 살고 싶다. 명주가 내 삶을 방해하게 놔둘 수 없다. 인간이란 원래 그런 거라는 말의 의미가 확실해졌다.

나는 운동화를 신고 은행나무 아래로 간다. 우듬지에서 담배를 꺼내 한 모금 빨고 명주에게 전화를 건다. 초롱이가 집에 와 있다고, 이따 밤이 되면 초롱이를 집에다 데려다 줄 건데, 버스정류장에서 내가 잠깐 자리를 비울 테니 데려가라고 말한다. 명주가 알았다고 한다. 초롱이가 거부 없이 너를 따라가려면 그 전에 얼굴을 익혀야 않겠느냐고 담배를 발밑에 짓이기며 우리 집에서 같이 치킨이나 먹자고 말한다.

나는 큰길로 내려가 소주와 치킨을 사고 약국에 들른다. 잠이 안 와 수면제가 필요하다는 내 말에 약사는 처방전이 없으면 안 된다며 수면유도제를 준다. 할 수 없이 길을 건너 다른 약국으로 간다. 아버지의 감기가 아주 심하다, 응급실에는 안 가겠다고 고집을 피운다, 밤에 잠을 못 잘 것 같은데 어떻게 안 되겠느냐고 사정한다. 약사는 종합감기약과 노란 달이 그려진 알약을 준다. 감기는 일단 푹 자는 게 중요하다며 아침에 바로 병원에 모시고 가라고 요새 감기가 독하다고 낮에는 절대 드시게 하면 안 되고 특히 운전을 하면 위험하다고 한다. 말 많은 약사라 안심이 된다.

나를 따라 온 명주가 집 앞에서 잠깐만이라고 말하고 존나 구리다며 담배를 꺼내 문다. 나는 헛기침을 크게 한다. 긴장을 누르기 위해서다. 가슴 뛰는 소리가 명주 귀에 들릴까 봐 미칠 것 같다. 나는 명주가 담배를 다 피울 때까지 기다린다. 확실히 명주는 말이 없어졌다.

명주가 꽁초를 버리고 나를 따라 집 안으로 기어들어온다. 초롱이와 함께 있던 아버지가 눈을 크게 뜨고 명주를 본다. 명주구나, 오래간만이라는 아버지 말에 고개를 까닥인다. 아버지가 방을 나가려고 몸을 일으킨다. 나는 그냥 계시라고 한다. 초롱이가 명주를 뚫어지게 쳐다본다. 명주가 반갑다며 악수를 청하자 아버지 뒤로 숨는다. 나는 낯을 가린다며 들고 있던 치킨을 바닥에 풀어놓는다. 초롱이가 명주 눈치를 보며 무릎걸음으로 쪼르륵 걸어와 내 귀에 대고 묻는다.

"지금 복수하는 거야?"

꿍, 가슴이 내려앉는 것 같다. 하지만 나는 초롱이 눈을 똑바로 보고 고개를 끄덕인다. 초롱이가 입매를 일자로 하고 고개를 끄덕인다. 명주가 닭튀김 조각 하나를 집어 초롱이에게 건넨다. 초롱이가 내 눈치를 본다. 나는 받으라고 고개를 끄덕여준다. 초롱이가 머뭇거리다 받는다. 나는 잔을 좀 챙겨오겠다며 소주병이 든 비닐봉지를 들고 화장실로 들어가 딸깍 문을 잠근다. 쥐새끼가 부리나케 발밑을 지나간다. 심장이 밖으로 튀어 나올 듯 뛰고 있다. 소주병 뚜껑을 따 벌컥 마신다. 빈속이라 짜르르 뱃속이 울린다. 뺨을 양손으로 찰싹찰싹 때린다. 심호흡을 하고 소주병 뚜껑을 하나씩 딴다. 가지런히 바닥에 세운다.

"인간이란 원래 그런 것이다……."

주문처럼 외우며 알약을 소주병 속에 넣는다. 종합감기약도 넣는다. 손이 떨려 알약캡슐을 열다가 바닥에 떨어트리고 흰 가루가 병 안으로 제대로 들어가지 않아 병 주위와 바닥에 묻는다. 약이 잘 녹도록 병을 들고 흔든다. 휴지를 뜯어 병 가장자리에 묻은 가루를 닦는다. 잔이 없어 대접을 챙겨 든다. 다시 심호흡을 한다. 찬물에 세수를 한다. 손바닥으로 내 뺨을 다시 세게 친다. 인간이란 원래 그런 것이다…….

방으로 들어와 비닐봉지에서 소주를 꺼내 뚜껑을 따는 척 돌린다. 아버지 대접에 먼저 소주를 따른다. 아버지에게 약 탄 소주를 먹이고 싶지 않지만 어쩔 수 없다. 명주 대접에도 딴다. 손이 달달 떨린다. 씹새꺄, 뭐하냐? 눈으로 명주가 묻는다. 나는 왼손으로 오른손을 받친다. 초롱이가 닭다리를 뜯다가 멈추고 본다. 애써 초롱이 눈을 외면한다. 그 모습을 보고 명주가 쫄지 마 새꺄, 손가락 하나 안 다치게 할 거니까. 눈으로 대답한다. 본의 아니게 대접 가득 술을 딴다. 명주의 엄지가 소주에 잠긴다. 대접을 내려놓고 손을 턴다. 약 탄 소주 한 병이 바닥난다. 너도 한 잔하라는 듯, 명주가 비닐 속에 든 병을 꺼내려고 손을 내민다. 나는 약 타지 않은 새 소주병을 건넨다. 손을 떨며 소주를 받는다. 명주가 피식 웃는다. 우리는 건배를 한다. 초롱이도 캔 콜라를 내민다. 꿀꺽 나도 한 모금 마신다. 아버지는 냉수 마시듯 벌컥벌컥 마신다. 나는 아버지에게 눈을 흘긴다. 아버지는 내 시선을 외면하고 닭튀김을 집어뜯는다. 명주도 대접을 내려놓는다. 빈 대접이다. 다행이다. 나는 명주에게 닭튀김을 집어건넨다. 하지만 눈길도 안 주고 무를 집어 아작아작 씹는다. 소주나 달라고 손을 내민다. 나는 봉지에서 새 소주인 척 뚜껑을 돌려 내민다. 명주가 아버지에게 받으라고 한다. 아버지는 소주를 받고 다시 명주에게 따라준다. 금세 또 약 탄 소주 한 병이 빈다. 다행이다. 나도 무를 집어 씹는다. 아버지는 그새 대접을 비우고 카아, 목구멍소리까지 내며 내려놓는다. 씨팔…… 나도 모르게 욕이 나온다. 초롱이는 혀를 둘러 입술에 묻은 콜라를 핥는다. 나는 인상을 찌푸리고 고개를 돌리다가 초롱이와 눈이 마주친다. 명주가 피식 웃으며 내 어깨를 툭 친다. 내가 자신의 일을 돕는 거라고, 초롱이에게 자꾸 신경 쓰지 않아도 된다고, 나를 위로하는 제스처다. 명주의 오해가 고맙기만 하다. 아버지가 오늘 기똥차게 기분이 좋다고 노래를 한 곡 부르겠다고 한다. 명주와 초롱이가 박수를 친다.

이 세상의 부모 마음 다 같은 마음 아들딸이 잘되라고 행복하라고. 마음으로 빌어주는 박 영감인데 노랭이라 비웃으며 욕하지 마라 나에게도 아직까지 청춘은 있다. 원더풀 원더풀 아빠의 청춘 브라보 브라보 아빠의 인생…….

명주와 초롱이가 다시 박수를 친다. 노래를 마친 아버지가 또 벌컥벌컥 마신다. 명주도 마신다. 나는 대접을 들었다가 그냥 내려놓는다. 얼굴이 아까부터 불이 난 듯 화끈거린다. 갑자기 히죽, 웃음이 나온다. 아버지 노래를 들어 본 게 언제던가? 하여튼 오늘은 별일이다. 이게 다 초롱이 덕분이다. 뒤늦게 짝짝 박수를 친다. 아버지가 허허 공허하게 웃다가 닭튀김 조각 하나를 내게 내밀고 울 것처럼 찌푸린 채 말한다.

"현수야, 미안하다…….."

믿을 수 없다. 아버지가 미안하다니…… 그런데 명주가 콧방귀를 뀐다. 거칠게 대접을 들고 소주를 비우고, 던지 듯 내려놓고 무를 아 작아작 씹는다. 명주의 콧방귀도 거친 행동도 거슬린다. 명주가 왜, 내 행복을 질투하지? 왜, 끼어들지? 나도 대접을 들고 단숨에 마신 다. 아버지가 옆으로 꼬꾸라진다. 곧바로 코를 곤다. 명주가 피식 웃 는다. 정말 기분 나쁜 웃음이다.

초롱이가 베개를 아버지 머리에 받쳐주려고 한다. 나는 초롱이를 돕는다. 명주가 발로 내 허벅지를 차며 씹새꺄, 내 앞에서 효도 짓 하 냐? 어금니를 물고 말하는지 목소리가 낮고 분명치 않다. 기분이 나 쁘지만 참는다. 겁이 나기 때문이다. 그런데 명주의 얼굴과 표정이 확실히 달라져 있다. 하지만 꼿꼿하게 버티며 개지랄 떨지 마, 씹새 꺄! 계속 시부렁거린다. 거칠게 뛰던 내 심장이 차분해진다. 라면도 끓일 만큼 얼굴만 홧홧 거린다. 이런 분위기를 초롱이도 느낀 것일 까. 나와 명주를 빠르게 훑는다. 나는 걱정 말라는 듯 휴지를 뜯어 초 롱이 입술을 닦는다.

"찌질이끼리 잘 논다, 새꺄 좋냐?"

명주가 또 이죽거린다. 술만 들어가면 말이 많아진다. 나는 한쪽 입매를 살짝 올리고 닭튀김을 집어 명주에게 건넨다. 명주가 내 손을 확 쳐버린다. 닭튀김이 벽에 맞고 뒹군다.

"아이, 새끼가……."

내가 뱉은 말이다. 명주가 도끼눈으로 나를 노려보다가 콧방귀를 뀐다. 도저히 믿을 수 없다는 듯 연거푸. 나는 웃으며 말한다.

"그러니까 닭이 무슨 죄가 있냐고……."

명주가 주먹을 휘두른다. 하지만 주먹은 내 얼굴을 그저 스칠 뿐이다. 나는 소주병을 냉큼 집어 명주머리에 내려친다. 퍽, 소리가 나며 산산조각이 난다. 명주의 몸이 뒤로 크게 휘청이다가 중심을 잡는다. 초롱이가 아악, 소리를 지른다. 나는 후다닥 일어나 명주의 목을 조른다. 야이, 새끼야! 죽어어…… 니가 뭔데…… 명주 머리에서 피가 흘러 얼굴로 흘러내린다. 명주는 내 팔을 풀어보려고 발버둥 치지만 힘이 빠져 있다. 그럼에도 내 머리를 움켜잡는다. 손아귀에 힘이 느껴지지 않는다. 명주의 몸이 축 늘어진다. 나는 팔을 푼다. 그런데 켁…… 켁…… 기침을 한다. 나는 놀라 옆에 있는 비닐봉지를 명주 얼굴에 씌우고 다시 목을 조른다. 명주가 손발을 허공에 휘두른다. 온몸을 크게 출렁인다. 얼마나 시간이 지났을까. 움직임이 없다. 아니 안고 있는 명주 몸이 너무 무겁다. 목덜미로 흰 거품이 흘러내려 내 팔뚝이 젖는다. 마치 비 맞은 듯 내 몸은 땀범벅이다. 콧물과 눈물이 엉망인 채 딸꾹질을 하며 초롱이가 보고 있다. 나는 간신히 말한다.

"형이 복수했어."

초롱이가 딸꾹질을 하며 고개를 끄덕인다. 나는 명주를 옆으로 밀친다. 큰 몸뚱이가 힘없이 미끄러진다. 초롱이에게 손을 내민다. 무릎걸음으로 걸어와 내게 안긴다. 나는 울음이 터진다. 초롱이를 안고 운다. 울음이 그치지 않는다. 초롱이가 내 눈물을 닦아주고 등을 토닥이지만 소용이 없다.

초롱이 손을 잡고 집을 나온다. 지나가는 택시를 잡아탄다. 내 전화를 받은 원장이 아파트 입구에 나와 있다. 나는 초롱이를 원장에게 넘기고 집으로 돌아온다.

검정 비닐을 얼굴에 쓰고 널부러져 있는 명주 옆에 아버지는 코를 골며 잠들어 있다. 아버지 곁으로 가 눕는다. 서서히 잠이 몰려온다. 분명히 잠을 잘 상황이 아닌데 눈꺼풀이 무겁다. 인간이란 원래 것이다.

화들짝 잠이 깬다. 그새 날이 훤하다. 아버지도 명주도 없다. 깨진 술병과 엉망이 된 술자리만 그대로다. 서둘러 밖으로 기어 나간다.

은행나무 아래 의자에 아버지가 앉아 담배를 피우고 있다. 발밑의 흙색이 짙고 둥그스름하다. 삽 하나가 그 옆에 기대어 있다. 나를 발견한 아버지가 담배꽁초를 발밑으로 던지고, 외면한 채 성큼성큼 집으로 걸어간다. 나는 아버지 등에 대고 묻는다.

"초롱이는요……?"

아버지가 걸음을 멈추고 되돌아서서 씩 웃는다.

장마리　2009년 《문학사상》에 단편소설 「불어라 봄바람」으로 등단. 2011년 『올해의 문제소설』에 「선셋 블루스」 선정. 2013 문예진흥기금 수혜. 창작집으로 『선셋 블루스』가 있음. 2014년 제7회 불꽃문학상 수상.

개는 어떻게 꿈꾸는가

김저운

1

　빨리 오란 말야. 늦으면 큰일 나는 거 알지? 오늘이면 모든 게 결정난다구. 우리 생계가 걸린 일이야. 알았어?

　알았어.

　다른 때 같았으면 아내의 말투에 버럭 성질이라도 냈으련만, 얼떨결에 그대로 응하고 말았다. 알았어? 하고 아내가 닦아세우듯 말끝을 올렸다면 나는 알았어, 하며 내렸을 뿐이니 앵무새가 된 셈이다. 샷을 날리던 통쾌는 순식간에 사라지고 부아가 치밀었다. 당신 미쳤어? 무슨 말을 그렇게 해? 한마디라도 해줄 것을.

　휴대폰 속 아내 목소리는 낮고 단호했다. 병원 복도로 나와서 주변을 의식하며 말하는 게 분명했다. 나는 다시 아내에게 전화를 걸었다.

　그리고 있잖아. 어머니가 무슨 말하시면…… 바로바로 녹음하라고. 핸드폰 녹음 기능 알지?

알고 있다니까.

아무리 급해도 집에는 들러야 했다. 골프복 차림으로 병원엔 갈 수는 없다. 오늘내일하는 어머니를 두고 골프나 치러 다닌다는 눈총을 받을 필요까지는 없지 않은가. 집에 들른다 해도 이삼십 분 정도 소용될 것이다. 오늘따라 옷을 가지고 나오지 않은 게 후회되었다.

작년에도 몇 번을 그렇게 병원으로 달려갔었다. 그러나 어머니는 쉽게 숨을 놓지 않았다. 요 며칠은 상태가 썩 좋았다. 병세가 뜻밖에 호전되면, 되레 마지막이 가깝다는 증거라던 말이 스쳐갔다.

갑작스런 일은 아니다. 가슴 한쪽을 절개한 후 폐까지 암세포가 퍼지면서 이삼 년밖에 못 살 거라던 의사의 진단이 무색하게 어머니는 십 년 가까이 버티었다. 아니, 버틴다기보다 더 적극적으로 삶을 누렸다. 여행도 자주 갔고, 화초를 가꾸었으며, 문화센터 노래교실도 거의 빠지지 않았다. 그러던 것이 지난여름부터 아예 병원 신세를 지게 된 것이다.

사실 나는 어머니가 암 환자라는 걸 수시로 잊고 지냈다. 지인으로부터 어머니의 근황에 대한 질문을 받으면 그때야 생각나는 경우가 허다했다.

주말이라선지 정체가 심했다. 신호등 앞에 늘어선 차량 행렬에 끼여 멀건이 기다리기를 반복했다. 뇌리 속을 박의 말이 자꾸 떠다녔다.

정말이라니깐. 개한테 유산을 다 물려준다고 분명히 썼어. 싸인까지 했다구.

나는 코웃음을 쳤다.

인마, 뭐 개가 사람이냐? 재산은 사람만 가질 수 있는 거야. 법을 공부했단 놈이 몰상식하긴……. 그 계통에서 사기 치는 것도 배웠구만?

헌데 박은 한술 더 뜬다. 동유럽의 어떤 사람은 자기 개한테 전 재산을 다 주었다고. 나는 혀를 차면서 우스갯소리로 넘기려 했다. 그런 화제로 날 놀리는 것 같아 몹시 불쾌했다. 손사래를 치며 화제를 돌리려는데, 박은 벌게진 얼굴을 내 코앞에 바짝 들이댔다.

아, 씨발. 이 새끼 진짜 멍청하네.

박은 셔츠 단추를 풀면서 고개를 저었다.

사람인 네가 동물인 개보다 못하니까 너한테 안 주고, 동물인 개가 사람, 그것도 아들인 너보다 나으니까, 개한테 준다는 거 아냐?

순간 내 주먹이 탁자 위로 내리꽂혔다. 빈 맥주병이 바닥으로 굴러떨어졌다. 카운터에 있던 가게 주인이 인상을 쓰며 다가왔다.

야, 구라. 박구라! 그만 해라. 너는 뭐, 아들 노릇 제대로 하고 사냐? 재수 없어.

깨진 병 조각을 구둣발로 짓밟으며 발딱 일어났다. 박의 손이 내 옷깃을 잡아당겼다.

박은 내 어깨를 돌려세우더니 눈을 부릅떴다. 웃음기가 싹 가신 얼굴이었다. 장난이 아닌 것 같았다.

내 말 잘 들어. 너 위해서 내 직업을 걸고 전하는 거야. 이건 사실이야. 그런데, 개한테, 아, 표현을 바꾸자. 반려견한테 유산을 남긴다는 게 어머니 뜻인데, 개는 동물이잖아. 그치? 유산 상속은 자연인, 즉 사람에게만 주도록 법률화돼 있어. 돈을 사용할 줄 아는 존재는 지구상에 인간밖에 없으니까. 그렇잖아? 그 대신 말야, 법인 같은 단체는 가능해.

박 소장. 너 내 친구 맞지? 초등학교 때부터 사십 년 지기 친구. 지금 이 상황은 절대 장난 아니다, 응?

그래서 말해주는 거잖아. 이건 사업상의 비밀이야. 천기누설이라구, 우리 변호사 알면 나 모가지 짤려. 당연하겠지? 그러니까 흥분하지 말고 차분히 대처하라고. 까딱하면 넌 개털 된다고, 개털!

막 올라오던 취기가 순식간에 사라졌다. 길을 가다 영문도 모르고 난데없이 얻어맞은 듯 뒤통수가 얼얼했다.

박은 말했다. 어머니는, 당신이 죽으면 전 재산을 개를 위한 재단을 만드는 데 쓰라는 사전 유언서를 변호사 사무실에 맡겼다는 것이다. 재단은 유기견을 모아 잘 관리하고 입양시키는 일, 반려견 또는 유기견에 대한 교육 사업을 하게 된단다. 거기에 덧붙여 어머니의 반려견 모리의 양육, 그리고 모리가 죽을 때까지 돌보는 사람에 대한 급여 등도 포함되어 있다고 했다. 이 모든 것들은 이미 문서로 작성되었고 재단 구성과 운영 방침까지 준비해놓았단다. 그러니까 박의 말은 어머니가 죽기 전 내 쪽에서 어떻게든 수습을 하라는 것일 테다.

가장 좋은 방법은 상속이다. 사망과 동시에 법률에 규정된 비율대로 재산이 승계되는 것. 이것은 유언이 없어도 당위성을 가진다. 법적으로 해결하면 된다. 헌데 어머니는 이 세상에 하나밖에 없는 아들을 외면했다. 당신이 생전에 번복을 하지 않는 한 나에겐 한 푼도 돌아오지 않을 게 분명하다.

마지막 순간을 놓치기 전 아들인 내가 직접 유언을 받아내야 한다. 어머니의 마음을 돌려놓아야 한다. 만약 어머니가 뜻을 굽히지 않는다면, 모리 그 개놈을 위한 법인을 만들어 직접 운영을 하는 것도 차선책이다. 그것도 안 되면, 박이 알려 준 유류분 제도인가 뭔가 하는 것에 따라 법의 결정을 기다리는 수밖에.

언제 돌아가실지 모르니까 서둘러. 막대한 유산 받으면 밥이나 한번 사. 천기누설한 대가로 직장 잘리면 네가 책임져야 하고. 알았지? 그래도 법률가 친구 됐으니까 이런 도움 받는 거야.

법률가는 무슨, 사무장 주제에…….

어머니는 유언장에 대해선 함구했다. 아니, 아예 까맣게 잊어버렸는지도 모른다. 요즘 치매 증세도 보였다. 당신이 누구인지, 자식이 있는지 없는지, 어디에 사는지, 어떤 과거를 가졌는지…… 모리만 이따금 찾았다. 나를 모리로 착각하고 쓰다듬으려 해서 난감한 적도 있었다. 속이 타는 건 나보다 아내가 더했다.

박의 말을 듣기 전에도 어머니의 의중이 궁금했었다. 아니 그 마음속을 어느 정도 읽고 있었다고나 할까. 오래전부터 내게 냉정해진 어머니. 집안일이라든가 당신의 건강에 관해서 일체 상의를 하지 않았다. 어머니의 재산이 하나뿐인 아들에게 상속되는 건 기정사실이건만, 혹 다른 계획을 가지고 계신지도 모른다는 생각이 들었다. 그것을 유언으로 남긴다면 그때는 속수무책일 터. 막연히 기다릴 수만은 없단 불안감이 발가락 무좀균처럼 들락날락했었다. 유증으로 확실히 해둬야 한다는 조바심도 있었다.

전전긍긍하는 사이 어머니는 나도 모르게 개를 위한 재단 설립에 유산 전체를 넘기겠다고 했다니…… 배신감마저 들었다.

그런 사실을 알고도 차일피일 미루는 사이, 암세포는 나의 게으름보다 빠르게 어머니의 뇌까지 침범했다. 어머니가 회복될 가망이 없음을 알고부터 아내는 골프 레슨도 팽개치고 입원실로 출근했다.

옷장에서 대충 옷을 찾아 입고 현관을 나서려는데 다시 핸드폰 벨이 울린다.

둘째가 집에 없지? 개부터 집에 데려다 놓고 와. 피아노 학원, 아니 태권도장에 있겠네?

아니, 지금 병원 오라면서?

아직, 괜찮으신 거 같아. 밤을 새울지도 모르겠고. 당신 오면 난 집에 다녀와야겠어. 목욕탕에 좀 다녀와야지 꿉꿉해서 죽겠어. 빨리 와.

뭐야? 도대체.

아내는 잠시 어이없단 듯 대답을 안 했다. 그러더니 천천히 말했다.

당신 참 이상하네. 그럼 어머니가 빨리 돌아가시길 바라는 거야? 아직 아무것도 해결되지 않았는데?

그렇다. 또 아내한테 당했다. 아내는 확실히 나보다는 고수다.

2

해가 저문다. 나는 베란다 창가에 앉아 우두커니 서쪽 하늘을 지켜보고 있다. 식어가는 노을빛이 어수선하다. 어둠은 야산 기슭에서부터 산등성이를 타고 기어올랐다. 그러다가 마지막 햇살이 잠깐 강한 빛을 내어 한순간 하늘이 환해지더니, 이내 사방이 어두워졌다. 마미와 함께 이 의자에 앉아서 늘 바라보던 풍경이다.

나는 흔들의자 아래로 축 늘어진 마미의 무릎담요에 코를 묻었다.

오늘도 마미는 오지 않았다. 집에 다녀간 지 한참인 걸로 보아 병이 더 심해진 것 같다. 목에 건 단말기에서 마미 목소리가 들리지 않게 된 지 오래. 마미는 이제 스마트폰도 사용할 수 없게 된 모양이다. 어쩌면 우리는 영원히 못 만날지도 모른다.

석 달 전 집에 들렀던 마미의 모습은 충격적이었다. 간병인에 의지해 휠체어에서 내렸을 때 나도 몰라볼 정도였다. 뼈만 앙상했고 피부는 푸석푸석해서 말라비틀어진 파 같았다. 모자를 벗는데 박박 깎았던 머리에 흰머리칼이 삐죽삐죽 돋아나 있었다.

모리, 이리 와. 나 알아 보겠니? 마미가 완전 마귀할멈이 됐지?

그렇다고 내가 몰라볼 리 없다. 나는 단지 겉모습으로 사람을 구분하지 않는다. 내게는 시각보다 후각이, 후각보다 한눈에 사람을 보는 감각이 있다. 전에 본 적이 있는지 없는지, 기질이 선한지 악한지. 혹은 그 사람이 품고 있는 기운 즉 기쁨과 슬픔, 사랑과 분노 같은 것들을 본능적으로 식별한다. 아니 식별한다기보다 감각한다. 그런 내가 십 년이 넘도록 함께 산 주인을 몰라볼 리 있을까.

우리는 언제나 같이 있었다. 식사할 때면 마미는 나를 맞은 편 의자에 앉혔다. 나를 위해 특별히 제작된 높은 의자였다. 마미의 주식은 밥이었고, 내 주식은 사료였다. 매주 한 번씩 염분이나 양념을 전혀 넣지 않고 익힌 쇠고기도 나왔다. 내 생일날엔 당신이 직접 만든 케이크가 놓였다. 내게 좋다는 고구마 단호박 당근으로 만든 것이다. 썩 좋아하진 않지만, 주인의 정성을 생각해 맛있게 먹는 척하곤 했었다.

어떤 때는 미안할 지경이었다. 마미의 것보다 내가 먹는 게 호사스러워서. 오늘도 밥맛이 없다, 하면서 마미는 밥을 뜬 수저에 명란젓이나 조금 올려 겨우 넘기기 일쑤이건만. 내 접시에는 유기농 사료와 쇠고기와 사과까지 골고루 챙겨져 있었으니까.

마미는 내게 끊임없이 말을 걸었다. 밥을 지을 때도 청소를 할 때도 꽃에 물을 줄 때도 나를 데리고 다니며 내가 알아듣든 말든 중얼거렸다. 나 또한 어디든 따라다녔다. 마미가 화장실에서 일을 보고 있으면 문 앞에 앉아서 기다렸다.

내 머리를 쓸어주며 버릇처럼 중얼거리는 마미의 레퍼토리를 나는 외울 수 있다.

인간처럼 간사한 것들이 없단다. 남편도 자식도 마찬가지야. 지들 필요할 때만 옆에 있지. 모리! 넌 안 그렇지? 아암! 그렇고말고. 만년에 네가 없었으면 내가 무슨 낙으로 살았을까!

우리는 잠도 한 침대에서 잤다. 폭신한 침대에서 부드러운 이불을 덮고, 마미의 팔에 내 얼굴을 묻고 자는 순간이 내겐 가장 행복했다.

마미는 내 등을 천천히 쓰다듬으며 자장가를 불렀다. 우리 아기 자장자장 엄마 품에서 자장자장 우리 강아지 자장자장…….

나는 곧잘 꿈도 꾸었다. 행복한 꿈도 무서운 꿈도 있었다. 마미와 공원을 산책하면서 흙이며 풀 낙엽 속에서 뒹구는 꿈을 꾸면 기분이 아주 좋았고, 낮에 다녀간 도둑고양이나 간혹 들르는 마미의 아들 꿈을 꾸면 아주 불쾌했다.

내가 꿈을 꾸다가 잠꼬대를 하면, 마미는 금세 알아챘다.

우리 강아지 또 꿈꿨니? 기분 좋은 꿈이구나?

엄마 여기있어, 모리 놀라지 마. 그건 꿈이야, 꿈!

그리고 당신 얼굴을 내 얼굴에 대고 비볐다. 말할 수 없고 웃을 수 없는 나의 특성상 그저 멍, 하고 대꾸는 했지만, 사실 졸음에 겨운 눈이 자꾸 감겼던 적이 한두 번이 아니다.

마미는 자주 한숨을 쉬었다.

모리, 나 죽으면 어쩌니? 누가 널 데리고 살까? 외로워서 어째? 가여운 녀석!

나는 죽음이 뭔지 모른다. 그래도 마미의 그 말과 표정은 나를 슬프게 했다. 나는 이해한다는 듯 까만 눈으로 마미를 올려다보았다.

그러면 마미는 좀 지나치다 싶게 나를 와락 끌어안고 내 콧등에 당신의 입술을 비벼댔다.

요놈 좀 봐라. 내 맘을 다 아네? 에고 기특한 것! 우리 모리는 먼 지중해에서 왔지? 너희 조상이 몰타 섬에서 살았다더라. 넌 선물이야, 선물! 아주 내 옆에 딱 붙어서 나만 보구 사네. 에구 이쁜 것!

사실 이 세상에서 마미와 대화를 가장 많이 나누는 상대는 나 하나뿐이다. 마미는 사람들과 거의 소통을 안 한다. 이웃도 친척도 왕래가 없다. 파출부 아줌마한테도 집안 살림에 관한 것 말고는 거의 얘기를 나누지 않는다. 심지어 아들과도 담을 쌓고 지낸다. 물론 겉으론 내색하지 않지만, 나는 알고 있다.

예를 들면 이렇다. 간혹 아들네 식구들이 온다. 키 큰 며느리와 고등학생 중학생 손자. 그들이 와서 식사하고 부산스럽게 뭐라 떠들고 놀다 돌아갈 때까지 마미는 담담히 대한다. 음식도 나눠주고 아이들 용돈도 준다. 하지만 가고 나면 나한테 다 털어놓는다.

저것들 다 필요 없어. 내가 죽기만 바랄 걸? 왜? 돈이 필요하니까. 짐승 새끼는 부모한테 바라는 게 없는데, 사람 새끼는 달라. 무엇보다 나에 대한 진심이 없는 게 보여. 모리, 네가 봐도 그렇잖니?

나는 마음속으로 묻는다. 그들의 진심을 어떻게 알아요? 마미 생각만큼 꼭 그런 것만은 아닐 수도 있잖아요?

마미는 어떻게 내 질문을 알아들었는지 이내 대답한다.

진심? 그건 말 안 해도 통하잖니? 마음도 보이는 법이야. 어미가 자식 마음을 모를까…….

사실 나처럼 이 집 주인의 마음을 잘 아는 존재는 없을 것이다. 마미의 아들 내외도 나만큼 알지 못한다. 아니, 알려고도 하지 않는다.

오래전, 마미와의 첫 인연을 나는 지금도 기억하고 있다.

나의 첫 주인은 나를 버렸다. 그 당시엔 버림을 당한 줄도 몰랐다. 태어난 지 몇 달이 지났을 무렵, 주인은 승용차에 날 태우고 와서 이 동네 길에 슬그머니 놓고 달아나 버렸다. 나의 생모가 낳은 다섯 마리 중 세 마리가 하나씩 없어진 이유를 비로소 알 것 같았다.

공원 근처를 배회하다 나하고 비슷한 강아지를 만났다. 그 강아지를 따라갔는데, 집 주인이 나를 쫓아내고 대문을 닫아버렸다. 나는 대문 밖에서 어슬렁거렸다. 그 아이가 짖으면 나도 따라 짖었다. 제발 문이 열리기를 빌었다. 어디로 가야 할지 막막했다. 그 아이와 함께 놀고 싶었다. 주인은 연신 대문을 열고 나와서 나를 쫓았다. 나는 도망갔다가 다시 그리로 가곤 했다. 사흘째 되던 날, 주인이 일회용 접시에 사료를 담아 대문 앞에 놓았다.

그렇게 또 며칠이 지난 후였다. 자잘한 꽃무늬 모자를 쓰고 흰 원피스를 입은 여자가 지나다 걸음을 멈추고 나를 가만히 바라보았다. 나도 그 여자를 말끄러미 바라보았다. 마침 집 주인이 내게 먹을 것을 가지고 나왔다가 그 여자와 얘기를 주고받았다.

어머 예뻐라. 말티즈네요. 이제 겨우 젖 뗀 것 같은데요?

유기견이에요. 집을 잃은 건지, 일부러 버렸는지, 갑자기 나타났는데요. 며칠째 우리 대문 앞에 저러고 있네요. 딱하긴 하지만 우리도 강아지 한 마리를 키우고 있어서 들여놓지 못하고…….

그 여자는 나를 품에 안았다.

가자. 나한테도 식구가 필요하단다. 나하고 살자.

그때만 해도 마미는 건강하고 예뻤다. 원피스에 챙 넓은 모자와 긴 스카프가 잘 어울렸다.

그 생각을 하며 무릎담요에 코를 대고 킁킁거리는데…… 대문 여는 소리가 들린다. 파출부 아줌마인가 보다.

이 사람은 못됐다. 마미가 분명히 말했다. 병원에 입원해 있는 동안 매일 집에 오라고, 무엇보다도 나를 잘 챙겨주라고 신신당부했다. 헌데 이 아줌마는 언젠가부터 사흘에 한 번꼴로 온다. 아마 내 목줄에 달린 단말기에서 마미 목소리가 들리지 않게 된 후부터였을 것이다. 산책도 잘 시켜주지 않았고, 목욕 횟수도 팍 줄었다. 간식도 대충 던져주는 식이다. 마미의 건강이 악화돼 더 이상 스마트폰으로 나를 관찰하지 못하게 되었다는 걸 알게 된 모양이다.

아줌마는 먹이그릇에다 사료를 한꺼번에 쏟아 붓는다. 내가 알아서 먹으라는 뜻이겠지. 그래도 그건 괜찮다. 배변판을 그때그때 갈아주지 않는 게 딱 질색이다. 아줌마는 배변판 두 개를 펼쳐놓고, 그 위에 기저귀를 깔아놓는다. 그러면 나는 사흘 동안 거기다 일을 본다. 그럴 수밖에 없다.

현관문 여는 소리가 들린다. 이제 이 아줌마는 코를 막고 들어서면서 투덜대겠지.

요놈의 똥강아지. 무슨 놈의 똥오줌을 한 번도 안 빼먹고 싸니? 사료를 줄여야겠어.

아, 마미가 보고 싶어 죽겠다.

3

아이가 태권도장에 오지 않았다는 걸 사범은 모르고 있었다. 출석 체크도 안 했는지 기본 동작을 익히고 있는 조무래기 무리를 향해 몇 번이나 이름을 불렀다.

집에 있는 건 아닐까요?

집에 들렀다 오는 길인데요.

사범이 먼저, 그리고 내가 잇따라 전화를 했지만 녀석의 전화기는 꺼진 채였다.

뭐, 어디서 노느라 깜박 했겠죠. 별일 있겠어요?

무성의한 태도, 그보다 건장한 체격이며 퉁명스런 말투에 아예 기가 질려 나는 바로 도장을 나와 버렸다.

아내한테 전화해서 둘째의 담임선생 연락처를 물어 거기로 수차례 접촉한 끝에 겨우 통화가 됐지만 여느 날과 똑같이 하교했단 말만 들었다. 담임은 식당인지 술집인지 뭘 먹고 있나 본데, 워낙 시끄러워서 통화도 잘 안 되었다. 일단 더 찾아보고 무슨 일 있으면 전화할 테니 걱정 말라 해두었다.

학교 근처로 차를 몰고 갔다. 도로는 어디나 막히고 혼잡했다. 몇 번이나 반복해서 전화를 걸어도 통화가 안 되었다. 빌어먹을. 팍. 엿 같은 놈…… 나오는 대로 씨부렁대며 학교 앞까지 갔다. 학교 근처 피시방에도 분식집에도 들어가 보았다.

아내한테 전화를 걸었다. 아내의 목소리가 금세 자동차 급브레이크 밟는 파열음보다 거칠게 돌변했다.

아니, 아들 하나 못 찾으면 어떡해? 나는 여기 붙잡혀 있는데?

행방을 알아야 찾지. 도대체 애를 어떻게 키웠길래 지 맘대로 돌아다니게 해?

뭐? 애는 나 혼자 키워? 미쳐 버리겠네.

끊어.

핸드폰을 조수석에 내던져버렸다. 아내가 미치기 전에 내가 먼저 미칠 것 같았다. 그새 날은 저물었고, 기다렸다는 듯 불빛들은 너울대기 시작했다. 벌레가 다 갉아먹고 잎맥만 남아 대롱거리는 나뭇잎처럼 도시는 허공으로 붕 떠오를 것만 같다.

다시 아내의 발신음이 들렸다.

신고해. 지구대에 실종 신고하라고. 휴대폰 위치 추적하면 바로 찾아.

어머니는 어쩌고?

아니, 지금 어머니가 문제야?

내 참. 언제 숨이 멎을지 모르는 어머니 앞에서 그런 말을…… 어머니의 유언을 듣는 일이 우리 인생에서 가장 중요한 일이라며 다그치더니…… 너 아예 환장했…….

이번에는 아내가 먼저 전화를 끊어 버렸다. 머리가 폭발할 것 같다.

지구대로 가야 하나 어쩌나 하면서 잠시 학교 담에 기대고 서서 담배를 물었다. 까맣게 잊고 있던 기억이 갑자기 확 밀려왔다.

같은 반 친구와 함께 집을 나갔다. 무작정 서울로 간 것이다. 홍제동 어디쯤 가죽 공장에 다니는 동네 형을 찾아갔다. 시키는 대로 뱀장어 가죽 자르는 일을 했다. 한 달여나 있었을까. 경찰이 어머니를 데리고 찾아왔다. 어머니는 나를 보자 그 자리에서 쓰러졌다.

왜 가출했느냐고 물었을 때, 나는 집이 싫어서라고 말했다. 아버지는 가난하고 근본도 없는 아이들과 어울려 다닌다고 자주 호통을 쳤다. 게다가 아버지의 외도가 들통 나는 바람에 집안 분위기가 엉망이었다. 어머니는 원래 아름다운 여자였다. 자태도 빼어났고 성격도 온화했다. 그런 어머니가 당시엔 가시덤불처럼 헝클어져 있었다. 집안 관리는커녕 심신을 추스르지 못했다.

무엇보다도 공부가 가장 싫었다. 이유는 만들면 되고, 어디로든 공처럼 튀고 싶던 나이였다.

그때의 나도 중학교 이학년이었고, 지금의 둘째도 중학교 이학년이다. 소위 흔히 말하는 중2병? 에비는 그렇다 치고, 녀석에게 무슨 일이 있었던가? 사춘기? 요즘 뭐 별다른 문제가 없었는데? 아무리 생각해도 그럴 만한 일은 떠오르지 않았다.

그 후 어머니는 한동안 실어증에 걸렸다. 그때는 우울증이란 병이 있는지도 몰랐다. 아버지가 불륜 사건에 이어 갑자기 교통사고로 세상을 뜨고 회사를 정리해야 할 상황이 되면서 어머니는 정신을 차렸다. 그 대신 내게 집착했다. 나한텐 너밖에 없다, 너 아니었음 죽었을 게야…… 그런 말들을 입에 달고 살았다.

유학을 빙자해 외국에서 호사를 누렸던 게 내 생애 가장 큰 실수였다. 공부보다는 자유와 모험을 즐겼다. 아무것도 모르는 어머니는 나를 믿고 기다렸다. 졸업장도 받지 못하고 귀국했지만 어머니는 나를 반겼다. 그 후로도 실패는 그림자처럼 나를 따라다녔다. 증권도 말아먹고, 사업도 무너졌다. 계속 어머니한테서 자금을 가져다 썼다. 어머니에게 아들은 환상이었고, 아들인 내게 어머니는 현실이었다.

프로골퍼인 아내를 따라 골프에 빠진 것도 어머니를 실망시킨 큰 이유였다. 골프연습장에서 가르치는 아내의 수입은 그녀의 용돈으로도 부족한데, 우리는 전국의 골프장을 거의 다 누볐다. 내겐 돈 많은 어머니가 있으니까 걱정 없었다. 환상이 깨지면서 어머니는 다시 우울증에 걸렸다.

어머니가 딱 한 번 제안한 적이 있다. 어머니 집으로 들어와 함께 살자고. 나는 그러고 싶었지만, 아내가 완강히 고개를 저었다. 변두리 학교에 아이들을 보낼 수 없는 데다 시내에 있는 골프연습장까지 출퇴근하기가 번거롭다는 것이었다. 무엇보다도 아파트에서만 살아왔는데, 교외의 주택은 너무 힘들 거라고, 시어머니 밑에서 눈치 보며 사는 것도 싫다고 했다.

암세포가 뇌까지 뻗쳤다는 진단을 받았을 때 우리 내외가 자진해서 어머니 집으로 가겠다고 했다. 그러나 어머니는 거절했다.

어머니는 애완견 한 마리만 품고 살았다. 처음엔 강아지라도 어머니 곁에 있는 게 다행이다 싶었다. 하지만, 고작 개 한 마리에 온갖 정성을 다하고 마치 당신 스스로를 대하듯 연민과 집착이 커지는 걸 보면, 정상이 아닌 것 같았다. 바짝 마르고 작아진 어머니가 아이처럼 변해가는 동안 애완견 모리는 노인처럼 늙어갔다.

좀 망설였지만 혹시나 해서 단축번호를 눌렀다. 첫째가 야간자율학습을 앞두고 학교에서 저녁을 먹고 잠시 쉴 시간이다.

아마 학원 수업 중이겠죠? 걔 오늘 도장에 안 간댔어요. 내일부터 시험이라고, 영어학원에서 보충수업 한댔는데?

둘째. 영어학원에 있대. 낼 시험이라고^^

아내한테 문자를 찍고 전송한 순간 갑자기 쿵 소리가 났다. 신호가 바뀐 것을 몰랐는데, 뒤차가 성급히 출발했던 모양이다. 뒤차 운전자가 깜박이를 넣고 길가로 차를 세웠다.

내 차는 뒤 범퍼 한쪽이 살짝 흠이 나 있는데, 상대방 차는 앞 범퍼가 일그러져 있었다. 중형 승용차였지만 구식이었다. 그 차의 남자는 내 차를 대충 보더니, 휴! 한숨을 쉬면서 담배부터 꺼내 물었다. 내 벤츠 승용차를 수리한다면, 그 비용만으로 저 정도의 차를 거뜬히 살 수 있을 것이다.

어이구, 이만해서 다행이네요.

나는 웃는 얼굴로 선수를 치며 들어갔다. 남자는 내 웃음에 오히려 인상을 쓰며 허공에 담배 연기를 내뿜었다.

아무리 바빠도 그리 서둘러서야…….

핸드폰을 보느라 출발이 늦어졌다고는 절대 말하지 않을 작정이었다. 남자는 담배를 빗길에 내던지며 뻣뻣한 목소리로 말했다.

어디 아는 데 카센터 있으면 가시지요.

보험에도 들지 않은 차량으로 짐작되었다. 게다가 남자의 얼굴은 몹시 초조해 보였다. 나도 지금 길거리에서 네가 잘했네 내가 잘했네 따질 겨를이 없다. 나는 흔쾌한 표정을 지으며 제안했다.

나는 괜찮으니 알아서 수리하실랍니까?

남자의 얼굴에 안도의 빛이 흘렀다. 빗물에 젖은 머리를 손등으로 두어 번 훔치며 연신 고개를 주억거렸다.

그래도 어떻게…….

쌤쌤으로 치죠, 뭐. 몸 안 다친 게 다행 아뇨?

죄송합니다. 급히 갈 데가 있어서…….

그래요. 나도 바쁘네요. 그럼, 이만.

차에 오른 나는 왼쪽 깜빡이를 넣고 차선으로 진입했다. 남자는 일

그러진 범퍼를 내민 채 서둘러 내 차를 스쳐갔다.

어차피 이 차는 바꿀 요량이다. 어머니의 장례식이 끝나면, 신형 벤츠로 갈아타야겠다. 그런 생각이 들자 나도 모르게 휘익 휘파람이 나왔지만 이내 멈췄다. 차속에 나만 있는게 다행이었다. 곧 안도의 한숨이 흘렀다.

접촉사고로 어쩌고저쩌고 하는 사이 핸드폰에는 부재중 문자가 여러 번 찍혀 있었다. 아내였다.

그걸 해야겠어.

뭘?

요전에 우리 말했잖아? 고거…….

뭘?

짐작을 하면서도 시치미를 뗐다. 갑자기 핸들을 잡은 손에 힘이 더해졌는지 차체가 부자연스럽게 휘청거렸다.

모리.

…….

어떻게 해버려. 더 미루면 안 될 것 같아.

그렇다고 무슨 소용이 있겠어? 이제 와서…….

당신은 그게 문제야. 뭐든지 결단을 못 내리고 미루는 거. 답답해 미치겠어. 걍, 죽었다든지 집을 나갔다든지 해. 그러면 어머니도 생각을 바꾸시지 않겠어? 진즉 그랬어야지.

음…….

그까짓 강아지 한 마리 어떻게 했다고 무슨 일 나? 이 판국에 누가 그걸로 시비 걸겠냐구? 동물학대? 그 정도야 별것도 아니지. 그래도 그게 나아. 그놈의 개 한 마리가 화근이라고.

알았어.

지금 가. 어머니 집으로. 그래도 될 것 같아. 좀 전에 의사가 다녀갔는데 고비는 넘겼대. 오늘 밤은 그냥 지나갈지도 몰라. 그러니까…… 그 일부터 하고 와. 그 후에 어머닐 설득하든지 법대로 어떻게 하든지.

아내가 섬뜩하게 느껴졌다. 그러면서도 나는 고분고분할 수밖에 없었다. 어차피 우리는 필드로 나갔다. 플레이 오프라고 생각하자. 아직 경기는 끝나지 않았다. 나는 유턴 방향 표시를 보며 차의 방향을 바꿨다.

어머니의 재산이 얼마인지 아무도 모른다. 하지만 삼백 평이 넘는 전원주택과 시내에 삼 층짜리 건물이 있으니, 부동산만 해도 십억은 넘을 것이다. 그리고 현금도 뭐 몇 천 정도는 가지고 있지 않을까? 몇 년 전 내 사업이 실패했을 때 은행에서 찾아 쓸 수 있는 돈이 삼억이었다. 이익을 내가 썼어도 나머지 돈은 남아 있겠지. 게다가 보험도 두어 개 들어 있을 테고. 그들을 〈모리 애견 재단〉에 송두리째 넘겨버려서는 안 된다.

빨간 신호등 앞에 설 때마다 모든 걸 단념하고 싶은 생각이 없었던 건 아니다. 그러면 또 마음을 다잡기 위해 중얼거렸다. 이것은 벙커다. 이 함정을 극복해야 마지막 홀에 들어갈 수 있다…….

4

파출부 아줌마가 가고 나는 또 혼자 남았다. 마미가 병원에 간 후부터 늘 혼자였기 때문에 익숙해졌지만, 이렇게 밤이 되면 또 분리불안 증세가 도지기 마련이다. 밉더라도 이 고약쟁이가 다녀가고 나니금세 사람이 그립다.

오늘은 모처럼 마당에서 한참 놀았더니 피곤하다, 어쩌면 잠이 잘올지도 모른다.

주인이 없는 뜰은 스산했다. 애기사과나무 모과나무 산수유나무낙엽들이 수북이 쌓여 있다. 잔디밭에도 자갈마당에도 낙엽이 굴러다닌다. 담장 따라 늘어선 장미 덩굴도 생기를 잃었다. 노란 꽃 몇 송이가 피어 있는데 마치 조화 같다. 돌확에서 윤기 있게 자라던 수련이랑 물양귀비 부레옥잠도 규칙적으로 물을 주지 않아 잎이며 줄기에 병색이 뚜렷하다.

마미가 집에 있을 때엔 뜰에도 생기가 넘쳤다. 마미는 아침에 일어나면 나를 데리고 정원과 텃밭을 한 바퀴 돌았고, 틈이 날 때마다 화초나 채소에 물을 주었다. 일손이 필요할 땐 파출부 아줌마나 동네일꾼을 불러왔다. 그러던 것이 수술과 항암치료를 받기 위한 입원이 반복되면서 집 안이 을씨년스러워지기 시작했다.

내 정서도 불안정해진지 오래, 단지 마미에 대한 기다림으로 버티고 있다. 애완견의 습성이라고? 아니다. 애완견도 천차만별이다. 먹을 것이 있으면 금세 따라가고, 쓰다듬는 손길이 있으면 발랑 누워버리는 놈들이 얼마나 많은데? 하지만 나는 다르지. 의리와 충직과 인내가 내 근본이다. 더군다나 일찍이 버림을 받았던 나를 선뜻 데려다 길러준 사람을 잊어버리는 배은망덕한 존재가 아니다. 마미가 보고 싶어 죽겠다.

집 안이 너무 적막하다. 마미도 간병인도 없는 집이 이렇게 넓고 공허하게 느껴질 줄 몰랐다. 마미와의 여행이 생각난다. 마미의 흰색 승용차를 타고 둘이서 여행한 곳이 헤아리기 어려울 정도다. 여행갈 때면 마미는 내 물건들을 한 짐이나 되게 챙겼다. 사료, 간식거리, 기저귀는 물론, 플라스틱 배변판, 푹신푹신한 담요가 깔린 내 집, 음식그릇, 물그릇, 목욕 샴푸, 수건, 심지어 내가 안전하게 뛰어 놀 철망으로 된 울타리까지.

나를 데리고 다니기엔 버거운 일도 많았다. 일반 숙박업소에선 강아지 동반 투숙이 안 된다. 마미는 여기저기 전화를 걸었다. 애견동반이 가능한 곳을 찾기 위해서. 마음 넉넉한 사람들이 있기 마련이라 곳곳에 한두 개쯤 우리가 머물 수 있는 곳이 있었다. 마미는 그런 사람들에게 거듭 고마움을 전하며 무언가 선물을 주곤 했다. 산골에도 바닷가에도 갔다. 마미는 그렇게 나한테 그리고 다른 사람들에게도 지극했다.

 헌데, 마미의 유일한 핏줄인 아들에게는 언제나 차갑게 대했다. 아들 역시 어머니에게 무관심했다. 이 집에 오는 일도 어쩌다 한 번. 집에 와서도 단 한 번 어머니를 위해 수고하는 걸 본 적이 없다. 파라솔 그늘 아래 손님처럼 쉬면서 의자에 팔을 걸치고 손가락으로 장단 치는 시늉이나 하며 하품을 하거나, 잔디밭에서 골프채를 들고 스윙 연습을 하거나, 집 안의 구석구석을 휘 둘러보며 빈둥거리다가, 식사가 끝나면 서둘러 돌아갔다.

 나는 안다. 아들이 찾는 홀이 무엇인지를. 무엇을 향해 그렇게 수없이 두 팔을 모아 공을 쳐대는지를.

 마미는 언젠가 아들에게 이렇게 말했다.

 나 죽거든 화장해서 뿌리는 수고까지만 부탁한다. 아무도 부르지 말고. 그리고 날 잊어라. 기억하지 마라.

 그 말을 듣는 순간 나는 소스라치게 놀랐다. 그 바람에 맛있는 오리 육포를 씹다가 꿀꺽 삼켜 버렸다. 그런데도 아들의 얼굴엔 별다른 표정이 나타나지 않았다. 노인네의 푸념 정도로 여기는 것 같았다. 아니면, 당혹감을 감추려고 딴전을 부렸는지도 모른다.

 마미의 아들은 나를 싫어했다. 싸늘한 눈빛으로 째려보았고, 어쩌다 옷자락이 스치기라도 하면 은근히 신경질적인 반응을 보였다. 마미가 없는 자리에서 나를 구박한 적도 있다. 배변판 위 기저귀에 응가를 하고 있는데 내게 발길질을 한 것이다. 그때 마침 마미가 커튼을 젖히며 들어왔다.

개라고 막 대하는구나?

아들은 엉뚱하게 거짓말을 했다.

기저귀 밖에다 쌀 뻔했잖아요. 개는 엄하게 가르쳐야 돼요.

나와 마미의 눈빛이 교차했다. 마미는 다가와서 내 등을 두어 번 쓰다듬었다.

불가에선 윤회를 거듭하다 사람으로 태어나기 직전에 개로 산다더라. 전생에 덕을 닦아야 개로 태어날 수 있단 얘기지.

아들은 잘됐다는 듯 툭 내뱉었다.

헌데 어머닌 왜 그렇게 개한테 집착하세요? 아들보다 개새끼가 더 좋아요?

의외로 마미는 심드렁하게 대꾸했다. 감정을 꾹 누르는 게 분명했다.

항상 내 곁에 있잖니. 나하고 같이 밥 먹고 자고…….

나는 절대 개로 태어나진 않을 거요.

지금 사는 모양새로 봐선 개로 태어나지도 못할 수 있지.

어머니!

아들은 의자를 박차고 일어났다. 차를 마시던 며느리가 찻잔을 탁자 밑으로 떨어뜨렸다.

아들이 다녀간 날이면 마미의 얼굴은 내내 딱딱한 빵처럼 굳어 있었다. 나는 마미의 발아래 엎드려 그가 움직일 때까지 꼼짝도 안 했다. 어느 날은 그렇게 새벽이 오기도 했다.

나는 안방 침대에 누웠다가, 거실 소파 위로 올라가 앉았다가, 다시 마미가 즐겨 앉던 흔들의자 밑에 웅크리고 있기를 반복한다. 배가 살짝 고픈 듯해 먹이그릇 앞으로 갔지만 그다지 구미가 당기지 않아 돌아섰다가…….

전에는 마미가 밖에서도 스마트폰으로 나의 일거수일투족을 살펴볼 수 있었다. 내 목줄에 장착된 최신형 단말기를 통해서다. 처음엔 나도 그게 뭔지 몰랐었다. 모처럼 현관에 놓인 마미의 구두를 잘근잘근 씹고 노는데, 마미의 목소리가 들리는 게 아닌가?

모리! 너 뭣해? 그러면 안 돼. 하지 말라니까? 혼 나?

어리둥절했다. 분명 마미가 외출한 걸 알고 있는데? 베란다에서 봤을 때 담장 옆 흰색 승용차도 없던데? 그런 일을 몇 번 겪은 후 영리한 나는 알아챘다. 마미가 나를 지켜보고 있다는 걸. 그리고 내 목줄에 분홍색의 조그만 단말기를 붙인 후부터 그런 일이 벌어졌다는 걸.

그 후부터 나는 얌전히 행동했다. 마미가 지켜보고 있단 생각에 혼자 있어도 무섭거나 외롭지 않았다. 일부러 활발하게 뛰어놀았다. 말썽도 부리지 않았다. 그러면 마미의 목소리가 들렸다.

어이쿠 우리 강아지 잘 노네.

모리, 이제 자야지? 자장자장 우리 애기 잘도 자네!

하지만 나도 점점 우울해졌다. 언제까지 혼자 견뎌야 할까? 마미는 언제 올까?

나는 고독한 섬에 갇힌 신세가 되었다. 마미도 마찬가지일 것이다.

처음엔 규칙적으로 나에게 신호를 보내오던 마미가 이따금 소식이 끊겼다 이어졌다 하더니, 요즘엔 아예 연락두절이다.

무섭다. 만약 마미가 영원히 오지 않으면 어떡하지? 나는 엎드려 앞발을 뻗고 거기 코를 묻는다. 무섬증을 느끼니까 진짜로 불안해진다. 저만치 불빛이 흐르는 집들을 두고 이곳은 무인도가 되어 버렸다. 저 어둠을 커튼처럼 걷어낼 수 있다면 얼마나 좋을까. 사람처럼 말할 수 있다면 이 답답한 마음을 하소연이라도 할 수 있을 텐데. 마미 말대로라면 다음 세상에 나는 사람으로 태어날 것이다. 마미는 나 같은 강아지로 태어나고 싶다고 했다. 그럼 나는 마미 강아지에게 아주아주 잘해줘야겠다.

나는 안방 침대로 가서 마미의 체취를 맡는다.

5

저녁 무렵부터 떨어지기 시작한 빗방울은 이제 장대비다. 자동차 불빛에 어지러운 빗줄기를 와이퍼로 끊임없이 닦아내며 시외로 빠져나갔다. 무심코 가다 보면 속도계가 오르고 있어 늦추기를 여러 번 반복했다. 도심에서처럼 차량이 많진 않지만 사방이 어둡고 길이 번들거려 운전에 집중해야 했다. 아무것도 들리지 않았다. 와이퍼가 빠르게 움직이는 소리뿐. 그것은 마치 시계의 초침처럼 나를 다그치는 것 같았다.

핸드폰 액정의 빛으로 열쇠고리에 달린 어머니 열쇠 중 가장 큰 것을 찾아 대문을 열었다. 철컥, 쇠빗장을 여는 소리도 치잉, 대문을 여는 소리도 오늘따라 유난히 크게 들렸다. 잔디밭을 낀 자갈마당을 가로질러 현관 앞에 이르니 센서등이 환히 켜졌다. 어둠 속에서 내 몸뚱이가 환하게 드러나자 갑자기 몸이 움츠러들었다. 그때야 보안업체의 감지기가 떠올랐다. 내가 뭔가 해선 안 될 일을 저지르는 게 아닌가 싶은 생각이 들었다. 하지만 늦었다.

나도 모르게 기도문이라도 외듯이 중얼거렸다. 나는, 아들이다, 어머니가 낳아 기른 자식이다. 그럴 권리가 있다…….

현관문을 따고 들어가 거실의 불을 켰다. 모리란 놈이 안방에서 달려 나오며 큰 소리로 짖는다. 주객전도라더니. 놈은 짖던 걸 멈추고 내 눈치를 살피며 천천히 꼬리를 흔든다. 그다지 내키지 않는 표정이다.

나는 빤히 올려다보는 놈의 시선을 외면하고 주방으로 갔다. 조리대 서랍에서 검은 비닐봉지를 찾았다. 놈이 나를 따라다니며 눈치를 본다. 삼사 초 바라보다 시선이 마주치는 걸 외면하고 재빨리 놈의 얼굴에 비닐봉지를 씌웠다. 내 손은 놈의 목을 힘껏 조였다. 검정색 비닐봉지 속에서 캑캑거리는 소리가 들렸다. 손아귀에 힘을 더했다.

버둥거리던 몸짓이 멈췄다. 내 얼굴에서 흐른 식은땀이 비닐봉지 위로 떨어졌다.

캄캄한 빗길 어디쯤에 차를 세웠다. 마침 도로변에 수로 같은 게 흘렀다. 놈이 담겨진 비닐봉지를 던져 버렸다. 저 아래쪽에서 풍덩, 소리가 났다.

운전대를 잡은 손이 부들부들 떨렸다. 내 목구멍으로 침 넘어가는 소리가 들렸다. 컴컴하던 길이 시내로 접어들면서 조금씩 환해지고 차량도 늘어났다. 오히려 가슴이 진정되었다.

아내에게 전화를 걸려던 순간 아내의 것인 전화벨이 울렸다.

어디? 빨리 와야 하는데? 어머니가 지금…….

가고 있다니깐. 한 십오 분만 기다려.

안 돼. 지금 와야…….

가고 있다니까? 그리고 핸드폰! 녹음기능 빨리 찾아!

가속기를 밟았다. 경고등을 켰다. 신호고 뭐고 무시하고 달릴 참이었다. 속으로 간절히 외쳤다. 어머니, 기다려주세요. 조금만 더 기다리세요. 내 생애 이렇게 어머니를 향해 전속력으로 달려간 것은 아마 처음일 것이다.

대학병원이 빤히 바라다보이는 지점에서 차량은 다시 꼼짝달싹 못한 채 정차하고 있었다. 다시 아내에게서 전화가 왔다.

돌아가셨어.

뭐?

어머니 돌아가셨다구.

안 된다니까?

그걸 내가 어떻게 해?

녹음했어? 뭐라고 안 하셨어?

무너져 내리는 듯한 아내의 목소리는 자못 비장하게도 들렸다.

없었다니까. 그냥 허공만 바라보시더니 그대로 눈을…… 감으셨어.

나를 찾지도 않으셨어? 이름을 부르거나…….

없었어. 아무것도.

갑자기 얼굴에 뜨거운 것이 느껴졌다. 전혀 예상치 못했던 상황이 었다. 뜨거운 그것은 볼을 타고 주르륵 흘러내렸다.

바람이 거세어지는지 길가 은행나무에서 은행잎들이 한꺼번에 우수수 떨어졌다. 차창에도 이파리 몇 개가 날아와 달라붙었다. 노란 손바닥들이 나를 향해 마구 덤벼드는 것 같았다. 와이퍼를 움직여 그것들을 밀어냈다.

김저운 1985년 《한국수필》에 「탱자」와 「빨래」로 등단. 1989년 《우리문학》에 단편소설 「거꾸로 흐르는 강」으로 등단. 산문집으로 『그대에게 가는 길엔 언제나 바람이 불고』가 있음.

여섯 달의, 붉은

한지선

1

그는. 명료하다.

흔적이 없다. 그가 어디에 있었던가?

그를 닮은 류와 용도 떠났다. 그는 사라지기 전에 류와 용을 그의
형이 살고 있는 호주로 보냈다. 물론 나를 통해서. 그는 관여하지 않
았다. 그즈음 모든 것에서 떠나 있었던 것처럼. 그토록 오래, 류와 용
이 태어나 십 대의 끝을 가고 있을 즈음까지 부부로 한 집에서 살아
왔음에도 불구하고 그가 누구인지 알지 못한다는 생각이 드는 것이
가당치도 않았다. 느닷없이 분노를 끓이는 용광로 하나가 내게 던져
진 꼴이었다.

모른다.

그즈음 나도 어딘가로 떠나고 싶었다. 류와 용을 호주로 데려다주
고 온 뒤 실은 나도 떠날 계획이었다. 호주와는 반대쪽에 있는 대륙에

나에게도 아는 사람이 있었다. 아니 거기 말고도 파묻혀 지내기 딱 좋은 네팔 오지로 오라는 사람이 있었다. 대륙으로 떠날 것인가 오지로 갈 것인가 생각하는 사이 나보다 먼저 그가 사라져버렸다.

그는 한 번도 언질을 준 적이 없다. 인생에 오점 없기로 소문난 그는 말도 없는 사람, 웃을 때도 소리가 안 나는 사람이었다.

가슴에 폭탄을 안고 살았을까. 베트남에 갔을 때 하노이의 수많은 오토바이를 탄 사람들이 어디로 달려가는지 궁금해 죽을 것 같았던 것처럼 그가 가슴에 품었을 것들이 궁금했건만 나는 그에게서 그것을 끄집어내지 못했다. 한 번도

그는 그리고 사라져버렸다.

2

나는 분노한다. 그의 침묵이, 그의 보이지 않는 흔적이, 과거가 나의 가슴을 온통 분노로 채웠다. 나는 잠을 이루지 못한다. 나는 돌멩이가 아니다. 나는 멀끄러미 바라다보이는 사물이 아니며 모른 채 자기 일이나 하는 그런 남자의 아내가 아니다. 그런데 그는 나를 그렇게 방치했다. 그렇게 보았나 보다.

몰랐다. 그가 나를 그렇게 대했다는 것을. 그가 자신에 대해 말하지 않고 그냥 별말 없이 왔다 갔다 하고, 책이나 읽고 웃어버리기나

하는 그냥 순하고 말없는 사람이라서, 그런 사람으로만 알았다.

그는 살아 있을 때 그랬던 것처럼 그냥 그렇게 가버렸다. 그것이 분노의 이유일까. 나는 내가 왜 분노에 휩싸였는지 알 수 없었다. 나는 그냥 멍청히 당했다는 생각이 들었다. 그가 아무 말도 남기지 않고 아무것도 말하지 않고 아무 낌새도 준 적이 없었다는 것에 대하여. 이십 년 가까이 같이 산 사람에 대한 예의라곤 없는 것에 대하여. 그것보다 그런 남자의 여자로 살았던 것의 억울함에 대하여.

3

당신이 억울하다고……. 그래. 그럴 수 있을 거야. 난 나쁜 남자였다. 한 여자의 인생을 방기한 죄, 한 여자가 아무것도 모른 채 그저 한 남자를 남편으로 맞이하여 그 남편이란 실체를 알지도 못한 채 살아가는 것을 방기한 죄.

한번 말하지 않은 것은 영영 말할 수 없다. 말할 기회를 한번 놓치면 영영 기회란 다시 오지 않는다. 그렇지 않다 해도 나는 아무것도 얘기할 수 없었다. 내 이야기는 그랬다. 얘기해서는 안 되는 것이었다. 얘기할 수 있는 것이 아니었다. 죽어도 얘기할 수 없어서 나는 얘기하지 않거나 못한 것이다. 그리곤 죽어야 했다. 그래서 나는 죽었다.

4

스물일곱에 나는 죽음 직전까지 간 적이 있다. 스물일곱, 컴퓨터를 전공한 나는 작은 컴퓨터 업체를 운영하다가 도산했다. 친구가 있는 호주로가서 친구의 슈퍼마켓 일을 돕고 있던 형에게서 호주로 오라는 권유를 받았으나 나는 무시했다. 형처럼 아무 기술도 없이 친구의 가게에서 일하는 것은 싫었다. 무엇보다 나는 한 우물밖에 못 파는 모자란 인간 유형이었다.

그저 나는 죽으려고 했다. 쉽사리 내가 하려던 것을 놓쳐버리고 나서는 그냥 죽는 게 낫겠다는 생각에 빠져버렸다. 허나 목숨을 끊기는 매우 어려운 일이었다. 나는 천천히 죽기 위해 부랑자가 되기로 결심했다.

부랑자가 되어 떠돌던 중 어느 절에서 어떤 여자를 만났다. 그 어떤 여자는 네 살 된 사내아이를 데리고 절에 들어와 사흘을 머물렀다. 나는 그 ㅁ이라는 먼 친척이 주지인 그다지 크지 않은 강팍한 산속의 암자에서 잡일을 하며 숨어 지내고 있었다.

절에서 숨어 지내는 사이 부랑자로 죽어가기로 결심했던 내게 나자신도 모르는 변화가 찾아들었는데 그것은 새로운 내 미래의 모습이었다. 이십 대여서 가능한 갱생이었을까. 내가 깨닫지 못하는 사이에 나는 다시 무언가를 찾아내기 시작했다. 주지인 강은 나의 먼 친척으로 내가 거기 숨어들어가 있을 방과 일거리를 내주었고, 수시로 절을 비웠으므로 내게는 매우 훌륭한 은신처이자 다음 일을 계획할 최적의 장소였다.

그날 나는 쓸데없이 뒷산을 올라 결박된 억울한 돼지처럼 빽빽 소리를 지르다가 허적허적 내려오던 길이었다. 사월의 중순을 넘어가던 오후, 해가 빼꼼히 옆 산에 걸쳐 있었고, 바람이 수런거렸다. 오월을 예고하는 듯한 산들바람이었는데 그 바람이 얼핏 내 가슴을 훑고 지나갔다. 갑자기 세속에 버리고 온 세상의 많은 것들이 머릿속을 휘이 스쳐 가는데 아이 소리가 났다.

절 마당에 웬 아이가 뛰어놀고 있었고, 요사채 마루에 노란 옷을 입은 긴 머리의 여자가 주지 강과 함께 앉아 있었다.

"아, 산에 갔다 오는가? 이리 와 봐."

강이 그 여자를 소개했다. 소개를 받지 않아도 될 몸이었는데 주지는 왜 내게 그 여자를 소개했을까. 산중에 갑자기 들어온 여자. 이쁘지는 않았다. 나보다 나이가 많아 보이는 여자였다. 아이 엄마였고. 나는 별 반응 없이 그 옆에 앉았다.

"사흘 쉬다 가기로 했다네."

그러고 보니 절 아래 공터에 차가 한 대 내려다 보였다. 강은 독채로 작게 올린 주지 방에서 따로 지냈다. 그곳에 식당과 객실이 또 하나 있었다. 주지의 손님, 즉 객승은 주지의 거처에 머물렀다. 그 여자는 내가 있는 객방에 머물 것이었다. 방이 모자라진 않았으나 웬 여자가 이런 곳에 머문다고 온 것인지 이해가 가지 않았다. 절이 있는 곳은 아름답지도 않았고 먹을 것도 없었으며 방은 허술했다.

이윽고 몇 분 후 나는 군불을 떼기 전에 옆방을 청소하고 침구를 밀어 넣었다. 해가 지기 전에 군불을 떼고 식당 채에 가서 저녁준비를 시작했다. 저녁준비래야 밥 짓고, 시래기된장국에 몇 가지 밑반찬이었다. 거기에 아이가 왔으니 계란탕을 하나 만들었다. 그러는 사이 여자가 부엌으로 보퉁이를 안고 들어오더니 주섬주섬 반찬을 꺼내놓았다.

"아, 이것이 다 무엇입니까?"

나도 모르게 물었다.

"스님이 반찬을 갖고 와야 한다고 해서 좀 가져왔어요."

그녀가 꺼내놓은 통엔 장조림, 불고기, 데친 오징어와 몇 가지 나물이 담겨 있었고, 아직 조리되지 않은 굴비 열 마리와 돼지고기가 있었다.

"아, 이거 오늘 경사 났네요."

나는 형광등을 켰다. 맛없고 색 없는 절밥에 색이 났다. 문득 몸 한 구석에서 무언가가 꿈틀거렸다. 여자가 바닥에 주저앉아 상 위에 그것들을 펼쳐놓는데 노란 블라우스 속의 가슴이 훤히 보였다. 여자가 벌떡 일어섰다. 자세히 보니 여자의 블라우스 단추가 두 개 풀어져 있었다. 나도 모르게 노란 블라우스 아래로 드러난 가슴에 손을 집어넣었다. 순간 나답지 않은 행동에 나 스스로 소스라치게 놀라 들어간 손이 굳어버렸다.

114

여자는 가만히 있었다. 나는 그것 또한 놀라서 여자의 얼굴을 쳐다보았다. 잠시 여자는 가만히 있었다. 어쩌면 몇 초밖에 안 되었는데 내게 길게 느껴진 것인가. 여자는 씨익 웃더니 "손 빼!" 라고 낮게 말했다. 나는 여자의 젖가슴에서 손을 빼냈다.

"손이 나오려고 하지 않아요. 왜 가슴을 다 드러내고 그래요?"

나는 퉁명스럽게 뱉었다.

"난 몰랐어. 단추가 열린 줄. 저리 비켜."

그 여자는 부엌에서 빠져나갔다. 나는 반찬들을 정리하기 시작했다.

저녁 바람이 살랑거렸다. 잠이 올 리 없었다. 나는 교사 임용고시를 준비하는 중이었다. 어떤 여자가 갑자기 옆방에서 자고 있는데 공부가 되지 않았다. 스님은 아무 말이 없었다. 왜 아이를 데리고 이 작은 암자에 들어왔는지, 어떤 여잔지. 여자는 이쁘지 않았지만 성적 매력을 풍겼다.

밥 먹을 땐 다른 옷으로 갈아입고 와서 아이 엄마처럼 보였다. 그러나 아이가 스님 방으로 같이 가고, 나를 도와 설거지를 한다고 부엌에 남았을 때 그 여자는 또 달랐다.

"여기서 뭐해요. 젊은 남자가."

"그러는 분은요."

이상했다. 나는 평소에 말도 없고 재미도 없는 사람이었다. 그런 내가 그 여자 앞에서 도발되는 느낌이었다. 묘한 여자였다.

"난 남편과 헤어졌어요. 머릿속이 복잡하다고 했더니 아버지가 여기 와서 쉬라고 해서 온 거예요. 댁은?"

"반말하세요. 아까처럼."

또 나도 모르게 불쑥 튀어나온 말이었다.

"그래? 나보다 어려보이니까 그래도 되겠네. 아깐 흥분해서 그런 건데."

"난 사업에 실패해서 도망 왔어요."

"그래 보인다."

"두어 달 되었어요."

"난 사흘 후에 갈 거야. 일본어 통역해."

"아……."

"어릴 때 일본서 살다 왔거든."

어쩜 얘기가 술술 나올까. 그런 여자였다. 아무 거리낌 없는.

"여기서 뭐 하는 데? 숨어서."

"살 준비하죠."

"그래야지. 살 준비는 뭐야?"

"이제 가서 쉬세요. 설거지 끝났어요."

"대답 피하네. 그러지 뭐."

새벽 한 시였다. 나는 문밖에 쪼그리고 앉아 별을 보며 담배를 피우고 있었다. 갑자기 옆 방문이 열리고 그 여자가 나왔다. 나는 또 깜짝 놀랐다. 이 여자……. 내 몸이 움찔했다. 달은 없는데 이상하게 깜깜한 하늘이 밝았다. 깊고 고요한 검은 침묵의 빛.

"나 한번 줘 봐. 담배."

나는 피우던 담배를 내밀었고 그 여자는 하늘을 향해 뻐끔거렸다. 늘렁늘렁한 긴 면 옷을 입은 그 여자의 몸매가 어둠 속에서 하얗게 드러났다.

"잠이 안 와요?"

"자다 깼어. 너무 조용해서 그런가 봐 그런 자기는?"

내가 '자기'가 되어 있었다. 피식 웃음이 나왔다. 이런 여자는 처음이었다. 나는 담배를 여자 입에서 낚아채 바닥에 비벼 껐다. 그리곤 여자를 확 끌어안았다. 이상한 여자였다. 그 여자는 가만히 있었다.

"살짝 추웠는데 따뜻하네."

"당신 별종이야. 내가 이러는데 싫지 않아?"

나는 그 여자를 오래오래 끌어안고 있었다.

"들어가자. 추운데."

"어디로?"

"네 방으로 가야지. 불이나 꺼."

내 방에 불이 켜져 있다는 것이 그제야 생각났다. 나는 그 여자의 손을 잡고 내 방으로 기어들어가서 불을 껐다. 그야말로 암흑이었다.

"아늑하네. 이렇게 깜깜한 곳은 처음이야."

나는 나도 모르게 여자의 옷을 벗기려고 달려들었다.

"서둘지 마."

여자가 내 손을 밀치더니 이불 위에 누웠다. 나는 그 여자 옆에 털썩 누워 그 여자의 품으로 파고들었다.

"견딜 수가 없어. 당신 이상한 여자야. 내가 이래도 되는 거지? 응?"

여자가 까르르 낮게 웃더니 내 아랫도리를 더듬었다. 나는 미친 듯이 그녀에게 덤벼들었다.

낮엔 여자를 쳐다볼 수 없었다. 아니 쳐다보면 안 되었다. 나는 한번도 경험해보지 못한 허리케인을 맞은 듯 멍했다.

이튿날 주지는 내내 절에서 아이와 놀았다. 나는 점심을 차리고 청소를 하고는 방에서 나가지 않았다. 나갈 수가 없었다. 나는 방에서 공부하는 척 했지만 사실은 천장을 보고 누워서 멀뚱거리다가 엎드려서 끙끙 앓다가 한숨을 푹푹 내쉬며 고개를 무릎에 처박고 있었다.

전날 그런 것처럼 나는 산에 올라 소리 지르기 위해 방문을 나섰다. 아무도 보지 않기를 바라고 절 뒤로 돌아가는데 강이 불러 세웠다.

"어이, 애기 엄마, 심심한데 따라가 봐요."

여자는 요사채 마당에서 아이가 노는 걸 바라보고 있다가 일어섰다. 혹시 내가 끙끙거리는 소리를 듣지는 않았겠지…….

"길이 좋지는 않은데요."

나는 퉁명스럽게 뱉었다.

"그래도 괜찮아. 데리고 가보게. 심심해하네."

118

강이 말했고 여자는 고개를 끄덕였다. 여자는 가슴이 드러나는 옷을 입고 있진 않았다. 산속에 있으면 오후에는 늘 바람이 살랑이는 것을 느낄 수 있다. 기분 좋은 바람이 나뭇잎들을 살랑였다.

늘 절을 비우던 강이 웬일인지 며칠째 절에 있었다. 절에서 그가 할 일은 그다지 없어 보였다. 간혹 띄엄띄엄 산 아래 몇 안 되는 신도나 지인들이 찾아와 놀다 가거나 예불을 드렸다. 그밖에 절엔 행사도 정기 예불도 없었다. 그저 조용한 암자였다. 행인도 수도승도 없는. 강은 그래도 절에 있는 동안 새벽의 염불은 그치지 않았다.

나는 그 염불소리를 놓친 적이 없는데 오늘 새벽에는 놓치고 말았다. 여자와 격렬히 몸을 섞고 난 뒤, 여자가 살며시 방을 빠져나갔고, 나도 모르게 깊이깊이 잠이 들어 새벽까지 자버린 것이다. 자꾸 어젯밤의 정사가 눈앞에 펼쳐져 발을 헛디딜 판이었다. 여자가 뒤에서 쌕쌕거리며 물었다.

"스님이 그러는데 임용고시 준비한다며."

"예."

나는 본래의 내 모습으로 돌아와 수줍은 소년처럼 대답했다. 나는 말도 없고, 주변머리도 없어서 늘 부모의 걱정을 사던 사람이었다. 컴퓨터를 전공하여 소프트웨어 개발업체에서 일하다 내 사무실을 차렸는데 도산해버렸고 나는 갱생을 위한 준비를 해야 하는 사람이었다.

사월의 산은 아름답다. 불쑥불쑥 올라온 땅 위의 푸른 식물들과 나무들은 물이 오르고 잎은 반짝거렸다. 온통 연둣빛 햇살이 산 위로부터 쏟아졌다. 낮은 산언덕을 하나 넘고 나무들 사이를 지나치며 내가 가서 늘 소리 지르는 커다란 상수리나무 아래 멈췄다. 이름 없는 산자락이라 사람도 없고 길도 없었다. 내가 오르락내리락 하며 길을 만든 셈이었다.

커다란 상수리나무는 그중 수명이 오래 된 늙고 등치가 커서 너른 가지가 하늘을 덮었다. 나는 그 나무 등걸에 기대어 소리를 지르곤 했다. 여자가 다가왔다. 여자 냄새가 훅 풍겼다. 아무리 봐도 묘한 여자였다. 여자 경험이 없는 나로서는 잘 알 수 없기는 마찬가지였지만 뭔가 본능적으로 끄는 게 있었다.

여자가 내 옆에 와서 기댔다.

"산이 그다지 이쁘지는 않네."

"산이 이쁜 게 어딨어요."

"이쁜 산 많잖아. 그래도 올라오니 좋다."

"이름이 뭐예요?"

"나? 준이 엄마지 뭐."

"이름 있잖아요."

"왜 알고 싶은데? 너는?"

"난, 진우. 유진우."

"진우. 난 현주야. 이혼녀가 되었어."

"아, 왜 이혼한 거예요? 물어봐도 돼요?"

"물어보기 먼저 하고서는. 남편과 사는 게 점점 힘들어졌어. 아빠가 사업자금을 대주었는데 점점 실패해서 돌이킬 수 없게 되었고, 그 와중에 사이도 나빠져서. 더 이상 견디기 힘들어서 내가 이혼하자고 한 거야. 난 돈 없으면 못 사는 여자라. 그랬더니 아빠가 여기 와서 쉬었다 오라해서 온 거야. 진우 씨는 왜 사업 실패?"

"그냥 진우라고 하세요. 컴퓨터사업 하다가 망한 거예요. 교사 임용고시 보려고요. 원래 교사도 해보고 싶던 거라. 당신 때문에 어젯밤 이후로 공부 못했네요."

"에이, 핑계는. 공부 열심히 해. 나 낼 모래면 가니까."

나는 그녀와 나무 등걸에 몸을 기대고 그렇게 서 있었다.

"집은 어디야?"

"글쎄요. 준비되면 내려갈 건데 어디로 가야할지는 모르겠네요. 부모님 집에 있다가 떠돌이 된 지 몇 달. 다시 부모님한테 신세지기는 싫은데……."

"그렇구나."

소리 지르는 일은 그녀 때문에 하지 않았다. 나는 나도 모르게 그녀의 머리칼을 쓰다듬었다. 여자는, 여자는 처음이었다. 이런 여자는. 여자 친구가 없었던 것은 아니었으나 이런 색을 지닌 묘한 여자는 만난 적이 없었다. 여자는 쌕쌕거렸다. 연한 나뭇잎들이 바스락거리는데 여자는 몸을 뒤집고 있었다. 나는 다시 내가 아니었다. 나는 여자를 와락 보듬어버렸다.

"왜 따라 올라온 거예요."

"스님이 따라가라잖아."

여자는 쌕쌕거렸고 나는 허둥거리며 여자를 나무 등걸에 밀어붙였다. 새들이 푸– 날아올랐다.

"네가 싫지 않나 봐."

여자가 속삭였다.

"난 당신 같은 여잔 첨 봐요. 이렇게 본능적으로 남자를 끌어당기는 여자는."

"내가 그래?"

여자는 숨기는 게 없었다. 나를 밀어내지도, 욕하거나 때리지도 않았다. 그냥 빗물처럼 땅속으로 스며드는 느낌이었다. 나는 여자의 아랫도리를 벗기고 그 속으로 들어갔다. 그녀가 내 대신 소리를 질렀다.

그날 밤, 그리고 그녀가 떠나는 날까지 나는 그녀와 네 번의 관계를 했다. 그녀가 가고 난 뒤에 공황상태가 찾아온 것은 당연한 것이었을까, 하는 의구심도 들었다. 어떤 여자가 그렇게 거리낌이 없을 수 있을까. 그러나 그것이 그녀를 헤프다거나 천하다는 생각이 들게 하는 건 아니었다. 그냥 묘하고 자극적이고 편했다.

나는 그녀와의 자극적인 시간들을 잊기 위해 몸부림하며 책을 파고들었다. 그렇게 한 달이 거의 지나갈 즈음이었다. 그 여자에게서 전화가 온 것이. 한 달이 지났어도 내 몸 구석구석엔 그 여자의 관능이 남아 있는 느낌이었으나, 어느 정도 공부 페이스는 찾아가는 중이었다.

강은 여전히 출타 중이었고 나는 그 작은 암자에 도토리처럼 박혀서 책에 얼굴을 박고 있었다. 강의 거처 마루에 있는 전화벨이 소스라치게 울어서 나는 신발을 꿰차고 달려 올라갔다.

"나…… 라고 하는데요. 실례지만 누구신가요?"

나는 대뜸 그 여자를 알아차렸다. 그녀. 현주.

"아, 현주 누님. 나 진우에요. 진우."

"어머, 아직 거기 있는 거야?"

"네. 아직 있네요."

"언제 내려와?"

"아직 시험 기간이 많이 남아 있으니…… 그때까진 갈 데도 없구요."

"그래? 그렇구나. 혹시 아직 있나 전화해봤어. 내가 아빠 집에서 나와 아파트를 얻었거든. 아이하고 둘이 사니까 자기 와서 살래? 내가 뒷바라지 해줄게. 시험공부만 열심히 해."

"어떻게 나를 믿구요. 난 아무것도 가진 게 없는 부랑자나 마찬가진데."

"나하고 만리장성을 쌓았잖아. 난 남자가 필요하고, 자기는 집이 필요하니까 그렇게 생각해. 생각해보고 전화해. 내가 산 밑으로 데리러 갈 거야."

그녀는 암자를 떠나기 전 전화번호를 남겼지만 나는 연락하지 않았다.

"산 내려오면 전화해. 밥이나 먹자."

그녀는 그렇게 말했다.

"그럴게요. 현주 누님."

그녀가 산을 내려갈 때는 현주 누님이 되어 있었다. 그러나 우린 그냥 우연히 부딪쳐서 네 번 관계를 했을 뿐, 아무것도 아는 것이나 연결된 것이 없는 사이였다. 네 번의 관계를 가졌다고 그것으로 전화할 만한 호기를 가진 남자가 못 되었다. 나는. 전화를 할 수 있는 자신도 없었고, 구실도 없었고, 또 그런 사이가 아니라는 전제가 자리잡고 있었기에 그저 폰 번호만 저장을 해놓았을 뿐이었다. 그녀 또한 전화 같은 건 없었기에.

뜻밖에 암자의 일반전화로 전화를 건 것은 그녀다운 것이었을까. 내게 직접 하지 않고. 그녀의 제안이 낯설지 않다는 게 또한 의문이었다. 왜 이렇게 자연스러운가. 처음 본 나를 전혀 개의치 않는 그녀의 태도는 어떤 것인가. 혼란스러웠다. 혼란스러움이 더할수록 나는 냉정해졌다. 그다음 나는 가방에 짐을 싸고 있었다.

나는 짐을 챙기기 시작했다. 일단 시험이 몇 달 남아 있었다. 그때까지만 그녀말대로 해보자. 그냥 솔깃한 제안이었다. 오갈 데 없는 부랑자인 나로선.

5

솔깃한 제안. 내가 고민한 것은 불과 사흘이었다. 도무지 공부에 집중할 수 없게 하는 그녀의 목소리 때문에 나는 결국 사흘 후 그녀에게 전화를 걸었다.

"그거 진심이에요? 난 돈도 없고 몸뚱이밖에 없는 남자예요."

"상관 없다잖아. 내가 자기 먹여 살릴 거야. 잘 될 때까지. 나 자기 맘에 들어 그런 거니까 그냥 해 봐. 쫓아내진 않을 거니까."

그녀에게 가기 위해서 짐을 쌌다. 그리곤 바로 달려올 것 같은 그녀에게 연락을 하려 했다. 나는 망설임이란 단어도 짐 속에 같이 넣어버리려 했다. 그런데 꼭 그런 때 무슨 일인가가 생기는 법일까. 집 안에 문제가 생겼다. 나는 산을 내려갔으나 그녀에게 바로 가지 못했던 것이다.

아버지의 큰 수술이 있었다. 한 달 정도 나는 아버지 옆에서 병실을 지켜야 했고, 당연히 시험 준비도 미뤄졌다. 그동안에도 열심히 했던 건 아니어서 마음이 복잡하고 힘든 시간이었다.

그녀는 차를 몰고 면회를 오듯 나를 만나러 왔다. 두 번, 그녀는 아이를 데리고 잠깐 다녀가듯 병원에 들렀다가 돌아갔다. 절에서의 육체적 관계는 먼 과거 일처럼 보이기 시작했다. 한 달이란 시간은 그랬다. 산을 내려왔으나 싸갖고 내려온 짐은 그대로 내 방에 던져진 채 있었고, 나는 모든 것을 다 놔둔 채로 아버지의 병실에 갇혀 있었다.

순간적으로 절망감이 들쑥날쑥 하던 한 달 동안 나는 또 다른 무기력한 부랑아였다. 시험에 통과할 수 있을지조차 의문스러웠고 한 번의 실패가 주었던 벼랑 끝의 그 위기감이 다시 나를 불안하게 에워쌌다.

그녀는 내가 왜 필요한 걸까. 그 무렵 그런 생각이 들기 시작했다. 아버지가 퇴원을 해도 내가 옆에 있어야 되는 것은 아닌가, 라는 생각도 슬슬 들기 시작했다. 그녀는 통역이 있는 날엔 일 끝나고 병원에 들렀다. 그녀는 누구일까. 거의 움직임이 없는 조용한 내 심연에 파문을 일으켰던 그녀는.

우려했던 아버지의 상태가 그런대로 어머니 혼자서도 감당할 수 있을 만큼 호전되었다고 안심하게 되었을 때 나는 다시 집을 떠날 생각이었다. 그녀가 있었다. 거기에.

"아직 유효한 거예요?"

"그래. 내가 데리러 갈게."

나는 차도 없고 돈도 없는 날건달로 그녀의 차에 탔다. 절에서 싸온 짐을 그대로 던져 넣고.

"아버지가 부자야."

6

그것은 어떤 세월이었던가. 무언가 이름을 지어야 한다면 그것은 미친 세월이다. 짧고 경박하면서도 피할 수 없는, 끝내 끝을 보고서야 혹은 피를 흘리고서야 그 진창이 눈에 보이는, 정신이 사라진 본능만의 세계.

그 여자는 이를테면 그랬다.

"넌 공부만 해. 내가 살림은 할 테니. 그 대신 내가 하는 짓 간섭하지 말고."

나는 고개를 까닥거렸다. 나는 그때까지 여자도, 세상도 아무것도 알지 못하는 풋놈이었다. 숫기도 없는 데다 누가 말 붙이지 않으면 그냥 멍 때리고 있는 바보 같기도 한 태생적인 촌놈이었다. 그녀는 내 위에서 날던 여자였을까.

공부를 하면서 네 살짜리 아이를 돌보기 일쑤였는데 그 상황이 정작 아무렇지도 않았다. 그녀는 살림을 잘했다. 늘 청소를 했고, 요리도 잘했다. 입이 거칠었으나 난 개의치 않았고, 그걸 능가하는 섹슈얼한 에너지에 매번 놀라곤 했다. 난 그런 여자를 이해할 수 없을 정도였다.

그 무렵 나는 그녀만 보면 바지 지퍼를 내리게 되었다. 밤 공원 산책길의 어둔 벤치에서, 그녀 친정집의 어머니가 옆방에 있을 때에도, 고속도로를 달리다가 멈춰 서서. 땡전 한 푼 없는 내게 나타난 이 여자는 수시로 좌절을 안겨주면서도 내가 살아갈 에너지를 밀어 넣어주었다.

그녀는, 즉 현주라는 서른다섯의, 네 살의 아이를 갖고 있는 그 여자는 종잡을 수 없는 여자였다. 그러나 내게 충실했던 것만은 틀림없다. 나는 그녀의 지갑을 따라다녔고, 그 지갑은 수시로 차를 몰고 온 천지를 돌아다닐 수 있게 해주었다. 그러면서도 이상하게 공부는 잘 되어갔는데, 나는 그 원인을 알지 못했다. 본래의 나라는 사람의 모습은 사라지고 새로운 유형의 남자가 태어난 듯싶었다.

자신의 네 살 아이를 전혀 남인 나에게 맡겨두고 밤에 종종 놀러나가는 여자. 그 아이와 놀다가 잠을 재우고 그 여자가 들어오기를 기다리는 남자. 여자는 가끔 밤을 새고 새벽에 들어오거나 아예 외박을 할 때도 있었다. 나를 집에 놔두고 "노래방에서 좀 놀다 갈 거야." 혹은 "오늘 놀다가 그 남자랑 자고 갈 거야"라는 말을 전화로 남기고 들어오지 않았다. 처음엔 어이가 없어서 이게 무슨 상황인가 했으나 곧 개의치 않게 되었다. 그녀는 그런 여자였으니까.

"너하고 동거하지만 다른 남자하고도 놀 거니까 상관하지 마."

그녀가 한 말이었고, 나는 그 말을 귓등으로, 장난으로 들었던 거였다. 그런데 그녀는 실제로 그렇게 했다. 아무렇지도 않게, 데려다 놓은 남자를 집에 덩그러니 놔두고 밖에서 다른 남자와 노는 것도 부족해 관계를 갖고 지쳐서 돌아오는 것이었다.

처음엔 매우 심하게 싸웠다. 난 나가겠다고 했다. 그러면 그녀는 무릎을 꿇고 싹싹 빌면서 말했다.

"그냥 그건 노는 것일 뿐이야. 난 당신을 사랑해. 널 사랑한다고. 하지만 나는 그렇게 놀아야 해. 다신 안 그럴게. 그냥 놀기만 할게.

잠은 안 잘게."

그러나 그뿐이었다. 나는 한편으론 지쳤고, 한편으론 편안해졌다. 이것은 잠깐의 상황인 것이다. 나는 다른 곳으로 갈 것이니까. 그리고 여긴 그녀의 정거장일 뿐이다. 내게는 임시정거장. 자존심이 일어섰다가 저절로 사그라지고, 그 사이에 그 모든 것을 상쇄해버리는 성적 욕망들이 있었다. 결코 전에는 해 본 적이 없던 욕망의 분출. 그러므로 그 나머지 것들은 불끈 하다가 그냥 사그라지는 성냥불이었다.

날마다 싸우면서 날마다 빌고, 또 허구한 날 그녀의 차를 몰고 놀러 다녔다. 공부는 그러니까 그 몇 달 동안 그런 틈새에서 이루어진 놀랄만한 성과였다. 이상하게도 낮의 몇 시간 동안 동네 도서관에서의 책과의 씨름은 그녀와의 섹스만큼 집중도가 높았다. 이상하지 않을 수가 없다.

그 시절 나는 피곤한 줄을 몰랐다. 싸우는 것도 잠깐이었고, 아무 일도 없던 것처럼 섹스를 즐겼고, 시간이 맞으면 놀러나갔다. 그러나 하루의 반나절 이상은 늘 공부에 집중할 수 있었으므로 그해 십이월에 치러진 임용고시에 패스할 수 있었다.

원래 나는 무엇이든 파고드는 경향이 있는 사람이었다. 말도 없고 속으로만 삭이던 사람이라 그녀가 나를 건들지만 않으면 공부에 집중할 수 있었다. 모든 것을 모자람 없이, 소리 없이 뒷바라지하는 그녀의 어떤 모성적인 부분은 그녀의 또 다른 부분 즉 가리지 않고 놀기 좋아한다거나 거친 부분을 상쇄하고도 남음이 있었음을 인정하지 않을 수 없었다.

　나는 다시 내 안의 숫기 없는 남자로 돌아가곤 하였다. 그런 사이사이에 잘 모르는 남자들을 만나 놀고, 제 아들은 나한테 맡기고 외박까지 하고 들어오는 뻔뻔스러움은 계속되었지만 나는 그것에도 익숙해져 버렸다. 그럼에도 그녀는 나를 사랑한다고 했고 나와 살고 있었으니까.

　그러나 끝은 오기 마련이다. 임용고시가 지나고 뭔가 석연찮은 시간이 돌아왔다. 어느 날 그녀가 말했다.

　"난 당신을 사랑하지만 돈이 없는 남자하곤 살지 않을 거야."

　어느 날 그녀는 더 확실한 말을 했다.

　"일본인인데 돈 많은 교수야. 그 남자하고 결혼해서 일본 가서 살거야. 자기를 사랑하지만 이미 그와 떠나기로 약속을 했어. 자기는 성실해서 잘 살 거야."

　나는 할 말이 없었다. 애초에 그녀의 집이었고, 그녀의 생각대로 이루어진 일이었다. 나는 그저 그녀의 객이었고 이제 나를 떠나겠다는 것이었다. 나도 미련은 없었다. 여섯 달 동안 참으로 많은 관계를 했고 미친 듯이 살았다는 것밖엔. 앞날이 그저 막연하다는 것밖엔.

　그래도 나는 그녀가 야속했다. 사랑한다면서, 불처럼 살았으면서, 아직도 사랑하는 건 나라면서 늙은 일본 놈의 돈을 따라간다고 아무 감정도 없는 듯 내뱉는 그녀가 미웠다. 허무했다. 다른 남자와 자고 들어와 고개를 숙이고 다시는 안 그러겠다고 헛맹세를 하는 그녀에게 뭐라 한 적도 없고, 따진 적도 없는 바보 같은 남자 하나가 거기 남겨져 있었다.

나는 잠깐 그녀를 설득해보려 하기도 했다.

"나 시험 붙었으니 이제 내 돈으로 살 수 있어. 우린 잘 맞잖아. 아이도 내가 키울 수 있고. 당신 하고 싶은 대로 하고 살 수 있어. 지금처럼. 그러니 일본 놈 따라가지 마라."

그러나 소용없었다. 나는 더 붙잡을 수 없었다. 붙잡을 자격도 없었으니. 나는 그녀의 집에 들어갈 때와 마찬가지로 별로 늘어나지 않은 짐을 싸들고 부모님의 집으로 돌아갔다. 미련은 없었다. 그러나 속이 텅 비고 허무했다. 그동안 폭탄처럼 살았다는 생각이 들었다. 터지지 않으나 늘 터질 것 같았던 폭탄을 안고 산 듯한.

그녀가 일본으로 떠난다는 날, 나는 그녀가 따라가는 늙은 일본 남자가 어떻게 생겼는지 궁금했다. 나는 공항으로 가서 여자가 팔짱을 낀 그 남자의 뒷모습을 몰래 훔쳐보았다. 나도 키가 작은데 그 일본 남자는 나보다 더 작은 남자였다. 헛웃음이 나왔다. 그녀는 아무것도 필요 없고 오로지 돈만 따라가는 것이었다.

7

나는 다시 내 세상으로 돌아가야만 했다. 이제 시작이었다.

나는 집을 떠나 다른 도시에 있는 고등학교에서 일을 시작했고, 앞도 옆도 보지 않은 채 삼 년을 보냈다. 그리고 그녀와 정 반대되는 여자와 결혼을 했다. 나는 그녀 생각을 하지 않았다. 그것은 불온하고 뜨거워서 다시는 데이고 싶지 않는 불이었으며, 되돌아보고 싶지 않은 막무가내의 시간이었다.

시간은 많은 것을 해결해주는 법이다. 내 몸이 데인 상처는 보이지 않았고, 내 몸은 다시 차가워졌으며 결혼해서도 그 차가움은 유지되었다. 내 몸 안을 흐르던 뜨거운 전류는 어딘가로 사라져 버렸다. 다행스럽게도.

그런데. 그런데. 십 년이 지나면서부터 내 몸속에서 무언가가 꿈틀거리기 시작했다. 나는 몹시, 몹시 당황스러웠다. 그래서는 안 되는 것이었다.

뜨겁지도 차갑지도 않는, 잘 웃지도 그렇다고 찡그리고 있지도 않는 마치 중립지대 같은 담담하고 무표정에 가까운 몸과 마음의 소유자인 아내와 그저 그런 듯이 살며, 두 아이의 아빠가 되어 있던 나는 서서히 차오르는 심연 저 아래의 무언가에 의해 휘청거리기 시작했다.

그랬던 것이다. 그것이 무엇인지 모르는 사이에 나는 괴물이 되어갔다. 말없는 자가 더욱 말이 없어지고, 멍하니 벽처럼 굳어가기 시작했다. 나를 병원에 보낸 건 이도 저도 말없이 지켜보던 아내였다.

8

세상에 우울증을 앓고 있노라고 말한 적은 없다. 그러나 소문이 났고, 나는 그저 싱긋 웃을 뿐 대꾸하지 않았다. 아이들을 호주로 보내자고 한 것도 아내였고, 아이들을 데리고 호주에 갔다가 혼자 돌아와 내 곁에 묵묵히 있던 것도 아내였다.

나는 차라리 아내가 당신 왜 그러느냐고 한마디라도 물어주기를 바랐다. 그때, 내가 부랑자처럼 떠돌 때 나를 거두던 여자가 있었노라고, 그것은 일생에 단 한 번, 내 온 생애에 걸쳐 단 한 번 왔던 폭풍이었노라고, 그것을 거쳐 온 남자가 당신에게 숨어들어 숨죽이고 있었으나 이제 다시 후폭풍의 기운이 나를 낚아채고 있다고 나는 아내에게 말하고 싶었다.

그런데, 그런데 아내는 아무것도 묻지 않았던 것이다. 나는 그런 아내가 오히려 미워지기 시작하는 걸 깨닫고 몸서리를 쳤다. 나는 골방에 숨기 시작했다. 학교에 출근했다가 돌아오는 길엔 잘 마시지 않는 소주를 마셨다. 빈속에 들어가는 그 독한 물의 자극은 겨울날의 칼날 같은 청정함과 날선 아픔으로 사정없이 내 속을 파고들었다. 나는 어둔 골목길을 걸으며 빈속에 소주를 들이켰고, 마시다 만 소주병은 아파트로 들어서면서 휴지통에 버렸다.

그즈음은 차를 타지 않았다. 학교는 약간 먼 거리였으나 나는 걸어야 했다. 쉼 없이 걷고 또 걷고 싶었다. 멈추고 싶지 않았다. 퇴근하고 걷다 보면 밤이 깊어졌고, 집은 어디인지 알 수 없었다. 배도 고프지 않았고, 낭떠러지 아래로 한없이 추락하는 기분은 나를 질질 끌고 다녔다.

병원, 그러니까 아내가 말없이 나를 데려간 병원에서 준 약물을 복용했다. 추락의 기분을 아는가. 발을 내딛는데 디딜 땅이 없고 푹 꺼진 어둔 동굴로 한없이 떨어져 내리는 그 기분을. 눈을 떠보면 나는 어둠 속에 그림자처럼 서 있었다. 때때로 약물을 복용했고 때때로 어딘가에 버렸다. 한밤의 어둠 속에서 나는 미스터 핸리처럼 그렇게 어둠에 갇힌 채 서 있었다.

그녀를 찾고 싶다거나 다시 만나고 싶다거나 그런 열정을 다시 만나고 싶다거나 한 것은 아니다. 아니다. 난 확실히 알지 못했다. 내가 왜 그러는지. 왜 그러는지 알았다면 해결책을 찾아 나섰을 것이다. 그러나 내가 알 수 없는 그것은 끊임없이 나를 낚아채서 마침내 날 죽여 버렸다.

그 순간, 그런 죽임의 순간이 내게 다가올 즈음 그때야 나는 깨달았다. 나는 그 여섯 달의 붉은 자궁 안에서 빠져나오지 못하였다는 것을. 그녀와의 미친 시간이 독이 되어서 내 심연의 항아리에 담겨 있다가 익을 대로 익어 마침내 내 인생에 퍼져갔다는 것을. 내가 그것을 그리워하고 있다는 것을. 그것이 사무쳐 있다는 것을. 끝내 버리지 못했다는 것을. 그것의 한 조각이라도 부여잡고 싶어 한다는 것을.

내가 아내에게 끝내 말하지 못하고 스러져갔음을 탓하지 마라. 그것은 말할 수 없는 것이었으며 그저 묻혀야 할 무엇이었다. 내 몸이

같이 휩쓸려들어야만 끝나는 것이었으므로 그러므로 나는 그 길밖에
는 택할 길이 없었다.

9

그가 남겨놓은 것이 아무것도 없다는 것에 대하여……. 분노하는
가? 아니다. 나는 볼 수 없었다. 만질 수 없었다. 들을 수 없었다. 그
아무것도 나를 위해 남겨진 것은 없었다. 그러나 분노는 그것이 아니
었다. 분노는……. 그러니까 그에 대한 분노는 그가, 나의 남편이었
던 그가 나를 버렸다는 것이다. 그가 삶을 버린 순간 내 삶도 석양의
바다 너머로 쑤욱 떨어져 버리는 해처럼 추락해버렸다는 것을 알지
못하고, 아랑곳하지 않고 몸을 던져 사라져버린 그 냉렬함에 있었다.

한지선 창작집으로 『그때 깊은 밤에』, 장편소설로 『그녀는 강을 따라갔다』 『여름비 지나간 후』가 있음.
전북소설문학상과 제2회 《작가의 눈》 작품상 수상.

장씨의 어떤 하루

정도상

책상에서 일어서기 전에 현욱은 부천경찰서 강력계 김 형사에게 전화를 걸었다. 일면식도 없는 사이였지만 부천에서 사업을 하는 다른 친구에게 특별히 부탁하여 소개받은 형사였다. 만나지는 않고 통화만 두어 번 했다. 김 형사는 매우 바쁘다는 말투로 현욱의 전화를 받았다.

"잘 부탁드립니다."

"아, 예. 무슨 문제가 생기면 연락 주십시오."

"감사합니다."

"아, 예. 들어가십시오."

김 형사가 먼저 전화를 끊었다. 현욱은 컴퓨터를 끄려다 말고 중고차 매매 사이트에 다시 접속했다. 여러 번 보고 확인하고 또 확인한 일 톤 트럭을 클릭해 전화기로 사진을 찍고 저장했다. 그동안 시장조사는 충분히 한 셈이었다. 혹시 미끼가 아닐까 싶어 직접 전화도 해 보았다. 사이트에는 버젓이 올라 있으나 막상 매장을 방문하면 방금

팔렸다는 둥 온갖 변명을 하며 다른 차를 강매하는 방식으로 사기를 친다는 소문이 자자해서 현욱은 더욱 조심에 조심을 거듭했다. 더구나 평생 일 톤 트럭만 몰며 영업을 해온 일석이와 함께 가니 사기를 당할 염려는 전혀 없었다. 뒷배로 김 형사와 통화까지 했으니 준비를 철저히 한 셈이었다.

현욱은 마지막으로 사이트에 등록되어 있는 중고차 판매상에게 전화를 걸었다. 사기를 당하거나 차가 없다거나 하는 일체의 사기행위는 하지 않는 업체이니 아무 걱정 없이 오시라는 말을 맑고 앳된 목소리로 들으니 더욱 신뢰가 갔다. 아직 세상살이에 때가 묻지 않은 젊은이 같은 생각이 들어 적이 마음이 놓였다.

일석이가 트럭을 몰고 왔다. 냉큼 옆자리에 앉았다.

"무슨 트럭을 산다고 그래?" 일석이는 만나자마자 지청구부터 넣었다. 친구들이 부르면 만사 제쳐두고 달려오는 의리남이었지만, 잘 따지고 툴툴거리는 게 흠이었다.

"필요하니까 사는 거지."

"얌마, 니가 무슨 트럭이 필요해? 물려받기는 했지만 빌딩 사장님이 무슨 트럭이냐고? 가자니까 가기는 한다만, 이건 아닌 거 같은데?" 역시, 그냥 지나갈 일석이가 아니었다.

"필요하니까 산다고 했잖아!" 현욱도 지지 않았다.

"제수씨는 뭐라고 하냐? 허락은 받고 왔어?" 일석이가 현욱의 약점을 쿡 찔렀다.

140

현욱은 대답하지 않았다. 대답할 가치가 없는 질문이었다.

"얌마, 너는 형수님을 언제까지 제수씨라고 부를래? 생일도 나보다 늦는 게 말끝마다 제수씨래?"

지난 삼십 년 동안 반복해온 현욱의 항의성 말에 일석이는 콧방귀를 뀌었다. 녀석은 언제나 고참 노릇을 하려고 들었다. 하기야 대머리가 완전히 까진데다가 그나마 남아 있는 몇 올 안 되는 머리카락도 허옇기 짝이 없으니 충분히 낫살깨나 들어 보였다.

"전화해 봐도 되냐?" 일석이가 현욱을 보며 웃으며 물었다.

그 말에 확 빈정이 상했다. 당장 내리고 싶은 걸 꾹 참았다. 현욱이가 중고 트럭을 사러 부천에 간다는 걸 아내는 모르고 있다.

"해라 해. 아, 씨바. 번호 눌러줄까?" 현욱이가 일석의 눈앞에다 전화기를 들고 흔들었다.

"고 새끼 성질 한 번 여전히 더럽네. 운전하게 이거 치워 인마." 일석이가 손등으로 전화기를 밀었다.

그제 밤이었다. 일요일 저녁이라 오랜만에 온 식구가 거실에 앉아 치킨에다 맥주를 마시며 텔레비전을 보고 있을 때였다. 현욱 부부는 자식이 셋이었다. 대학을 졸업하고도 여전히 학교 근처에서 자취를 하며 취업 준비를 하고 있는 큰 딸, 휴가를 나온 둘째, 그리고 막내 연주까지 다섯 식구가 다 모였다. 막내 연주는 현욱이가 마흔 다섯이고 아내가 마흔일 때 얻은 늦둥이 딸이었다. 연주는 이제야 초등학교 육학년이었다.

"운임비가 장난 아니네. 아까 낮에 꼴랑 소파 하나 옮기는데 삼만 원이나 들었잖아. 중고 트럭 하나 있으면 딱 좋은데. 농사지을 때나, 목공 재료 사오는데 필요하고."

아내는 입에 사과 한 쪽을 물고 수건을 삼단으로 접다가 현욱을 슬쩍 쳐다보았다. 현욱은 이 정도면 충분히 아내가 말을 알아들었을 거라고 생각했다.

"중고 일 톤 트럭, 그거 얼마나 하려나?"

"에이 아빠, 그건 아닌 거 같아요. 얼마나 쓸 거라고 트럭을? 겨우 열 평짜리 텃밭에 농사를 지으면서 무슨 천 평쯤 짓는 것처럼 그러세요? 욕심인 거 같아요, 아빠." 큰 딸이 말했다.

"아버지는 늙은 행보관 같아." 입에서 닭다리를 쑥 뽑으며 아들도 한 마디를 던졌다.

"당장 급한 것도 아니고, 반드시 필요한 것도 아닌데…… 아무튼 하고 싶으면 꼭 해야 하니까. 온 식구가 반대를 해도 기어이 하겠지. 나는 모르니, 당신 마음대로 해." 아내가 말했다.

아내의 말 중에서 현욱은 '당신 마음대로 해' 만 귀에 들렸다. 큰 딸과 아들과 막내가 제 엄마 편을 들어 한 마디씩 보탰으나 현욱은 한 귀로 듣고 한 귀로 흘렸다. 가장이 결정했으면 따라야 하는 게 가족의 일이 아닌가 싶었다. 그런데 아들의 말이 자꾸만 귓바퀴에 남아 마음을 건드렸다. '늙은 행보관?' 분명히 욕이지 싶었다.

"근데, 행보관이 뭐냐?"

"행정보급관의 줄임말인데, 집으로 치면 뭐 잔소리꾼 엄마 같은 존재죠." 아들이 치킨을 뒤적거려 날개를 찾으며 대답했다.

그 말을 듣는 순간 꼭지가 핑 돌았다. "이런 싸가지 없는 새끼가 다 있나? 아비를 늙은 행보관이라네. 늙은 인사계라고 대놓고 모욕을 주네." 현욱은 정말 화가 났다. 맥주를 벌컥벌컥 마셨다.

"사람이란 모름지기 은혜란 걸 알아야 한다. 은혜를 모르면 사람이 아니다. 그냥 짐승이지. 나는 한평생 가족을 위해, 너희들을 위해 죽도록 일만 했다. 그런데 지금 와서 꼰대 취급하면 섭섭하지. 어른이 니들 맘에 안 든다고, 설사 어른이 뭘 잘못했다고 해도 그 자리에서 지적질을 하는 건 정말 짐승이나 하는 일이다. 내가 사람 새끼를 키웠지, 짐승 새끼를 키운 줄 알아!" 말을 하면 할수록 점점 더 화가 났다. "싸가지가 없어 싸가지가! 연지 너, 일기 왜 안 보내?"

"그래서 할머니 일기를 베끼라고 한 거예요? 나는 그 열 권짜리 일기 베끼는 거, 정말 싫었어요. 심지어 지금도 그걸 안 베끼면 불효자식이니, 생활비를 안 주니, 재산을 물려줄 수 없느니 등등으로 협박하잖아요. 연주한테는 제발 그러지 마세요. 할머니 일기 베끼는 것, 우리 둘로도 충분했어요." 큰딸이 말을 폭포처럼 쏟아냈다. 아내가 말리지 않았으면 계속할 태세였다.

기가 딱 막혔다. 뒷골이 당겨 목덜미를 주물렀다. 큰딸이 이렇게 노골적으로 대들 줄은 정말 몰랐다.

"니가 취업을 왜 못하는지 이제야 정확히 알겠다. 과거를 부정하고, 할머니에 대해 나쁜 태도를 가지고 있는데 세상의 어느 기업이 너를 직원으로 삼고 싶겠냐? 나라고 해도 아니다." 현욱은 부들부들 떨며 말했다.

"아버지, 그건 하실 말씀이 아닌 것 같습니다." 아들이 정색을 하고 말했다. "누나가 취업 못하는 이유를 그런 식으로 말씀하시는 것은 억지입니다."

"네 이놈! 어디 감히 말대꾸를? 당장 나가! 꼴도 보기 싫으니 당장 나가!" 현욱은 고래고래 소리를 질렀다.

"여보, 오늘 첫 휴가 나온 애한테…… 너도 좀 입을 다물어!" 아내가 아들의 등짝을 찰싹 때리며 꾸짖었다.

"고리대금업에 일수 놀이한 기록을 일기라고 우기는 것도 참 안타깝습니다." 아들이 한 마디를 더 했다.

"이런 싸가지 없는 놈이!" 현욱은 분을 참지 못하고 아들의 따귀를 올려붙였다.

아들이 눈을 댕그랗게 뜨고 현욱을 노려보았다. "할머니가 남긴 유산으로 평생을 호의호식하시며 살아오신 것 저도 압니다. 저도 은혜를 입었어요. 하지만 일기를 베껴야 유산을 준다는 것은 너무 억지잖아요. 그 억지를 왜 아버지만 모르세요. 우리 식구 다 아는데."

아들이 안 할 말까지 했다.

현욱은 완전히 돌아버렸다. 길길이 날 뛰며 손에 잡히는 대로 들고 휘둘렀다. 프라이드 치킨이며 양념 치킨이 허공을 날았고, 맥주 캔

이 벽이며 거실바닥 여기저기에서 거품을 뿜었다. 단란했던 저녁이 박살나는 순간이었다. 아들은 군복을 입고 집을 나가버렸다. 그게 더 화가 났다. 현욱은 큰딸한테도 당장 나가라고 악을 썼다. 큰딸도 가방을 싸들고 나갔다.

그제 밤에 있었던 일을 떠올리니 현욱의 얼굴이 뻘겋게 달아올랐다. 자식에 대한 배신감에 현욱은 혈압이 터질 지경이었다. 오늘 이렇게 중고 트럭을 사러 나온 것도 자식들에게 살아 있다는 것을 보여주기 위해서였다.

"근데 왜 부천이냐 장안평도 있는데." 일석이가 물었다.

"인터넷 뒤져 보니까 부천에 싼 물건이 많더라. 싸기만 한 게 아니고 주행거리도 짧고 연식도 얼마 안 됐고. 그래서."

"그냥 신차로 뽑아. 돈도 많은 싸장님께서 왜 그래?"

"트럭을 무슨 새 걸로 뽑아. 짐 한 번 실으면 중고 될 텐데."

"하기야. 너처럼 짠돌이가 새 차를 뽑겠냐? 근데 나 열두 시 반에 짐 실으러 가야 돼." 일석이가 웃으며 말했다.

"알았어. 한 푼이라도 더 벌어야지." 현욱이는 꽁한 마음이 풀리지 않았다.

경인고속도로에 들어서자마자 중고차 판매상한테서 전화가 왔다. 정문 앞에서 기다리겠다고 언제쯤 오시느냐고 물었다. 근처에 가면 전화를 하겠노라고 말한 뒤 끊었다. "요새 애들은 참 친절해."

"영업하는 애들이 친절하긴 하지. 간 쓸개 다 빼줄 듯이 해야 소비

자가 잔뜩 생색내며 사니까." 일석이가 말했다.

"인터넷 사이트에서 보니까 2012 연식에 주행거리가 오만이 미처 안 되던데 사백 정도 하더라. 그 정도면 정말 싼 거 같지?" 현욱은 일석이 동의해주기를 바라며 물었다.

"글쎄." 일석이는 쉽게 동의를 해주지 않더니 누군가에게 전화를 걸었다.

옆에서 들어보니, 장안평에서 중고차 매매를 하는 일석의 선배라는 사람과의 통화였다. 아까 현욱이가 말한 조건의 중고 트럭 가격은 거의 천만 원에 육박했다. "그 가격이 진짜라면 정말 싼 건데…… 믿을 수 있는 거야?" 일석이가 물었다.

"그러니까 너랑 같이 가는 거잖아. 아무래도 트럭은 나보다는 니가 전문이니까."

"나야 뭐, 운전이 전문이지 사고파는 게 전문은 아닌데. 차 상태가 어떤지는 볼 수 있겠지만. 아, 정말 많이 막히네. 이러다가 도착하자마자 돌아서야 하겠는데."

목동을 빠져나가니 길이 좀 뚫렸다. 단지 정문에 도착하니 손에 전화기를 들고 흔드는 청년이 눈에 띄었다. 일석이가 경적을 두 번 울리자 청년이 얼른 운전석으로 달려왔다. "환영합니다. 저를 따라 오십시오." 청년이 큰 소리로 외쳤다. 괜히 기분이 좋아졌다. 청년은 뛰어가고 그 뒤를 일석이가 모는 일 톤 트럭이 따라가는 형국이었다. 축구장보다도 더 큰 주차장을 삼 층이나 올라가서야 겨우 빈자리를 찾아 주차했다.

"어서 오십시오, 사장님. 저는 딜러 박근호입니다. 편하게 미스터 박이라고 불러주십시오." 청년이 정중하게 인사하며 명함을 내밀었다. 현욱과 일석은 각각 명함을 받았다. 명함도 디자인이 깔끔해서 보기 좋았다. 정장을 깔끔하게 차려 입은 모습에 신뢰가 갔다.

"여기 어마어마하구만." 중고차 매매단지의 큰 규모에 놀라움을 금치 못했다.

"대한민국에서 장안평 다음으로 큰 단지라는 자부심이 있습니다." 미스터 박이 대답했다. "계단 내려가니, 머리 조심하시고요. 저를 따라 오십시오." 미스터 박은 고객 주차장과 철제 계단으로 연결된 건물로 현욱을 안내했다.

미스터 박은 현욱을 H캐피탈 사무실로 데리고 들어갔다. 사무실 벽으로 칸막이로 나누어진 테이블들이 줄지어 붙어 있었다. "여기가 상담실입니다. 잠시만 기다려주세요." 미스터 박이 나갔다.

"어떠냐?" 현욱은 어리둥절한 마음에 일석에게 물었다.

"나도 이런 데 처음이야."

잠시 후 미스터 박이 조금 더 어려 보이는 젊은 친구를 데리고 왔다. "저랑 일하고 있는 파트너입니다. 인사 드려." 미스터 박의 말에 젊은 친구가 공손하게 인사했다.

"참, 아침은 드시고 오셨습니까? 저희는 새벽부터 나와 일하는 바람에 아직 아침을 먹기 전입니다. 너무 바쁘다 보니까 가끔은 점심도 그냥 넘어갈 때가 있고요. 참, 커피 한 잔 올릴까요? 아메리카노나 이런 것은 없고요. 봉지커피, 싼 것은 많습니다." 이렇게 말하고 미스터 박이 해맑게 웃었다.

"나는 싱거운 아메리카노 보다는 믹서가 더 좋더라. 아메리카노인지 뭔지 하는 커피는 비싸기만 하고 맛도 없어." 일석이가 말했다.

"야, 커피 두 잔 빨리 올려." 미스터 박의 말이 떨어지기가 무섭게 젊은 친구가 인사를 하고 돌아섰다.

잠시 후, 젊은 친구가 커피를 들고 왔다. 현욱은 젊은 친구들이 싹싹하게 굴어서 기분이 한결 나아졌다.

"몇 살인가?" 현욱이 먼저 미스터 박한테 나이를 물었다.

"저는 스물아홉입니다." 미스터 박이 먼저 대답했다.

"저는 스물일곱인데, 올해 대학 졸업하고 여기 나온 지 겨우 두 달째입니다. 이 형님을 도우면서 일을 배우고 있습니다. 잘 부탁드립니다." 젊은 친구가 허리를 숙이며 인사했다.

스물일곱이면 큰딸 연지와 동갑이었다. 연지는 대학을 육학년까지 다녔다. 교양과목 하나를 수강하면서 졸업을 네 학기나 연장했었다. 결국 학사모를 쓰긴 했는데 여전히 학교 근처 원룸을 떠나지 못하고 있었다.

"젊은이들이 대단하네. 어렵고 힘든 일이라도 가리지 않고 해야지 그럼. 그 정신이 마음에 들어." 현욱은 미스터 박을 칭찬한 뒤에 인터넷 사이트에서 미리 찍어뒀던 중고차 사진을 전화기 화면에 띄웠다.

"이 차인데, 있나?" 현욱은 전화기 화면을 미스터 박에게 보여주었다.

"아, 전화로 말씀하신 그 차네요. 매장에 있나 한 번 확인해볼게요. 잠시만 기다려주세요. 자네는 여기서 사장님들 불편하신 점 있으면 돌봐드려." 미스터 박이 상담실을 나갔다.

미스터 박이 나가자 보조가 신상에 대해 이것저것 물었다. 현욱은 고향과 출신대학, 대충 나이까지 말해줬다. 트럭은 농장에 필요하다고 뻥을 쳤다. 오래지 않아 미스터 박이 손에 자동차 열쇠를 들고 상담실로 왔다.

"그 차, 있는 거지? 그 차가 아니면 그냥 가." 현욱은 미스터 박한테 만만한 손님이 아니란 점을 은근히 말했다. 어쨌든 깐깐하다는 인상을 줘야만 했다.

"일단 매장으로 가시죠." 미스터 박은 현욱이가 보여준 그 차에 대해서는 가타부타 대답하지 않았다.

뭔가 찜찜했지만 결코 사기를 당하지 않겠다는 굳은 결심을 하고 미스터 박을 따라 나섰다. 매장 꼭대기 층에는 여러 종류의 트럭들이 전시되어 있었다. 흔하게 보는 일 톤 트럭, 냉동차, 사륜구동 트럭 등 트럭의 종류와 크기가 상상을 초월할 정도로 다양했다. 미스터 박은 트럭 사이를 요리조리 헤매고 다녔다. 그러다 어느 트럭 앞에서 멈췄다.

"이 차 어떠십니까? 사장님이 찾으시는 사륜에 2012년 식이고요, 주행거리는 시동을 한 번 걸어보시면 나옵니다." 미스터 박이 자동차 열쇠를 내밀며 자신 있게 설명했다.

일석이가 열쇠를 받아 운전석으로 올라갔다. 현욱은 조수석에 탔다. 일석이가 열쇠를 넣고 돌리자 트럭치고는 부드러운 소리를 내며 시동이 걸렸다. 일석이는 꼼꼼하게 트럭을 살폈다.

"주행거리는 삼만 팔천으로 아주 짧네. 엔진이 젊다는 얘기인데, 사실 다른 옵션은 나빠도 엔진만 좋으면 트럭으로는 최고지. 트럭에 무슨 옵션이 필요하겠어. 으음, 오호 기어가 6단인데? 이차는 2012년 후반에 나왔지만 사실상 2013년 식이야." 일석이는 엔진 소리에 귀를 기울이며 와이퍼도 작동시켜 보고, 에어컨 스위치도 눌러보았다. 모든 게 정상이었다.

"가격만 맞으면 괜찮은 차야." 시동을 끄고 열쇠를 뽑으며 일석이가 말했다.

"미스터 박, 그래서 가격이 어떻게 되는 거야? 내가 사이트에서 본 차하고는 다른데?" 현욱은 의심스럽다는 눈치를 던지며 물었다.

"사실 그 차는 어제 팔렸는데, 아직 사이트에서 내리질 못했습니다. 그래도 이 차가 아주 좋으니 뭐 문제될 것은 없다고 생각합니다." 미스터 박이 말했다.

"에이, 젊은이가 왜 이러서? 전형적인 사기수법이구만." 일석이가 강하게 나갔다.

"섭섭하게 무슨 말씀을 그리 하십니까." 미스터 박이 웃으며 장부를 펼쳤다. "이 차는 인도금이 오백사십만 원입니다. 그것만 내시면 인도하겠습니다."

"오백사십? 진짜야?" 일석이가 눈이 동그랗게 커지며 되물었다.

"아, 그럼요. 속고만 사셨습니까?" 미스터 박이 맑게 웃으며 말했다.

일석이는 어딘가로 전화했다. 한참 통화한 후 현욱에게 왔다. "정말 싸다. 장안평에 있는 형님한테 물어봤는데, 시세에 비해 오백 정도가 싸다네. 히야, 어떻게 이런 일이 다 있지? 나도 한 대 사야겠다. 정말 싸네."

"살까?" 현욱이가 물었다.

"당연히 사야지 이 사람아." 일석이가 등을 밀었다.

"이걸로 합시다." 현욱이가 미스터 박에게 호기 있게 말했다.

"잘 생각하셨어요. 사무실로 가시죠." 미스터 박이 앞장섰다. 미스터 박이 어딘가로 전화를 걸었다. 뒤에서 들으니 미스터 박의 사무실은 이미 상담하는 손님들로 꽉 차서 캐피털 상담실을 이용해야 한다는 말이 오고 갔다. "죄송해서 어쩌죠? 우리 사무실이 좀 좁은데, 이미 구매 진행하시는 분들이 다 차지하셨다네요. 바로 옆이니까 캐피털 상담실로 가시는 게 어떨까요?" 미스터 박이 물었다.

캐피털 상담실은 아주 붐볐다. 이미 중고차를 사려고 온 사람들이 어마어마하게 많다는 뜻이었다. 전국에서 두 번째로 큰 시장 규모라는 미스터 박의 말이 틀린 말은 아닌 듯했다.

"여기서 잠깐만 기다리시면 진행을 하겠습니다. 불편하시지 않게 잘 모시고 있어." 미스터 박이 보조한테 말하고 상담실을 나갔다.

"가격이 왜 이렇게 싼 거야?" 현욱이 보조한테 물었다.

"저는 잘 몰라요. 형님 오시면 물어보시죠." 보조가 뒤로 뺐다.

그러는 사이에 미스터 박이 서류 뭉치를 들고 들어왔다.

"여기는 가격이 왜 이렇게 싼 거야? 정말 놀라울 정도인데?" 이번에는 일석이가 물었다.

"아, 그거요. 우리 회사는 경매물건만 취급합니다. 그러니까 인도금이 싼 겁니다. 구매자가 나와 진행을 하면, 일단 경매장에서 물건을 빼옵니다. 차는 여기 매장에 있지만 서류상으로는 경매장에 있는 거니까, 절차를 밟아서 빼내야죠." 미스터 박이 막힘없이 말했다. "매장에 있는 물건을 막 빼주는 게 아니니까 시간이 좀 걸립니다. 인감증명이랑 필요한 서류는 갖고 오셨죠?"

현욱이 서류를 넘겼다. 미스터 박은 서류를 살폈다. "오늘 명의변경하고 인수까지 완전히 하실 거라면, 서류는 이걸로 충분하고요. 사장님, 경매장에서 물건을 빼오려면 일단 경매접수를 하고 경매 진행을 해서 낙찰을 받아야 합니다. 인도금 중에서 일부니까 이백 정도만 현금으로 먼저 주셔야 합니다." 미스터 박이 말했다.

"어떻게 할까?" 현욱은 일석한테 의견을 구했다.

"말인즉슨 틀린 말은 하나도 없네. 현금을 뽑아서 건네주고 진행을 하든지 아니면 지금 일어서든지 둘 중의 하나지 뭐." 일석이가 마치 남의 일 대하듯이 말했다.

현욱은 밖에 있는 현금인출기에서 돈을 뽑아 상담실로 돌아왔다. 돈을 넘겨주기 전에 영수증 먼저 끊어달라고 말했다. 미스터 박은 사무실로 돌아가 영수증을 가지고 왔다. 현금 이백만 원을 넘겨주고 영수증을 받았다.

"그럼 이제 경매 진행이 시작될 겁니다. 그리고 캐피털에서 중고론을 이용하시는 게 저희로서는 더 좋습니다. 이자가 좀 쎄긴 합니다만, 현금으로 사기당할 염려도 좀 줄고요. 무슨 문제가 생기면 캐피탈에다 지급 정지를 요청해도 되니까요."

미스터 박의 말에 저절로 고개가 끄덕여졌다. 미스터 박의 스마트폰 배경화면에는 귀여운 여자 아기가 환하게 웃고 있었다.

"시간이 많이 걸리나? 나는 예약된 손님이 있어서 가야 되는데." 일석이 말했다.

"그래, 얼른 가라. 여기까지 와줘서 고맙다." 현욱은 이 정도 역할만 해줘도 충분하다는 생각이 들었다. 차는 현물로 봤고, 가격은 엄청나게 싸고, 필요하면 현찰을 뽑아 값을 치르면 되니까 일석이가 돌아가도 별 문제는 없을 거라는 생각이 들었다.

"무슨 일 생기면 즉시 전화해. 알았지?" 일석이 말했다.

일석은 현욱의 어깨를 슬쩍 만진 뒤에 상담실을 나갔다.

미스터 박은 어딘가로 전화해서 인도금이 입금되었으니 경매 낙찰을 받으라고 전했다. 이어 다시 통화를 시작했는데 연결되지 않은 모양이었다. 미스터 박이 피곤한 표정으로 전화기를 상담실 책상에다 툭 던졌다. 아기가 환하게 웃는 사진을 보니, 현욱의 마음도 맑아지는 기분이 들었다.

“조카인가?” 현욱이가 물었다.

“아니요. 이제 막 돌 지난 제 딸입니다.” 미스터 박이 수줍은 표정으로 대답했다.

“이런 세상에 결혼을 했다고? 젊은 사람이 정말 대단하네, 대단해.” 미스터 박을 향해 엄지를 세우며 칭찬했다.

스물아홉의 나이에 결혼을 했고, 아이까지 있으니 책임감이 대단한 친구였다. 보면 볼수록 매력이 흘러 넘쳤다. 이런 아들이라면, 아비가 뭐라고 하든 말없이 따라와 줄 것만 같았다.

“그래 선친은 뭐하시고?”

“예?”

미스터 박은 선친이라는 말을 못 알아듣는 모양이었다.

“자네 아버님 말이네.”

“아, 예. 지금은 은퇴하셔서 시골에 계십니다.”

“뭐를 하셨는데?”

“교장 선생님으로 은퇴하셨습니다.”

젊은이가 어쩐지 믿음이 간다고 했더니만 교장 선생님의 자제였구나. 현욱은 미스터 박을 다시 한 번 쳐다봤다. 미스터 박에 비하면 현욱의 자식들은 모자라도 한참 모자랐다. 교육의 일환으로 할머니의 일기를 베껴 쓰라고 했더니만, 그 쉬운 일도 안 하겠다고 하는 판국이었다. 그제의 일만 생각하면 속에서 불덩어리가 치솟았다.

미스터 박은 바쁘게 뛰어다녔고, 현욱은 상담실에 앉아 졸다가 미

154

스터 박의 보조인 젊은 친구와 이런저런 이야기를 하기도 했다. 보조는 현욱이가 화장실을 갈 때도 친절하게 안내하면서 따라 다녔다. 그렇게 한 시간쯤 흐르자 미스터 박이 다시 나타났다. 그러는 사이에 점심시간도 훌쩍 지나갔다.

"경매 낙찰이 끝나 인도받게 되었습니다. 현금 이백만 원과 캐피탈에서 중고론으로 지급된 삼백사십만 원을 합쳐 사장님께서는 인도금으로 총 오백사십만 원을 지급하셨고요. 이제 우리 회사 대표님을 만나 인수절차를 밟고, 출고 번호를 받아야 합니다. 오늘 인수하실 건가요?" 미스터 박이 물었다.

"언제 또 오겠어. 온 김에 차를 갖고 가야지." 현욱이가 대답했다.

"그럼 서류를 확인하겠습니다. 문제가 있으면 즉시 질문해주시길 바랍니다. 먼저 인수하실 차의 이력입니다."

미스터 박이 자동차 등록증과 자동차의 수리내역 등의 서류를 펼쳐놓고 설명을 시작했다. 무사고 차량이지만 문짝 하나는 교체했고, 뒤 짐칸도 깨끗하게 새로 했으며 등등의 알아듣지도 못할 설명에 지루했고 짜증도 났지만 꾹 참았다. 다만 빨리 절차가 마무리되어 트럭을 몰고 여기서 떠나고 싶을 뿐이었다.

"마지막으로 이 차는 우리 회사 대표님의 이름으로 우선 경매를 진행한 것이기 때문에 차량 자체에 지분이 칠대 삼으로 되어 있습니다. 자 마지막으로 다시 확인하겠습니다. 인수절차를 개시하겠습니까?" 미스터 박이 물었다.

"어서 진행하자니까. 배도 고프고 지겹네. 점심도 안 먹나?" 현욱이 물었다. 젊은 친구들이 얼마나 바쁘면 점심도 굶고 일하나 싶어 뭐라도 사 먹이고 싶은 마음이 들었다.

"오늘 인수까지 완료하려면 시간이 별로 없어요. 이 건 처리하고 난 뒤에 저녁 맛있게 먹어야지요." 미스터 박이 웃으며 말했다. "대표님을 만나러 이동하시죠."

미스터 박의 자동차는 중대형 승용차였다. 이제 겨우 스물아홉에 대기업의 이사급한테나 제공되는 승용차를 몰고 다니다니…… 이 친구에 비하면 큰딸 연지나 둘째 연철이는 그냥 철부지 꼬마에 불과했다. 같은 또래인데 미스터 박은 정말 열심히 사는 친구였다.

미스터 박의 사장을 만난 곳은 중고차매매타운에서 승용차로 십 분 거리에 있는 어느 쇼핑몰 커피숍이었다. 미스터 박의 사장은 생각보다 젊었다. 기껏해야 삼십 대 후반으로 보였다. 정장을 말끔하게 빼 입은 데다 담백한 느낌의 사람이어서 한결 마음이 놓였다. 간단한 통성명이 끝나자 사장이 어딘가로 전화를 걸었다. 전화를 끊더니 낙찰번호가 컴퓨터에 뜨질 않아서 조금 기다려야 한다고 말했다.

"그런데 말이야. 어떻게 하다가 입금을 두 군데로 한 거야? 하나는 현금이고 하나는 캐피탈이라며? 지금 현금으로 들어온 것으로 명의변경을 했다네." 사장이 미스터 박한테 말했다.

현욱은 속으로 뜨끔했다. 명의변경에 여러 비용이 드는 것은 상식이라 돈을 더 내야 하나 싶었다. 잠시 뒤에 사장의 전화기가 울렸다.

사장이 무언가를 받아 적었다. 소위 낙찰번호라는 것이었다.

"자, 이제 낙찰번호까지 받았으니 인수를 하시면 됩니다. 이 차의 인도금은 오백사십이지만 인수금은 천이백육십만 원입니다. 사장님께서는 이 차를 인수하시려면 천이백육십만 원을 더 내셔야 합니다. 만일 인수를 원하지 않으시면, 이 차에 대해 삼십 퍼센트의 지분만 갖게 되십니다." 사장이 천천히 말했다.

이건 무슨 말인가? 그만 눈앞이 캄캄해졌다.

"이봐 미스터 박. 그러니까 내가 가격이 얼마냐고 누누이 묻지 않았나? 그런데 인수금은 뭐야? 이게 말이나 돼?" 현욱은 미스터 박한테 소리를 질렀다.

미스터 박은 잔뜩 주눅이 든 표정을 지었다. 사장이 미스터 박을 사납게 째려보았다.

"무슨 말이야 이게? 인수금에 대해 말 안 했어? 무슨 일을 이따구로 하는 거야?!" 사장이 버럭 화를 냈다.

"인도금이 오백사십이라고 말했고요. 지분이 칠대 삼으로 있다고도 했습니다. 인도금과 인수금이 다르니, 충분히 알아들은 줄로 알고 진행을 했는데요." 미스터 박이 죽어가는 목소리로 대답했다.

미스터 박의 말이 틀린 것은 하나도 없었다. 분명히 두 귀로 다 들은 말이었다. 아, 이럴 때 일석이가 없다니…… 현욱은 사장과 미스터 박 몰래 부천서 강력계 김 형사한테 전화를 걸었다. 신호는 가고 있는데, 김 형사는 전화를 받지 않았다.

"이런 멍청한 새끼가 다 있어! 야 인마 고객한테 전체 가격을 말씀 드려야지! 어떻게 인도금만 말씀을 드리고 진행을 해. 이런 바보 새끼!" 라고 하면서 사장이 벌떡 일어나더니 미스터 박의 따귀를 올려붙였다.

순식간에 벌어진 일이어서 현욱은 그만 전화기를 덮어버렸다.

"죄송합니다." 미스터 박이 사과했다.

"너, 이제 어떻게 할 거야? 벌써 명의변경까지 했다는데, 경매는 취소가 불가능하다는 걸 알면서 일을 그렇게 띨띨하게 해? 명의변경 비용, 인도금까지 니가 다 물어내, 이 등신새끼야!" 사장이 다시 미스터 박의 따귀를 때렸다.

"여보시요! 젊은 사람을 자꾸 때리고 그래요!" 현욱은 화가 나서 참을 수가 없었다. "아무리 사장이라고 해도 그렇지 직원을 이렇게 때리는 경우가 어디 있어요!" 현욱이 따지고 나서자 사장이 의자에 앉았다.

"아, 죄송합니다. 제가 흥분해서 그만. 너 말이야. 니가 물어낼 비용 다 합치면 칠백인 걸 알지? 한 달 내내 뺑이 쳐야 간신히 버는 돈을 순식간에 물어내야 하고, 참 잘한다. 잘해." 사장이 또 때리려고 손을 내밀었다. 미스터 박이 얼른 고개를 숙였다.

"제가 물어내겠습니다." 미스터 박이 눈물을 닦으며 말했다.

"아, 잠깐만! 너무 그러지 말고, 방법을 찾아봅시다." 현욱이가 서둘러 중재에 나섰다.

건실하게 살아가는 젊은이한테 칠백이라는 거금을 물어내게 할 수는 없었다.

"아이쿠 그러실 필요 없습니다. 잘못은 얘가 했는데요 뭐. 오해가 있으니 차를 인수하지 않으시면 되고요. 인도금 중에서도 명의변경에 들어간 비용과 세금을 제하면, 얼마쯤 될까요?"

사장이 수첩을 펼치더니 계산을 했다.

"기왕에 진행된 경매 낙찰을 취소한다고 하면, 인도금 전체를 돌려받지 못합니다. 다만 얼마라도 돌려받으시려면, 다른 사람이 산 것으로 명의변경을 해야 하거든요. 저 녀석이 일을 잘못 했으니, 칠백으로 명의변경을 하고, 비용과 세금을 뺀 으음…… 한 삼백 정도를 사장님께 돌려드릴 수 있네요."

사장의 말에 현욱은 경악했다. 삼백을 돌려받는 것은 좋으나, 미스터 박이 칠백을 물어내야 한다니 참으로 갑갑한 일이었다. 그때 현욱의 눈에 미스터 박의 스마트폰이 들어왔다. 배경화면에 있던 귀여운 딸의 모습이 머리에 그려졌다.

"미스터 박이 칠백을 물어야 한다는 것도 좀 그러네요. 방법을 찾아봅시다. 이건 뭐 참…… 부탁드립니다." 현욱은 자신도 모르게 사장에게 부탁을 하고 있었다.

"어려운데…… 회사에다 좀 알아봅시다." 사장이 어딘가에 전화를 걸어 애원을 하고 부탁도 하면서 문제를 해결하려 애썼다.

옆에서 들어보니 쉽지 않은 문제인 것은 분명했다. 미스터 박은 연신 죄송하다며 머리를 조아렸다. 현욱은 미스터 박을 위로했다. 긴 통화가 끝났다.

"저도 한 백만 원 손해를 보기로 했습니다. 어쨌든 우리가 잘못한 셈이니, 손해를 감수해야지요. 그러나 사장님은 손해를 보면 안 되지 않습니까?" 중고차 사장이 말했다.

그 말을 들으며 현욱은 백 번 지당한 말이라고 생각했다. 그렇지만 어떻게 일이 풀려나갈지 몰라 입을 꾹 다물고 고개만 끄덕였다.

"딜러들만 보는 내부 사이트가 있습니다. 거기에는 각종 차량의 구입원가가 표시되어 있어요. 사무실로 돌아가시면 미스터 박이 제 아이디로 그 사이트에 접속하여 물건을 보여줄 겁니다. 그중에서 오백사십에 맞는 물건을 골라 구입하시면 됩니다. 괜찮으시겠죠?" 사장이 말했다.

"저야 뭐 감사할 따름이죠." 현욱이 말했다.

"아이쿠, 결국 미스터 박 때문에 저만 백만 원 손해 봤네요. 앞으로 잘해 인마. 띨띨하게 굴지 말고! 알았어?" 사장이 미스터 박을 꾸짖었다. 미스터 박은 그저 고개만 조아릴 뿐이었다. "바쁘실 텐데, 어서 모시고 가!"

사장의 말에 현욱이가 먼저 벌떡 일어섰다. 돌아오는 승용차에서 보니 어느덧 시간이 오후 세 시였다. 지치고 피곤했다. 중고차 매매 타운의 H캐피털 상담실로 돌아오는 동안 내내, 미스터 박은 현욱에게 사죄의 말을 했다. 오히려 현욱이가 미안할 지경이었다. 상담실에 도착해 오래지 않아 미스터 박이 현욱에게 사이트 하나를 보여줬다.

딜러들의 내부 사이트라는 곳이었다. 그곳에는 온갖 차들이 딜러 구입가로 떠 있었다.

"죽 살펴가면서 오백사십만 원짜리를 찾아서 선택하시면 됩니다. 가격이 더 나가는 물건을 사셔도 되는데, 나머지 차액은 캐피털에서 결재하면 됩니다." 미스터 박이 마우스를 현욱한테 넘겼다.

현욱은 찬찬히 중고트럭을 살폈다. 오백사십만 원짜리 트럭은 정말 형편없었다. 주행거리는 모두 십만 키로가 훌쩍 넘었고, 연식도 거의 모두 2005년 이전의 것들이었다.

"트럭이 원래 이렇게 비싸? 구입가도 정말 비싸네?" 옆에 있는 미스터 박에게 물었다.

"생계형이라 중고가격도 떨어지질 않아요." 미스터 박이 대답했다.

현욱은 끈기를 가지고 물건을 살피기 시작했다. 그때, 낯선 번호로 전화가 왔다. 안 받을까 하다가 통화버튼을 눌렀다.

"장연주 학생 보호자 되시죠? 저는 ○○경찰서 형사입니다." 부천 경찰서 강력계 김 형사가 아니라 집 근처에 있는 경찰서에서 온 전화였다.

내용인즉슨, 연주가 어떤 노인을 폭행하여 경찰서에 잡혀 있다는 내용이었다. 하늘이 캄캄해졌다. 현욱은 아내한테 전화를 걸어 가보라고 했다. 하지만 아내도 동창들과 먼 곳으로 여행을 가버려서 당장 경찰서로 가기는 어려운 상태였다. 진퇴양난이었다. 지금 트럭을 안 사면 미스터 박이 칠백을 물어야 하고, 당장 가자니 마땅한 교통수단도 없었다. 현욱은 빠른 속도로 검색을 시작했다. 그러다 천백만 원짜리에서 눈길이 멈췄다. 2011년에 출고되었고, 주행거리는 칠만 키로가 되지 않았다. 이 정도면 그다지 나쁘지 않은 것 같았다.

"바쁘니, 이걸로 진행을 하세." 현욱은 미스터 박에게 마우스를 넘겼다.

현욱은 부천서 강력계 김 형사한테 다시 전화를 걸었다. 김 형사는 전화를 받지 않았다. 김 형사를 소개해준 친구한테 전화를 걸어 화풀이를 했다. 그러는 사이에 캐피탈에서 전화가 왔다. 중고론을 진행한다는 전화였다. 이자는 얼마고 원금은 얼마고 등등의 말들이 귀에 들어올 리가 없었다.

그렇게 하여 중고트럭을 받아 현욱은 연주가 잡혀 있다는 집 근처의 관할경찰서를 향해 달려가기 시작했다. 노인을 폭행했다니, 정말 창피한 노릇이었다. 어린 것이 얼마나 싸가지가 없길래 경찰서까지 잡혀갈 지경이란 말인가? 아내한테 화가 났다. 지금이 어느 때인데 단풍놀이를 간단 말인가? 화가 치밀어 앞이 잘 보이지 않을 정도였다. 평생 파출소 문턱도 안 넘어본 사람인데, 초등학생 딸 때문에 경찰서에 가야 하다니, 참 한심한 노릇이었다.

과속 카메라를 무시하며 달리고 달려 두어 시간 만에 경찰서에 도착했다. 현욱은 곧장 연주를 담당하는 청소년계를 찾아갔다. 연주는 태평스럽게 책을 읽으며 앉아 있었다. 연주가 현욱을 발견하자마자 이쁘게 웃으며 손을 흔들었다.

"이런 나쁜, 이게 무슨 못된 짓이야?" 현욱은 연주의 뺨을 후려쳤다.

화가 나기도 했지만, 경찰서에서 빨리 데리고 나가려면 아비가 먼저 호되게 혼을 내야 한다고 생각했기 때문이었다. 무엇보다도 노인을 폭행했다는 게 믿어지지 않았다.

"아빠! 왜? 우앙!" 연주가 울음을 터뜨렸다.

경찰서 안의 사람들이 모두 연주한테로 시선이 모아졌다.

"뭘 잘했다고. 당장 그치질 못해? 못된 송아지 엉덩이에 뿔난다더니만." 현욱은 연주한테 소리를 지른 뒤, 폭행을 당했다는 노인을 찾아 두리번거렸다.

노인은 어디에도 보이질 않았다. 형사한테 노인의 행방을 물어보니, 병원에 입원했다고 전해주었다. 입원까지 할 정도로 맞았다는 말인가? 연주는 목을 놓아 꺼이꺼이 울었다.

"닥쳐, 뭘 잘했다고!?" 현욱은 눈에 보이는 게 없었다.

아비한테 대드는 제 언니와 오빠의 불효를 봤으니, 그 흉내를 낸 것이 틀림없었다. 어떻게 감히 노인을 폭행할 생각을 한단 말인가.

"장연주 학생 보호자 분! 그만 좀 하고 여기 앉으세요." 형사가 앞에 와서 현욱의 팔을 잡아 끌었다. "장연주 학생 울지 마. 잠깐만 기다려." 형사가 연주에게 화장지를 뽑아 건넸다.

연주는 화장지를 받아 코를 팽 풀었다. 그런 행동도 눈에 거슬리고 꼴 보기 싫었다. 초등학생이라 형사처벌이야 받지 않겠지만 정말 창피하고 부끄러운 노릇이었다. 어떻게 감히 노인을 폭행하겠다는 생각을 한단 말인가, 현욱은 그것이 믿을 수 없었다. 늦둥이 딸이어서 애지중지 키웠는데, 아낌없이 사랑했는데 그 결과가 겨우 이것인가 싶어 참으로 서글펐다.

"이게 장연주 학생 진술서입니다. 한번 읽어보세요." 형사가 종이 한 장을 내밀었다.

현욱은 떨리는 마음으로 진술서를 읽었다.

학교에서 학원으로 가려고 버스를 탔습니다. 버스에 그 할아버지가 있었습니다. 버스에는 사람이 많았습니다. 할아버지는 노약자석에 앉아 있었고 저는 그 앞에 서 있었습니다. 그런데 할아버지가 저의 허벅지 안쪽 거기를 만졌습니다. 저는 기분 나빴습니다. 피하고 싶었는데 사람이 많아 몸을 돌리기가 어려웠습니다. 할아버지한테 싫다고 그러지 마시라고 자그맣게 말했습니다. 할아버지는 빙그레 웃더니만 계속 거기를 만지려고 했습니다. 나는 정말 화가 났습니다. 학원은 몇 정거장 더 가야 하는데 중간에서 내려야겠다고 마음먹었습니다. 그리고 할아버지한테 여기서 내리니 같이 내리자고 말했습니다. 할아버지는 기분이 좋았던 모양입니다. 환하게 웃으며 저를 따라 내렸습니다. 정류장에 내리니 바로 앞에 작은 골목이 보였습니다. 제가 그 골목을 가리키자 할아버지가 너무 좋아했습니다. 저는 할아버지와 함께 골목으로 들어갔습니다. 골목에 들어서자마자 할아버지가 제 가슴을 만지려고 했습니다. 저는 할아버지의 거기를 주먹으로 쳤습니다. 그러자 할아버지가 데굴데굴 굴렀습니다. 저는 할아버지의 몸을 발로 찼습니다. 할아버지가 소리쳤습니다. 사람들이 몰려와 제 말을 듣기도 전에 저한테 욕을 퍼부으며 경찰을 불렀습니다. 어떤 아저씨는 저를 때렸고, 어떤 할머니는 저를 꼬집기도 했습니다. 할아버지가 저를 나쁜 년이라고 했고, 저는 나쁜 년이 되었습니다. 왜 아무도 제 말을 들으려고 하지 않을까요? 저는 경찰서에 왔습니다. 형사 아저씨도 제 말을 믿지 않습니다. 그렇다면 할아버지가 저의 거기를 마음껏 만지도록 그냥 참고 기다리고 있었어야 할까요? 그게 착한 어린이인가요? 할아버지는 경찰서에 와서 저한테 맞은 부분만 이야기하며 소리를 질렀습니다. 왜 그 전에 자기가 했던 일에 대해서는 절대 이야기하지 않을까요? 저는 정말 그게 궁금합니다.

현욱은 진술서를 내려놓고 연주를 쳐다보았다. 연주 뺨에는 두 줄기 눈물이 흐르고 있었다. 현욱은 당황했다.

"다 읽으셨죠. 왜 아무도 제 말을 들으려고 하지 않을까요? 저는 이 말을 읽다가 그냥 울 뻔했습니다. 저도 할아버지의 말을 먼저 들었고 더 믿으려고 했거든요. 그런데 할아버지가 횡설수설하는 것을 보고서야 연주의 말을 믿게 되었습니다. 아이한테 정말 창피한 어른이 되고 말았지요." 형사가 말했다. "여기에 사인하시고 장연주 학생 데리고 가세요."

"연주야, 미안하다. 가자." 현욱은 연주의 눈을 차마 똑바로 쳐다볼 수가 없었다.

연주는 고개를 들지 않고 가만히 앉아 있었다. 현욱이 연주의 손을 잡으려고 하자, 연주가 손을 숨겨 버렸다. 연주가 벌떡 일어나 총총걸음으로 경찰서를 나가는 뒷모습을 현욱은 망연히 바라봐야만 했다.

"아빠랑 같이 가야지." 현욱은 경찰서 앞마당에서 연주를 붙잡고 말했다.

"학원가야 돼." 이 말을 남기고 연주는 경찰서에서 나가버렸다.

현욱은 어이가 없었다. 연주가 정문을 돌아 사라지자 트럭에 올랐다. 막 시동을 걸려고 하는데 일석이한테서 전화가 왔다.

"샀냐?"

"응, 샀어. 그 차는 아니고, 다른 차로." 현욱은 힘없이 말했다.

"왜 그 차를 못 산 거야? 너 사기 당했구나?" 일석이가 말했다.

"사기라니 새꺄! 내가 그렇게 만만한 사람이냐?" 자신도 모르게 화가 머리끝까지 솟구쳤다. 현욱은 화부터 버럭 냈다.

"아, 고 새끼. 아니면 아닌 거지. 화부터 내? 끊어 인마." 일석이가 먼저 전화를 끊어버렸다.

현욱은 시동을 걸지 못했다. '사기'라는 일석의 말이 머릿속에서 빙빙 돌았다. 현욱은 전화기로 인터넷에 접속하여 중고차 가격 사이트로 들어갔다. 그곳에서 검색을 해보았더니 현욱이가 산 2011년 출고 차는 주행거리에 상관없이 거의 대부분 칠백만 원 수준이었다. 눈앞이 캄캄해졌다. 눈 뜨고 앉아서 사백만 원이나 사기를 당한 것이었다. 아니 그게 아니었다. 캐피털 중고론의 이자와 비용까지 합치면 거의 육백만 원에 가까운 돈을 사기로 날린 것이었다. 현욱의 몸이

166

부들부들 떨려왔다.

'네 이놈들을…… 모두 사기죄로 처넣어야지.' 현욱은 다시 부천서 강력계 김 형사한테 전화를 걸었다. 이번에는 전화가 연결되었다. 현욱은 지금까지 있었던 일을 차근차근 설명했다.

"사기로 집어넣을 수 있는 거죠?" 현욱이 물었다.

"들어보니, 도덕적으로는 사기인데…… 법적으로는 사기가 아닌데요. 사장님께서 시세보다 비싸게 산 것은 분명하지만 법적으로는 비싸게 샀다고 해서 모두 사기를 당했다고 하진 않습니다. 걔네들이 강매한 것도 아니지 않습니까?" 김형사가 냉철하게 말했다.

"정말 방법이 없습니까?" 현욱이 다시 물었다.

"없는 거 같네요. 그럼 들어가세요." 김 형사가 전화를 끊었다.

속이 부글부글 끓어올랐다. 간신히 트럭을 몰고 집에 도착했다. 골목 어귀에 주차를 하고 집에 돌아와 거실 소파에 몸을 던졌다. 아내한테서 전화가 왔다. 연주가 어찌 되었냐고 물었다. 그렇게 궁금하면 어서 집으로 들어오면 될 것 아니냐며 고래고래 고함을 질렀다.

그것도 잠깐이었다. 속에서 활활 타오르는 불길을 끄기 위해 냉수를 벌컥벌컥 들이켰다. 현욱은 소파에 앉아 생각에 잠겼다. 맨 먼저 트럭 가격을 칠백이십만 원으로 정했다. 아내가 물어도, 일석이가 물어도 트럭 가격은 칠백이십만 원이었다. 그 누구에게도 천백만 원에 샀다고 말하지 않을 작정이었다. 현욱은 트럭으로 가서 조수석에 놓인 계약서며 영수증을 찢어버렸다. 증거를 없앴더니 조금 후련했다.

현욱은 냉장고에서 소주와 맥주를 꺼내 폭탄수를 말아 식 잔을 언거푸 들이켰다. 중고차 매매단지에서 있었던 일을 잊고 싶었다. 현욱이가 잠에서 깬 것은 밤 아홉 시 무렵이었다. 머리가 깨질 듯이 아파 더 이상 잠을 잘 수 없었다. 눈을 뜨니 아내가 홈쇼핑 방송을 보고 있었다. 현욱은 저녁을 차려달라고 하려다가 참았다. 잠시 후, 연주가 돌아왔다. 연주한테서 찬바람이 쌩쌩 불었다. 아내가 연주에게 저녁을 차려 주었다. 연주와 아내는 이런저런 말을 주고받았다. 잠시 후에 아내가 현욱한테로 왔다.

"그 노인네 어떻게 했어요?" 아내가 물었다.

"뭘 어떻게 해?" 현욱이 되물었다.

"연주를 성추행했는데, 그냥 뒀냐고요? 처벌을 받게 해야지요." 아내가 화를 내며 말했다.

"처, 처벌?" 현욱이 얼버무렸다.

현욱은 트럭의 가격이 칠백이십만 원이라고, 사기를 당하지 않았다고, 좋은 트럭을 좋은 가격에 잘 사왔다는 세뇌만 스스로 했을 뿐 연주를 성추행한 노인네에 대해서는 생각 자체를 해본 적이 없었다.

"아빠가 그렇지 뭐. 여기 봐 엄마. 아빠가 경찰서에서 내 뺨을 때린 자국이야. 묻지도 따지지도 않고 그냥 때렸어. 지금도 빨갛지?" 연주가 아내한테 와서 뺨을 내밀었다.

연주의 뺨이 빨갛게 부어올랐는데, 손바닥 자국처럼 보였다. 현욱은 헛기침을 하며 고개를 돌렸다.

정도상 1987년 단편 「십오방이야기」로 작품 활동 시작. 창작집으로 「친구는 멀리 갔어도」 「실상사」 「모란시장 여자」 「찔레꽃」 등이 있고, 장편소설로 「누망」 「낙타」 「은행나무 소년」 「마음오를 꽃」과 장편동화로 「돌고래 파치노」가 있음. 제17회 단재상 수상, 25회 요산문학상 수상, 제7회 아름다운 작가상 수상.

괜찮습니다, 나는

김소윤

1

지구상 마지막 남은 천국이라는 그 섬에, 한 번도 가보지 못했다.

갈 수 없었다는 편이 맞다. 그녀는 유별나다 싶을 만큼 여행을 좋아했음에도 결코 그곳만은 가려하지 않았기 때문이다.

우리는 부부로서 삼 년을 함께 했다. 그녀가 갑작스레 떠나지만 않았더라면 삼십 년, 아니 오십 년은 족히 함께 하였을 것이다. 그러나 불행이란 늘 그렇듯이 흩뿌려진 작은 씨앗처럼 이미 우리 안에 시작되어 있었다. 우연과 우연이 만나 선택을 하고 그 선택이 또한 새로운 우연을 만들어 파국으로 치닫는다. 결혼을 하며 장만한 에스유브이 차량의 차체 결함에서 기인한 교통사고였다. 그 차를 택하지 않았다면, 결혼을 하지 않았다면, 나를 만나지 않았다면, 그녀는 여전히 더운 숨을 내쉬며 나른한 기지개를 켤지 모른다.

사람은 떠나고 후회와 미련은 남는다. 서둘러 신혼집을 정리했다.

도저히 그녀의 체취가 남아 있는 공간에 머물 수 없었다. 이삿짐을 싸면서, 사고가 나기 바로 며칠 전 아내가 잃어버렸던 반지를 찾았다. 생일 기념으로 그녀 자신이 골라서 내게 사달라고 했던 것이다. 얇은 십사 케이 링 위에 자그만 큐빅들이 하나, 둘, 셋…… 총 여덟 개가 박혀 있다. 그녀는 다이아가 박힌 예물반지보다도 그 반지를 좋아했다. 모든 이삿짐이 빠져나가고 몇 줌의 먼지와 기억만이 나뒹구는 텅 빈 집 안에서 나는 자그만 반지를 붙들고 울었다. 겨우 스물다섯, 미처 인생의 꽃도 피우지 못한 내 아내였다.

아내는 키가 작고 얼굴이 까무잡잡했으며 이국적인 눈매를 가지고 있었다. 나는 그녀에게 첫눈에 반했다. 그녀가 스물둘, 백화점에 입점해 있는 한 시계 브랜드 매장에서 일할 때였다. 내가 그곳에 방문했을 때, 그녀는 풀어진 머리를 다시 묶고 있었다. 입에 고무줄을 물고 두 손으로 머리를 한 데 모은 후 재빠르게 칭칭 감아 보기 좋은 포니테일을 만들었다. 검고 윤기 나는 머리칼이었다. 나는 시계를 고르면서 헤어스타일을 칭찬했다. 그녀가 눈을 동그랗게 뜬 채 나를 천천히 훑어보았다.

정말 이상한 사람인줄 알았지. 오지랖이 넓거나 변태이거나, 둘 중하나.

나중에서야 그녀는 말했다. 나는 어느 쪽도 아니다. 다만 사랑에 빠진 한 남자였다. 말단 세무공무원이었던 나는 주로 세금 부과 업무를 했다. 어려운 일은 아니었지만 숫자에 있어서만큼은 예민한 감각이 필요한 일이었다. 숫자는 퍼즐조각 같은 것이다. 숫자와 숫자가 만나서 다른 숫자를 조합해낸다. 작은 조각이라도 틀리면 나머지도 우수수 무너지고 만다. 그런 일이 나는 좋았다. 시계를 모으는 것도 비슷한 취미였다. 조금의 빈틈도 없는 일 초가 우주를 움직인다고 생각했다. 그녀는 째깍째깍 기도하는 시계를 자그만 포장용 쿠션에 채우고, 하얀 상자에 담아 정성스럽게 포장했다. 한 치의 오차도 없는 단정한 손길이었다. 손은 자그마하고 손톱은 잘 정리된 채 반짝거렸다. 그녀가 내게 몇 개의 리본 샘플을 내밀었을 때, 나는 이미 그녀가 내 사람이 되기를 소망하고 있었다.

떠난 사람은 말이 없다. 이유를 설명하지도 않는다. 나는 그 사실을 담담하게 받아들이려 애썼다. 숫자를 맞추고, 고지서를 뽑고, 민원을 받거나 해결했다. 새로 이사한 방 두 개짜리 자그만 빌라에는 고흐의 〈생트 마리 바다 위의 보트〉를 걸었고, 식사는 되도록 밖에서 먹어 식기나 음식물이 쌓이지 않도록 했다. 욕실에는 라벤더향 디퓨저를 놓았고 침대에는 호텔에서나 쓰는 하얀 침대보를 깔았다. 그런 일에 나는 아주 능숙했다. 결혼 전 혼자서 십여 년을 자취했고 결혼 후에도 집안 살림은 내가 도맡는 편이었다. 한 치의 흐트러짐 없는 청소란 내 취향과 일맥상통하는 취미이기도 했다. 그녀는 나와는 전혀 달리, 좋게 말하면 자유분방하고 나쁘게 말하면 게으른 타입이었다. 입에 토스트를 문 채 구두를 끼워 넣고 차 키를 찾느라 뒤적이다 주머니 것들을 쏟아놓는 식이다. 첫날의 단정하고 청결한 느낌은 일터에서만 유지되는 극히 일부분의 것이었다. 그렇다고 그녀가 지저분하다거나 꼴불견이라는 뜻은 아니다. 그녀는 자신의 기분에 충실했고 귀찮은 일을 조금 마다할 뿐이었다. 나는 기꺼이 그런 그녀의 충실한 하인이 되기를 원했다.

이제 여왕은 떠나고 고집스러운 일상만 남았다. 나는 매일 비슷한 시간에 일어나 샤워를 하고 토스트나 과일을 먹었다. 커피 대신 우유를 마실 때는 그녀의 은근히 비웃는 눈빛이 떠올라 피식 웃기도 한다. 식탁 곁에 걸린 〈생트 마리 바다 위의 보트〉는 아침마다 철썩철썩 파도소리를 내며 흔들렸다. 그녀가 좋아하는 그림이다. 고흐의 것이라면 대개 덮어놓고 좋아하는 그녀였지만, 이 그림에 대해서만은 남달랐다. 길게 그어진 수평선 위로부터 점점이 다가오는 요트들. 파도는 연푸른빛에서 청록색까지 다양하게 빛나고 하늘도 꼭 같은 빛으로 흩어진다. 그녀는 식사를 하다가도 종종 그림을 응시했다. 이제는 형체조차 사라져버린 기억들이 눈빛 속에 일렁이는 것을 여러 번 보았다.

그 섬의 바다만을 빼고, 여러 곳의 바다로 그녀를 이끌었다. 어느 바다에선가는 그녀의 이야기를 들려주리라고, 속내를 읽을 수 있으리라고 희망했다. 하지만 언제나 그녀의 입은 굳게 닫혀 있었고 차가운 단호함으로 그곳을 외면했다. 상처에 마주할 자신이 없는 것이다.

나는 얼마든지 기다릴 수 있었다. 십 년, 이십 년, 죽음을 목전에 둔 노파일지라도, 그녀의 깊은 상처가 치유되기만 한다면.

결국 바다에 대해서는 한마디도 듣지 못한 채 그녀를 떠나보냈다.

2

어느 날 상사가 엄숙한 얼굴로 호출하였다.

자네, 정말 괜찮겠나?

앞뒤 없는 질문이었기 때문에 어리둥절했다. 내 업무를 바꾸려는 것인지, 다른 부서로 퇴출하려는 것인지, 혹은 귀찮은 출장을 맡기려는 것인지, 그는 애매모호한 눈으로 나를 올려다보았다.

이렇게 쉬지도 않고 일하는 거 괜찮겠느냐 말이야. 다들 걱정하고 있어.

그제야 나는 주위를 돌아보았다. 아내가 떠난 후, 장례를 위한 특별휴가를 보내고 업무에 복귀했다. 세금 부과 기간이었던 터라 다들 몹시 바빴고 야근과 주말근무가 기본이었다. 나 역시 맡은 업무를 처리하고 팀의 공통된 일거리를 해결하느라 야근을 하기도, 주말에 나와 일을 하기도 했다. 점심은 구내식당에서 동료들과 먹고 가끔 밖에 나가 함께 담배를 피웠다. 특별한 질문이나 위로를 주고받지는 않았다. 그들 나름대로 나를 위한 배려라고 생각했다. 일상 속에 담담히 들어올 때에야 고통을 피할 수 있다고 믿은 것과 같다. 그러나 정작 내가 그들에 대한 배려가 없었다는 것을, 힐끗거리는 사람들의 시선을 보고서야 깨달았다. 그들은 내가 적당히 슬퍼하기를 바랐다. 때론 내가 넋두리를 하거나 술을 사 달라고 조르기를 바랐다. 그래야만 그들도 적절한 위로를 건네고 함께 울어줄 수 있었다. 참아왔던 이성의 냉정함이 일순 흔들리는 기분이었다.

저는…….

말문이 막혔다. 검은 얼굴에 짙은 눈썹을 가진 상사는 이마에 주름을 만들어 올리면서 찬찬히 나를 보았다.

이런 경우…… 별다르게 대해야 한다고 생각하진 않아. 하지만 자네는 너무 많은 일을 하고 있어. 말 한마디도 안 하고 일만 하잖아. 곧 하계휴가 시즌도 되고 하니, 휴가라도 내면 어떻겠어?

나는 자신 없이 웅얼거렸다.

제가 무슨 실수라도 했나요?

그는 고개를 저으며 다시 한 번 심각하게 나를 올려다보았다.

난 그저 걱정하는 거야. 장례를 치르고 나서 자네가 사람들과 눈 한번 마주치지 않았다는 걸, 알고 있어?

일주일의 휴가를 얻게 되었다. 회사를 쉴 수 있다는 것은 기쁜 일이다. 무엇이든 할 수 있다. 늦잠을 잘 수도, 동네를 어슬렁거릴 수도, 조조할인의 영화를 볼 수도 있다. 내키기만 하다면 여행을 갈 수도 있고, 미뤄둔 집 안의 대청소, 혹은 고장 난 노트북의 수리 따위를 맡길 수도 있으리라.

그러나 내게 있어 그것은 비극적 인생과 마주앉아 통곡할 틈을 줄 뿐이었다. 휴가 첫날은 하루 종일 침대에 누워 있었다. 씻기도 귀찮고 식욕도 사라져버렸다. 평소 거들떠보지도 않는 텔레비전을 켜놓고 멍하니 있기도 했다. 그렇게 해도 시계는 오후 다섯 시를 넘기지 못한다. 질질 끌다 못해 온갖 자질구레한 이야기를 다 갖다 붙이는 막장드라마도 이보다는 지루하지 않을 것이다. 어쩌면 나는 슬퍼하기보다 지루하기를 택했을 테지만, 그마저도 견디기는 어려웠다. 내가 할 수 있는, 하고 싶은 일이라고는 아내를 생각하지 않는 것뿐이었다. 간혹 에스엔에스 메신저가 날아왔다.

괜찮아?

나는 여전히 머뭇거리며 답을 찾지 못한다. 괜찮지 않아. 아니, 괜찮아? 골똘히 생각하다가 결국 핸드폰을 덮었다. 하얀 종이를 펼친다. 잘 깎은 연필 한 자루도 꺼낸다. 아내는 의미 없는 단어 쓰기를 즐겼다. 나중에 읽어보면 새마을, 아하하, 마이너스, 평방미터, 고구마 같은 조금의 연결성도 없는 단어들이 동글동글 귀여운 글씨체로 적혀 있었다.

새마을 기차를 타고 아하하 웃으며 여행을 갔다가 마이너스 통장을 안고 돌아와 집의 평방미터를 줄이고 고구마로 연명한다?

내가 아무렇게나 갖다 붙여 놀리면 아내는 배꼽이 빠져라 웃다가 눈물을 흘리기도 했다. 그까짓 시시껄렁한 농담이 뭐라고.

너, 바다, 천국……

세 단어를 쓰고 나서 차마 더는 쓰지 못한다. 나는 아내와 바다에 가고 싶었다. 흔하디흔한 그런 바다가 아니라, 아내의 어머니가 있는 그 바다에 가고 싶었다.

아내의 고향은 필리핀이었다.

3

필리핀항공사의 비행기에 탑승했다. 기왕이면 그 나라 식대로, 그 나라 사람처럼 지내보고 싶었다. 아내에게 필리핀은 생의 반쪽이었고 내게도 부정할 수 없는 부분임에 틀림없다. 붉게 물들어가는 인천의 저녁을 떠나 아내의 고향으로 향한다. 아마도 신산한 새벽녘에나 도착할 것이다. 아내와 닮은 듯 닮지 않은 승무원들이 싱그럽게 웃으며 주위를 맴돌고 있었다.

그들은 혼혈인 아내를 '코피노'라 불렀다. 한국인이 많이 찾는다는 보라카이 섬이 그녀의 고향이었다. 어머니는 관광객들을 대상으로 운영하는 스파에서 일했고, 아버지는 긴 여름휴가를 얻어 여행을 왔다. 둘은 우연히 데이트를 즐기다 은근슬쩍 연인이 된다. 그가 과연 진심으로 어머니를 사랑했는지는 알 수 없다. 사랑은 어차피 실체가 불분명한 것이어서, 믿으면 그것이 사랑이었고 믿지 않으면 아무런 의미도 없는 허언일 뿐이다. 썰물처럼 빠져나간 관광객들과 같이, 그 역시 저무는 여름 끝에 섬을 떠났다. 다시 오겠다는 말조차 남기지 않았다. 그래도 어머니의 사랑은 끝나지 않아 뱃속에서는 꽃 같은 생명이 자랐다.

이듬 해 태어난 딸에게 어머니는 조이라는 이름을 주었다. 눈물만 흘리기에 보라카이의 태양은 너무나 뜨거웠고 한 품 그득한 바다는 푸르게 일렁였다. 어머니는 다시 일을 시작했고 자주 집에 들러 갓난이에게 젖을 물렸다. 그렇게 내 아내 한조이가 지구라는 별에 내려앉았다. 나로서는 이십오 년 구천백이십오 일, 이십일만 구천 시간을 되돌려 그때의 어머니 발끝에 감사의 키스라도 하고 싶은 심정이다. 아내가 없었다면 나의 지난 삼 년은 물론, 앞으로 남은 생을 전혀 다른 이로 살았을 테니까. 이별이 고통스러울지언정 나는 사랑이 지나간 인생의 깊이를 믿는다.

아버지는 아내가 세 살 무렵 다시 보라카이를 찾았다. 옛 애인의 근황이 궁금했던 그에게 딸의 출현은 놀라우면서도 일견 감격스러웠던 모양이다. 곧 어머니에게 청혼을 했고, 몇 달 뒤에는 모두를 한국으로 데리고 떠난다. 아내가 처음 한국으로 건너오게 되기까지의 이야기다. 그 후의 일에 대해서는 전혀 들은 바가 없다. 어머니가 다시 필리핀으로 건너갔는지 아내는 한국과 필리핀을 오가며 자랐다. 그리고 웬일인지 날 만나기 몇 해 전부터는 필리핀으로의 발길을 일절 끊은 것이다. 인간의 호기심은 무엇으로도 막을 수 없는 법인데, 아내의 지난 삶이 궁금하지 않을 리 없다. 그러나 내 청이라면 무엇이든 너그러이 응하던 아내가 고향이나 가족에 대한 이야기만큼은 결코 하려 들지 않았다.

당신은 나와 결혼했잖아. 나 말고 뭘 더 알고 싶은 거야? 그들은 그들일 뿐이야.

조이라 불리던 내 아내는 이름까지 조희로 고치고 완벽한 한국인이 되려고 했다. 그러한 노력들이 아버지에 대한 반감 때문인지 혹은 동경 때문인지 알 수 없었다. 우리의 결혼식에 참석한 아내의 친족은 고모 한 분뿐이었다. 어린 시절 잠시 아내를 키워주셨다는데, 만난 것은 거의 십 년 만이었다. 몸집이 크고 눈물이 많던 그분은 아내를 덥석 안아준 후, 가족사진을 찍기 전에 식장을 떠났다. 조부모님도, 부모님도, 형제도 없이 치른 결혼식이기에 아내는 몹시 외로워 보였다.

난 괜찮아. 당신이 있잖아. 이제 당신이 내 가족인 걸.

아내가 말하며 웃었다. 내가 엿보는 외로움은 억측일지 모른다. 한 번도 쓸쓸함의 정황이나 증거를 잡은 적이 없다. 그래도 나는 결심했다.

반드시 아내의 가족을 되찾아주리라고.

새벽녘에야 깔리보 공항에 내려 어둠에 휘어 감긴 초라한 마을을 바라본다. 이곳에서 혼자라는 것은 한국에서보다 도드라진다. 여권도 하나, 트렁크도 하나, 누구도 동행하지 않는 낯선 길. 생경한 언어는 미궁으로 빠지고 혼자라는 사실은 가로등 불처럼 선명하다.

억지로라도 아내를 끌고 왔더라면 좋았을 것이다. 절대로 가지 않겠다고 떼를 부리고, 비행기 표를 찢으며 싸우게 되더라도, 끝끝내 이곳에 아내를 데리고 왔더라면. 이 시골버스 터미널 같은 작은 공항에서 트라이시클을 기다리다 결국엔 나를 제 집으로 이끌고 말았으리라. 설사 집을 찾지 않더라도 이곳의 눅눅한 바람과 풀을 짓이긴 듯 질박한 흙 내음을 맡는다면, 늘 미지의 행성이라도 찾듯 서늘하던 아내의 마음이 조금은 따뜻해지지 않았을까.

그렇지, 응? 나는 곁에 아내가 있기라도 하듯 중얼거리며 가까운 호텔을 찾아들었다. 섬으로 들어가는 배를 타기에는 너무 이른 시간이다. 오십 달러짜리 자그만 호텔방은 구식 에어컨디셔너가 탈탈거리며 돌아가고 낡은 침대는 움직일 때마다 삐거덕거렸다. 간신히 세수만 한 후 침대에 눕는다. 형광등은 몸을 부르르 떨며 새하얗게 빛나고 누런 빛깔의 커튼은 먼지가 잔뜩 내려앉았다. 아내를 생각지 않으려 애쓰며, 아내만 생각하는 채로 잠이 든다. 적어도 지금 나는 그녀의 삶 한 중심에 들어와 있다.

4

다른 여행자 사이에 끼어 트라이시클과 배를 갈아타며, 보라카이

섬으로 간다.

두어 시간의 짧은 길이었다. 사람들은 저마다의 흥분 속에 상기되어 재잘거리다 가끔은 짜증을 부리거나 투덜대기도 한다. 내 작은 트렁크는 그들 엉덩이 밑에 깔렸고 닳아빠진 바퀴는 자갈길을 덜컹거리며 달렸다. 머릿속은 아무런 문장도 없이 텅 빈 듯했다. 옆 자리에 앉은 여자의 머리카락이 바람에 휘날려 간간히 내 볼에 달라붙었다.

'박하사탕'이라고 생각했다. 보라카이의 첫 인상이 그랬다. 푸르다 못해 백색으로 빛나는 하늘과 기다랗게 이어진 해변, 마치 투명한 껍질처럼 모든 것을 감싸는 바다. 밀집한 상가나 건물, 리조트 같은 건 크게 문제되지 않았다. 내게 다가온 것은 사람의 손길로 이루어진 모습이 아니라 태초에 솟아난 섬 그대로의 민낯이었다. 따가운 햇살은 제 몸집을 밀대로 잔뜩 밀어 온 세상을 뒤덮은 채 고요하고, 파도는 한없이 잔잔하여 아무런 근심도 없어 보였다.

호텔에 못 미처 트라이시클에서 내렸다. 그가 아유 오케이? 하고 물었지만, 나는 백 페소를 내밀고 손을 흔들었다. 가뜩이나 관광객 같은 신세에 호텔로 직행하고 싶지는 않다. 얼마쯤은 걷는다. 상가가 밀집한 곳을 벗어났기 때문에 사방은 적요하고 먼 바다에서 들려오는 관광객들의 환호나 지절대는 새소리뿐이다. 호텔로 이어진 길에는 모래가 잔뜩 올라 앉아 트렁크 바퀴는 가끔 미끌거리며 헛돌았다. 태양은 정수리를 태울 듯이 내리쬐고 바람도 멈추었다. 나는 잠시 주저앉았다. 급할 이유는 없다. 흐르는 땀을 닦고 샌들 안으로 들어온 모래도 털었다. 바다 끝 수평선으로 기묘한 형태의 구름들이 주전자의 증기처럼 풍풍 솟아난다. 동물의 형상을 하기도 했다가 알파벳 모양이 되기도 하고 끝내는 물결처럼 멀리 흩어진다. 멋지지 않아? 하고 싶은데 혼자서는 입속의 말이 피어나지 않는다.

머나먼 이국의 섬에까지 와서 내가 찾고자 한 것은 무엇일까. 닿지 못한 아내의 흔적? 아니면 혈족? 어쩌면 미련스러운 집착이거나 궁상맞은 추모를 위한 서글픈 발상인지도 모르겠다. 그들을 만난다면, 혹은 아내의 흔적을 찾는다면, 이 꽉 막힌 배수구처럼 가슴을 틀어막은 회한을 털어낼 수 있을까? 여전히 나는 자신이 없었고 홀로 살아갈 날들을 상상할 수 없었다.

'조이'라는 이름을 듣고 그는 흠칫 놀랐다. 이틀간 아내의 연고를 찾는데 실패한 터라 큰 기대 없이 물어본 것이다. 키가 훤칠하고 살결이 구릿빛으로 보기 좋게 그을린 청년은 세일링보트 호객꾼이었다. 거리의 마사지 숍을 두루 돌며 조이의 어머니를 수소문해보았으나 아는 이가 없었다. 밥을 먹으러 간 식당에도, 아이스크림 판매원에게도, 잡화점의 할머니에게도 조이에 대해 물었다. 그녀는 나의 아내다. 그녀의 어머니는 이곳의 마사지사였다. 혹시 그들을 알고 있느냐. 나는 아내의 어머니, 혹은 가족을 찾고 있다…… 이 청년에게도 똑같이 설명을 덧붙였다. 그는 나를 못 미더운 듯 훑어보다가 팔로우미, 한다. 두 유 노우 허? 황급히 그를 쫓으며 헐떡이듯 물었다. 아이 노우 허 브라더. 그가 번잡한 길을 빠르게 걸어 올라가 몇 개의 가게를 지나친 후 담벼락 사이의 좁은 길로 들어섰다. 자꾸만 슬리퍼가 벗겨져 뒤꿈치가 돌부리에 찧었다. 지체할 여유가 없었다. 그를 놓치면 영영 조이를 찾을 수 없다.

우리는 우거진 숲길을 지나 다른 통로를 통해 한산한 거리로 빠져나왔다. 숨을 몰아쉬며 앞서가는 그를 불러 세웠을 때, 그의 뒤로 자그만 아이가 나타났다. 동그란 얼굴에 옅은 눈썹, 밝은 피부색, 몽골리안 특유의 찢어진 눈매. 남색의 민소매 셔츠와 반바지를 입은 아이는 한국 사람 같았다. 그런데도 아이는 청년에게 자연스레 따갈로그어를 건넨다. 청년이 몇 마디 대꾸하더니 나를 손가락으로 가리켰다. 네가 물어봐. 청년은 한국말로 말했다. 그리곤 눈길 한번 주지 않고 온 길을 되짚어 가버린다.

누구세요? 아이는 고개를 바짝 들고선 까만 눈을 깜빡이지도 않았다. 열 살 남짓한 어린 소년이다. 한국인이니? 아니요. 도리질하는 아이의 검은 머리칼이 살랑 흔들린다. 한국인이 아니라면서 한국말을 하는 아이. 보라카이에서 계속 반복해온 질문을 아이에게 쏟아낸다. 조이에 대해 아니? 조이의 가족을 아니? 넌 누구니?

186

처음 만난 장모는 입을 꽉 다문 채 말이 없다. 조그만 청색 간판에 백묵으로 massage(마사지)라고 적어 넣은 아담한 가게였다. 하얀 외벽의 빨랫줄엔 수건 여러 개가 햇볕 아래 말라가고, 문 앞에 놓인 낮은 의자엔 몇몇의 동료들이 앉아 있다. 휴식시간이거나 손님을 기다리는 중일 것이다. 장모는 전형적인 필리핀인으로 검은 살결에 깊은 두 눈, 둥근 콧방울을 지녔고, 키는 조이만큼이나 작았다. 조이는 아버지 쪽 혈통을 많이 받아 어머니와 닮았다고 할 수는 없었다. 잃어버린 부모를 만나도 어색함을 떨치기 힘들 텐데, 난생처음 만나는 장모란 동떨어진 세계와의 충돌이나 마찬가지다. 그쪽에 내리쬐는 햇살과 내게 떨어지는 그림자가 전혀 다른 차원의 일같이 느껴진다. 낯설게 흘겨보는 눈빛과 희미하게 맴도는 경계심.

우리 엄마예요. 여긴 엄마 가게구요. 집은 뒤쪽에 있어요.

나를 안내해 간 조이의 동생, 호세는 제 엄마의 반응은 개의치 않고 떠들었다.

아저씨를 뭐라고 불러야 하죠? 형부? 아니 매형? 책에 나오는 데 잊어버렸어요.

장모는 어린 아들의 티 없는 싹싹함을 측은한 듯 바라보았다.

매형이 맞아. 넌 조이를 많이 닮았구나.

확실히 조이는 엄마보다는 동생과 닮았다. 하지만 동생이 있다는 말은 금시초문이었다. 처음 호세를 만났을 때, 실낱같은 불안이 솟았던 것이 사실이다. 하지만 열 살이나 된 아이를 의심하기엔 아내의 삶이 너무 짧았다.

안 닮았어요. 파파가 다른데.

아이는 거리낌 없이 말을 하고선, 그치? 하는 눈으로 제 엄마를 바라본다. 장모는 지친 얼굴로 고개를 흔들었다.

넌 말이 너무 많아. 이리 와.

자리에서 벌떡 일어난 그녀가 성큼성큼 가게로 들어선다. 망설이는 나를 호세가 잡아당겼다. 장모도 힐끗 돌아본다.

들어와요.

호세를 따라 가게로 들어선다. 작은 로비가 있고, 옆에 두세 개의 방이 이어져 있다. 가구나 시설은 낡았지만 깨끗하게 관리하고 있는 느낌이다.

엄마 가게 일등이에요. 조금 작아도.

호세가 히죽 웃으며 엄지를 치켜세웠다.

집은 가게 건물 뒤로 이어져 있다. 아마 벽돌을 사다가 직접 쌓은 듯하다. 조금은 누추하고 한편으론 아담하다. 거실은 한국식으로 장판을 깔았고 신발을 벗고 들어가야 했다. 종일 그늘에 묵은 서늘한 냄새가 떠돈다. 한국산 텔레비전, 모자간의 단출한 가족사진도 눈에 띄었다. 장모가 소파를 권하면서 말한다.

난 에리카라고 불러줘요. 한국에서는 다른 말로 부르는데, 난 그런 거 싫어.

호세가 냉큼 에리카, 라고 부르며 키득거렸다.

저는 최운정이라고 합니다.

운정? 편리하게 정이라고 부를게요. 그럼…….

에리카는 차마 입이 떨어지지 않는 듯 내 눈치를 살피며 큰 두 눈을 굴렸다.

여긴 무슨 일이죠?

용건을 묻는 말이라기보다는 닥쳐올 불행에 대한 두려움으로 느껴졌다. 갑작스러운 나의 방문이 결코 희소식이 될 리 없다는 것을, 오랜 삶의 경험으로 알고 있을지 모른다. 나는 부고를 알려야 한다는 사실에 중압감을 느꼈다. 인연을 끊고 살아간다면 그리움은 있을지언정 슬픔은 없다.

조이에게 사고가 있었어요. 갑작스러운 일이었고…… 연락을 드릴 방법도 없었습니다.

그래도 돌아갈 길이 보이지 않으면 맞닥뜨리는 편이 낫다고 생각했다. 등뼈처럼 박혀 있을 그리움과 원망 또한 잔인한 일이었을 테니.

먼저 눈물을 터트린 건 호세였다. 아이는 제 엄마 품에 안겨서 울다가 내 무릎에 얼굴을 파묻고 울었다. 에리카는 붉은 눈으로 손톱을 뜯으며 몇 번이나 나를 노려보았고, 애원하듯이 고개를 흔들었다가 다시 얼굴을 감싸고 주저앉아 몸을 떨었다. 나는 하염없이 앉아 참담한 슬픔 앞에 죄인이 될 뿐이다.

누구도 내 앞에서 한껏 울지 못했다. 사실상 울어줄 사람도 없었다. 우리 부모님은 몇 번이나 땅을 쳤지만, 홀로 남은 아들을 위한 눈물이지 아내를 위한 것은 아니었다. 친구들은 내 어깨를 두드리며 술잔을 기울여주었으나 떠난 아내를 잘 알지는 못했다. 아내는 줄곧 한국과 필리핀을 오가느라 깊은 친구를 사귀지 못했다. 제대로 된 학력이 없어 직장도 여러 번 옮겨 다녔다. 혼혈임이 크게 드러나지는 않았으나 늘 의심의 눈초리를 받았고, 자신을 들키지 않기 위해서라도 사람을 가까이 하지 않았다. 아무도 내 슬픔을 알 수가 없던 이유다.

두 사람의 지극한 슬픔에 오히려 안도했다. 조이를 나만큼, 나보다 사랑해준 이들이 있다. 홀로 남은 참혹한 지옥에서 뼛속까지 녹아내리려는 찰나, 나는 구원되었다.

6

호세의 집을 드나드는 사이, 많은 것을 알게 되었다.

에리카가 어린 조이를 데리고 한국에 왔을 때, 가장 견딜 수 없던 건 삭막한 도시였다. 남편이 출근하고 나면 하루 종일 집 안에 갇혔다. 견디다 못해 밖으로 나가 보면 거대하게 들어선 아파트들만이 우뚝 솟아 있다. 아무리 걸어도 다른 풍경은 나타나지 않고, 새로운 아파트 단지가 나타날 뿐이다. 바다를 지척에 두고 살아온 에리카에게 그곳은 사람이 살 곳이 아니었다. 에스에프영화 속 암담한 미래도시와 조금도 다르지 않았다. 무엇보다 견딜 수 없었던 것은 화살처럼 날아드는 사람들의 시선이다. 에리카의 얼굴, 아이의 얼굴, 다시 에리카의 얼굴…… 말 같은 건 통하지 않아도 좋았다. 외로운 것도 견딜 수 있었다. 하지만 유빙조각처럼 차가운 그 시선만큼은 이겨낼 수 없었다. 에리카는 시름시름 앓기 시작했고, 조이는 고모에게 맡겨졌다. 지리한 갈등과 싸움 끝에, 그녀는 홀로 고향에 돌아왔다. 아이를 떠날 때 에리카의 가슴은 갈가리 찢겼다. 그래도 남을 수는 없었다. 한시도 이 태양과 바다를 떠나서는 살 수 없는 에리카였다. 조이는 삶의 반을 잃은 채 자라날 수밖에 없었다.

조이가 열 살이 되던 해부터, 방학이 되면 보라카이에 왔다. 아이는 완벽히 고향을 잊었지만, 엄마에 대한 그리움만은 잊히지 않아서 세월의 공백을 메울 수 있었다. 모든 것에 균형이 맞추어지는 듯했다. 학교에 적응이 어렵던 조이가 다시 마음을 붙였고, 아버지는 방학마다 비행기 티켓을 마련해주었다. 그런 딸을 기다리는 에리카 역시 다시 피어난 꽃처럼 삶의 향기와 기쁨을 만끽했다. 조이는 한국과 필리핀 두 나라를 좋아했고 더 이상 부모를 원망치 않았다. 그러나 그들의 활력과 생기는 점차 묘하게 흘러갔다.

아버지가 먼저 재혼하였다. 에리카 또한 보라카이에서 여행업을 하고 있는 한국인 남자와 사랑에 빠졌다. 한국으로 돌아온 조이는 새어머니의 존재를 받아들여야 했고, 보라카이에서는 새아버지에게 익숙해져야 했다. 자연히 동생들이 생겨났다. 새어머니의 두 아이는 조이와 형제임을 거부했다. 가정의 분위기는 안주인에게 돌아가기 마련이라, 아버지는 그런 면에서는 무능했다. 조이는 자상한 새아버지와 싹싹한 동생이 있는 보라카이에 머물기를 원했다. 한국의 생활과 아버지와의 관계, 모든 것을 끊었다. 차라리 모두에게 편리한 선택이었다. 적어도 그때는 그렇게 믿었다.

조이는 이곳이야말로 자신이 있을 곳임을 알았다. 한국에서는 불리하던 이국적 외모가 이곳에선 동양적 외모의 장점으로 받아들여졌다. 새아버지의 일을 도와 가이드도 맡았고 처지가 비슷한 코피노 친구들도 많았다. 변화무쌍한 아열대의 기후처럼 날로 달라지는 자연의 아름다움에도 완전히 매료되었다. 매일 오후마다 바다에서 수영을 했다. 모래를 제대로 털지 않아 어머니에게 혼이 나기도 하고 친구들과 어울려 밤 마실을 다니기도 했다.

모든 것이 좋았지. 조이는 태양 같았어. 환하게 빛났어. 우리 모두 그 아이를 사랑했어.

에리카는 그때를 떠올리며 말했다. 한 손에는 망고 칵테일을 들고, 다른 손으로는 호세의 머리를 쓰다듬었다. 두 눈에 눈물이 그렁그렁했다. 낮에는 주로 호세와 어울리고 저녁에는 함께 디몰로 나가 저녁을 먹고 칵테일이나 산미구엘 맥주를 마셨다. 슬픔이 파도처럼 밀려올 때는 셋 다 아무런 말도 하지 않았다. 어둠의 융단이 내리 깔린 바다나 흥겹게 즐기는 관광객들을 바라봤다. 각자의 슬픔에 잠겨 있는 시간은 오히려 평화로웠다. 가늠하거나 꾸밀 필요가 없었다.

그들에게 어느 날 손님이 찾아왔다. 노모와 딸들, 아이들로 이루어진 한국인 손님이었다. 여자들은 다짜고짜 에리카에게 화를 냈고 가슴을 밀쳤으며 분노에 차서 울부짖었다. 새아버지가 한국에 남겨둔 아내와 그 가족들이었다. 그는 많은 변명을 늘어놓았다. 이혼 처리가 안됐을 뿐 남남이라고 주장했다. 그들은 떠나지 않았다. 기어코 새아버지를 끌고 가려 했다. 매일 아귀다툼이 벌어졌다. 에리카는 매일 울었고, 때론 그들이 울었다.

조이는 모든 것에 염증을 느꼈다. 어머니의 반복되는 사랑의 실패에 지쳐버렸다. 한국인이라는 사실이 못 견디게 싫었고 더욱 싫은 것은 코피노라는 사실이었다. 조이는 보라카이를 떠난 후로 다시는 돌아오지 않았다. 수년 만에 돌아온 것이, 바로 나였다.

조이는 몰랐겠지? 이렇게 이름과 기억으로만 돌아오리란 걸.

에리카가 어깨를 들썩이며 울었다. 호세는 이제 울지 않았다. 제 엄마를 의젓하게 다독이며 어깨나 무릎을 빌려주었다. 나는 다시 그녀를 위해 칵테일을 주문했다. 무엇으로도 슬픔을 위로할 순 없다. 찬란한 빛을 삼킨 검은 밤을 올려다보며, 어느 별엔가 한조이가 다른 모습, 다른 형태로 편히 쉬고 있기를 바랄 뿐이다. 내게 섬에서의 시간은 진정한 아내의 장례식과 같았다. 함께 기억하며 웃었고 그리워했다. 그토록 낯설던 두 사람이, 어느새인가 가장 가까운 친구가 되어 있었다.

7

한국은 어떤 곳이에요?

호세는 늘 한국에 대해 물었다. 누나에 대해서보다 더 궁금해했다.

가보고 싶니?

당연하죠. 아빠는 늘 한국 이야기를 해줬어요. 서울이 얼마나 큰지, 얼마나 부자인지요.

함께 바닷속에 뛰어들거나, 백사장에 누워 있거나, 해먹에 올라타 있을 때, 호세는 쉴 새 없이 떠들었다. 태양은 삶의 시간이다. 누나의 죽음만을 떠올릴 수는 없는 것이다.

좀 더 크면 꼭 데리고 가겠다고 했어요. 함께 놀이공원도 가고 축구장도 가자고요.

아이는 바다 깊은 곳까지 들어갔다가 한참 만에 다시 나왔다.

이젠 아빠는 사라져버렸죠. 치, 혼자서.

소금기 어린 얼굴에는 미소가 사라졌다. 그래도 곧 아이는 다시 웃었다.

상관없어요. 엄마가 있으니까. 그리고 매형도 있잖아요.

아이는 팔짝팔짝 뛰어다니다 풍덩 빠지기도 하고 드러누워 깔깔 거리기도 한다. 아이와 함께하는 보라카이의 낮은 한 점의 티끌도 없 다. 휴가가 끝나갈수록, 나는 이별의 순간을 두려워했다.

처음 나를 호세에게로 안내한 청년은 조이의 친구였던 리안이다. 코피노인 데다 쭉 한국인 사장과 일하고 있기 때문에 한국말을 호세 보다 잘했다. 그와도 가끔 만났는데, 호세의 앞날을 종종 걱정했다.

여기선 기회가 없어요. 나처럼 호객꾼이 될 뿐이죠. 에리카 아주 머니에게 무슨 일이 생기면…… 그 아인 혼자예요. 가족이 없다는 건 슬픈 일이거든요.

리안은 부모를 모두 잃었다. 열다섯도 되기 전의 일이다. 조이가 스스로 가족을 떠난 것을 지금도 이해할 수 없다고 했다.

하지만 천국에 있는 그 아이를 더 이상 괴롭히고 싶진 않아요. 조 이는 착한 아이였어요.

나는 리안의 어깨를 가볍게 두드렸다.

네 맘을 알거야.

이곳에…… 또 올 건가요?

끝으로 그가 물었을 때, 쉽게 대답하지 못했다. 나는 이곳을 어떤 의미로 찾았던가? 마지막의 인연 정도로 생각하지 않았을까…… 우 리에게로 파도가 밀려왔다가 사라지고 다시 또 밀려온다. 그는 대답 을 듣지 못하고 일터로 떠났다. 모래를 쌓던 호세가 망아지처럼 뛰어온다.

　매형, 수영하러 가요.

　아이가 달콤한 웃음을 흘리며 내 손을 잡아끌었다.

　해가 지고 있는데.

　기다랗게 이어진 수평선 너머의 붉은 노을을 가리키며 말했다. 호세의 얼굴이 더욱 빛난다.

　그러니까 바다에서 태양을 기다려야죠.

　어느새 바다로 뛰어든 아이가 어서 오라고 몇 번이나 손짓했다.

　섬을 떠나기 전날 밤, 에리카는 가게 불을 켰다. 내가 머무는 동안 저녁 장사를 안 하던 그녀이기에 뜻밖이었다.

　오늘 손님, 한 명.

　에리카가 웃으며 말했다. 하얗고 깨끗한 면직물을 반듯하게 깔고, 검고 부드러운 돌을 따뜻하게 데운다. 물에 적신 수건을 가져와 내 손과 발을 닦아주고 마사지용 가운으로 갈아입으란다. 나는 극구 사양했지만, 에리카도 양보하려 하지 않았다. 결국 에리카가 하는 대로 내버려 둘 수밖에 없었다. 조이처럼 작고 고운 손을 가진 에리카는 훌륭한 마사지사였다. 군데군데 응어리져 있던 근육을 하나하나 풀고 따뜻한 온기를 불어넣었다. 장모와 사위라는 한국식 난처함도 곧 사라져갔다. 에리카가 전하는 것은 기술적인 재능이 아니라, 곳곳에 박힌 슬픔을 어르는 고집스러운 정성이었다. 그 손길이 내 마음속의 무언가를 조심스레 건드렸다. 웅크리고 앉아 눈을 감고 있던 그 덩어리는, 조금씩 흔들리다가 슬그머니 눈물이 된다. 더 이상 울지 않으려 했다. 아내는 내가 우는 것을 몹시 싫어했다.

정말로 아픈 건 아프다고 말도 못 하는 거야. 더군다나 눈물은 흘릴 수도 없어.

그런 말을 태연하게 하던 아내는, 얼마나 울고 싶었을까.

에리카가 마른 수건을 내어주며 말했다.

조이, 럭키걸이야. 사랑이 끝나지 않았잖아.

나는 멋쩍게 눈물을 닦았다.

나도 럭키걸이지. 멋진 사랑을 두 번이나 했거든. 그 선물도 얻었지.

에리카는 웃으며 내 등에 올려두었던 마사지용 돌들을 모두 거둬들였다.

다시 옷을 갈아입고 차 한 잔을 두고 마주 앉았다. 에리카는 피로한 듯 등을 잔뜩 고푸리고 깊은 숨을 내쉬었다.

조이가 늘 말했어. 자신은 결코 사랑을 잃지 않을 거라고. 그러느니 죽는 게 낫다고 했지. 아마 내가 미웠을 거야. 어리석어 보였겠지. 그래도 후회하지 않아. 사랑은 내가 택하는 것이 아니었거든.

그녀는 가게 한 구석에 놓인 서랍장을 열어 몇 장의 사진을 가져왔다. 파닥파닥 물을 튕기는 물고기처럼 생기 넘치는 여자아이, 조이다. 해안가에서 레게머리를 하고 친구와 찍은 사진, 모자를 눌러쓰고 손님들을 안내하는 사진, 호세를 번쩍 들어 안고 찍은 사진…… 자주 들여다본 듯 사진의 네 귀퉁이가 모두 닳아 있었다.

난 기다렸어. 만약 사고가 없었다면, 그 아이는 반드시 돌아왔을 거야. 시간이 걸렸을 뿐.

에리카는 점차 울지 않게 되었다. 슬픔도 모양과 소리를 조금씩 달리한다. 이제 그것은 에리카의 몸 어딘가에 스며들었다. 자연스럽게. 내가 떠나고 나면 그들은 본래의 일상으로 돌아간다. 일을 하고 바다에 뛰어들고 조이를 애타게 기다리는 대신 묵묵히 추모하면서. 풍족하지 않은 살림이지만 에리카라면 잘해 나갈 수 있을 것이다.

호세가 원하면 언제든 한국으로 보내주세요.

에리카가 놀라며 굽은 등을 활짝 폈다.

왜 그런 말을 하지?

당치 않다는 뜻으로도 들렸고 기쁘다는 뜻으로도 들렸다. 나는 그저 웃었다. 에리카가 조금 전보다 더 크게 놀랐다.

웃는 거야?

에리카의 말에 나도 모르게 입가를 매만졌다. 옅게 파인 주름 골이 분명한 곡선을 그리고 있다. 아내가 죽고, 나는 웃는 법조차 잊고 있었다.

웃으니 좀 낫네. 난 조이 눈이 낮아진 줄 알았어.

에리카가 말하고는 한 손을 장난스럽게 내저었다.

호세가 공항까지 따라 나왔다. 자그마한 손으로 트렁크를 끌겠다고 우긴다. 섬 밖으로 나온 것이 신나는지 아이는 연신 재잘거렸다. 아이스크림을 두 개 사고, 남은 페소는 모두 아이에게 건넸다. 나란히 앉아 열대과일 맛 아이스크림을 핥아 먹는다. 일주일 사이에 선글라스도 잃어버리고 모자도 벗어버려, 나는 현지인과 다름없어 보였을 것이다. 우리는 이별이 아니라 소풍이라도 나온 것처럼 느긋하게 시간을 보냈다. 마침내 출국장으로 들어가야 했을 때, 호세가 옷깃을 잡아당겼다. 손바닥 안에 쪽지 한 장이 접혀 있다. 호세의 집 주소와 전화번호다. 아이의 눈에 흰 바닷물이 그득하다.

또 만날 수 있나요?

나는 아이의 머리를 가만히 쓰다듬었다. 태양의 빛이 남아 따뜻하다.

물론이지.

내가 사라질 때까지 호세는 그 자리에 서 있었다. 그리움이 담뿍 담긴 얼굴이었다. 그것은 조이인 듯싶었고 에리카인 듯싶기도 했으며 홀로 있을 때의 나인 듯도 싶었다. 결코 가볍지 않은 기나긴 인연의 실타래가 몇 개의 가슴을 뚫고 아프게 자리한 기분이었다.

적어도 내게 있어 그 섬은, 어찌됐든 마지막 남은 천국임이 분명했다. 손을 흔들었다. 아이도 흔든다. 지나치다 싶을 만큼 열정적으로. 그쯤 해둬, 호세. 나는 피식 웃고 말았다.

김소윤 2010년 《전북도민일보》 신춘문예에 「물고기 우산」으로 등단. 2010년 《한겨레21》 손바닥문학상에 「벌레」 당선. 장편소설로 「코카브」가 있음.

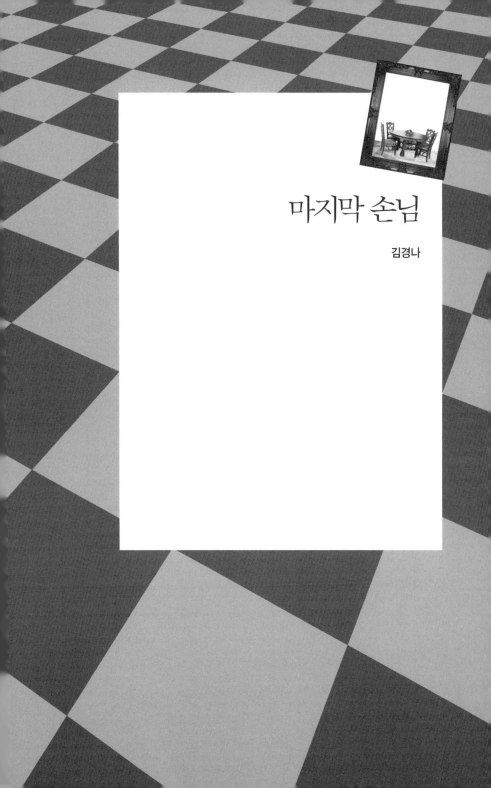

마지막 손님

김경나

문 열리는 소리가 들린 것 같았다. 간호사는 어디로 갔는지 보이지 않았다. 전화기가 요란한 소리를 내며 울리더니 순간 뚝 끊어졌다. 이놈의 전화기. 비가 오는 날이면 골칫덩이였다. 수화기 너머로 울음 소리 비슷한 소리가 나다가 끊기기도 했다. 병원 식구라고 해봐야 이 간호사뿐이었다. 십 년쯤 같이 지냈는데 얼굴이 점점 무쇠처럼 단단 해져갔다. 어제는 시키지도 않았는데 이삿짐 정리를 혼자 남아서 다 했다.

텔레비전을 켰다. 문 열리는 소리가 또 들려왔고 김 원장은 잘못 들었나, 하고 생각했다. 빈속에 술을 마셔서인지 한 잔밖에 안 마셨 는데도 술기운이 올라와 노곤해졌다.

'이렇게 늙는 것일까. 옛날 생각하면 늙는다던데…….'

그래, 첫 손님이었지. 첫 환자를 진료했던 기억이 어스름히 떠올랐 다. 밤이 흐르고 있었고 여러 개의 이삿짐 상자들이 흔들리듯이 하나 처럼 보였다.

첫 손님은 질염이었다. 아직까지 그걸 기억하고 있다니, 김 원장은 오늘은 참 이상한 날이라고 생각했다. 진료를 위해서는 뒷물을 하지 않고 오는 게 좋았다.

"칸디다성 질염입니다. 몸에 달라붙는 옷은 되도록 입지 말고 너무 자주 씻지 마세요."

젊은 시절에는 지금보다 말이 많았다. 멋지게 말을 하기 위해 고민 했고 가끔은 필요하지도 않은 전문용어를 썼다. 다른 임산부에게는 이런 말도 했다.

"키가 구 센티미터 정도이고 몸무게는 이십 그램이 되어갑니다. 삼 개월쯤 되어서 눈꺼풀과 입술, 턱이 자라고 있습니다. 치아의 뿌리가 되는 치근도 자리 잡았습니다."

곧 있으면, 달라붙어 있던 손가락과 발가락이 나누어지면서 팔꿈 치도 완성된다고 알려주었다. 손톱 발톱도 생겼을 거라고 한마디를 더하곤 했었다.

오늘따라 기억력이 예민하다고 김 원장은 느꼈다. 비 때문일까. 무 언가 희미한 것이 그의 앞에서 흐느끼는 것 같았다. 시간이 지날수록 경험은 쌓였고 나중에는 진료카드를 보지 않아도 많은 것을 알 수 있 었다. 문득 그 여자는 왜 안 오는지 궁금해졌다. 비오는 날이면 그 여 자가 더러운 인형을 등에 업고 병원에 나타났었다.

"하나만 주라. 으응?"

눈은 웃지만 목소리는 울고 있던 여자. 진료실에 있던 사탕 몇 개를 집어주면 사탕을 입에 넣고 천천히 녹이다가 땟국물이 묻은 인형의 입에 넣어주곤 했다. 인형의 입가에 사탕 부스러기가 묻어 있었다. 그리고는 다시 왔던 길을 되돌아갔었다. 그 여자가 떠나고 나면 병원도 한 계절이 지나갔었다.

'옛날 생각을 해서 무엇해.'

몸이 술을 받지 않았다. 또 무슨 소리가 들렸다. 이 간호사일까? 문을 열었다. 그 순간 볼일이 급한 듯 비가 그를 밀치고 들어왔고 바람은 어둠 속 도둑고양이처럼 다가오는 것이었다. 잘못 들었나. 이곳은 너무 낡고 오래되었다. 그런데 누구지. 담에 기대어 서 있는 무언가가 보였다. 비는 울고 싶지 않은 사람에게 영감을 주기라도 하려는 듯 끈질기게 내렸다. 눈이 풀려 있고 교복이 비에 젖어 있는데, 아무 말이 없었다. 중학생쯤 되어 보였다. 여자아이였다. 여자아이의 입술이 새파랬다.

"아파요…… 배가…….."

여자아이가 말했다.

김 원장은 단도직입적으로 물었다.

"진통이 몇 분 간격으로 오나요."

"……모르…… 겠어요……."

김 원장은 자신이 불안해하고 있음을 느꼈다. 그 꿈 때문일까…… 사실 그는 요즘 꿈을 자주 꾸었다. 그는 병원 문 앞에 서 있었다. 그때도 뭔가 희끗한 것들이 어둠 속에서 보였다. 누군가 담 뒤에 있는 것일까. 처녀, 그게 아니면 우울증을 앓는 주부인지도 모른다고 생각했다. 그날은 등대 불빛 같은 것이 저 앞에서 희미하게 보였다. 달일까. 하지만 그것은 조등이었다. 밤이 더 깊어지자 산부인과 건물은 낡은 양옥집 같은 분위기가 되었다.

"십 분…… 십 분……?"

여자아이가 대답했다. 꿈일까. 꿈은 아닌 것 같았다. 꿈이라면 아이가 잘 보일 리는 없었다.

여자아이를 부축해 분만실 안으로 들어왔다. 하지만 난방은 꺼져 있었다. 김 원장은 아직 이삿짐에 넣지 않은 히터를 켰다. 보통의 사람들은 비가 오는 날, 특히 골목 사이에 있는, 소독약 냄새가 나고 페인트칠이 벗겨진 이곳을 찾지 않을까? 축복받은 아기는 산모의 친정과 시댁 부모가 따라오고 삼촌, 이모들이 탄생을 보기 위해 올 것이었다. 분만실은 많이 추웠다. 곳곳에 이삿짐 상자들이 쌓여 있고 가뜩이나 좁은 공간은 그래서 더 협소했다.

"저건…… 뭐예요?"

여자아이의 작은 목소리가 들렸다. 전등 아래에서 보니 아이는 더 창백했다. 히터를 켰으니 분만실 안은 곧 따뜻해질 것이었다. 여자아이의 눈길이 닿은 곳에 그네 분만기가 놓여 있다.

"그네를 타면서 아기를 낳을 수가 있어요."

임산부들의 진통이 줄어든다고 해서 돈을 꽤 주고 들여놓았다. 지금은 그렇지도 않았다. 유행이 지나버렸다.

이제 숨길 필요가 없다는 듯 여자아이가 그네 분만기 쪽으로 가고 있었다. 단발머리는 단정히 잘라져 있고 교복 치마 길이도 줄이지 않은 듯 적당했다. 열이 나는지 눈이 붉었다.

"너무…… 아파요."

웅크린 여자아이가 두 손으로 배를 쓸어안았다. 분만실이 추워서 아이의 몸이 더 떨리고 있었다. 김 원장은 무릎 이불을 가져와 아이의 어깨 위에 덮어주었다. 아기가 나오려면 기다려야 한다. 자궁 문이 어느 정도 열린 상태이지만, 아직 더 있어야 하는 것이었다. 0.5센티미터, 1센티미터…… 더디지만 서서히 자궁 문이 열리고는 있었다. 이 간호사는 어디에 있는 것일까. 문자를 보내도 답장이 없었다. 창밖으로 비가 내렸고 아이의 호흡은 가빠지고 있었다. 손수건을 꺼내 아이의 이마에 난 땀을 닦아주고 싶었지만 아이가 김 원장의 팔을 밀칠 것 같았다.

으으 여자아이의 신음이 흘러나오고 있었다. 그네가 흔들렸다. 아이가 푸우, 푸우, 힘든 숨을 내쉬었다. 아이의 등 뒤에서 그네를 밀어주고 싶은 마음이 들었다. 왜 그런 생각이 들었는지 알 수 없었다. 문득 김 원장은 그네에 앉아 있는 자신을 느꼈다. 그는 그네를 잡은 손목에 힘을 주었다. 그 순간 진통이 밀물처럼 그의 마음 안으로 들어오는 것을 느꼈다. 또다시 그네가 흔들렸다. 뱃속 아기는 나오려면 아직 멀었고 시간이 느리게 흐르고 있었다. 그네 분만기에 앉아 있는 아이는 정말 하늘의 별을 바라보며 놀이터 그네에 앉아 있는 것만 같았다. 마치 학창시절의 수업시간처럼.

그때는 김 원장 자신도 아이였다. 그때 시간은 왜 그리 가지 않았을까. 반 아이들은 어서 수업이 끝나기만 고대했다. 수업이 끝나려면 멀었고 그래서 아이들은 그 시간을 견뎌내야만 했다.

"첫사랑 이야기 해주세요!"

누군가가 큰 소리로 외쳤다.

하지만 선생님은 분필을 잡은 채 칠판에 글씨만 쓰고 있을 뿐이었다. 다른 아이들은 기다렸다는 듯 첫사랑, 첫사랑을 외쳤고 그것은 이상한 외계 신호라도 되는 것 같았다.

그는 아무도 그에게 묻지 않는 첫사랑이 떠올랐다. 술기운 탓인지 아니면 마지막 밤이기 때문인지 알 수는 없었다. 반 아이들은 선생님의 첫사랑 이야기가 듣고 싶어서 그런 걸 물어보는 게 아니라 지겨운 수업이 받기 싫어서였다. 그 생각에 미치자 그는 마음속에서 무언가가 흔들리는 것을 느꼈다.

그래, 마지막의 반대는 처음이지.

마지막과 처음은 먼 것 같으면서도 가까웠다. 첫사랑, 그녀는 환하고 싱그러웠다. 첫사랑…… 자신도 모르게 그는 그녀를 떠올렸다. 가슴속에서, 쩌르르 울림이 왔고 통증은 일지 않았으나 가벼운 어지럼증이 일었다. 논에서 사는 거머리가 그의 머릿속 피를 착하게 빨아먹는 느낌이었다. 그녀는 흔들리고 있었고 그녀의 곱슬거리던 머리카락을 만지작거리던, 네 살 된 그녀의 어린 딸아이가 떠올랐다. 그는 다시 부끄러워졌다. 그의 닳아빠진 카디건의 보풀을 떼어준 적이 있던 여자. 삼 년쯤 여자의 집에 드나들었다. 이상하게도 그녀의 모습이 처음과 마지막처럼 겹쳐지고 있었다.

도톰한 입술이었다. 약간 튀어나온 입술에 가까웠지만 보기 싫지는 않았다. 하지만 그녀는 그 입술이 싫었던 것 같았다. 입술을 숨기기 위해 늘 붉은색 립스틱을 발랐다. 입술 위에 또 다른 입술. 여자는 그를 삼촌이라고 불렀다. 그때 그는 가난한 대학생이었고 그녀는 잘 아는 선배의 부인이었다. 교단에서 첫사랑 이야기를 하는 선생님들은 얼마나 부끄러울까. 그는 그때 늘 배를 곯았다. 선배는 학교와 가까운 곳에서 살고 있었다.

어느 날 선배가 집으로 점심 초대를 했다. 선배와 집 앞 골목에 서 있는데, 차 한 대가 슈퍼를 지나 연립 주차장으로 들어와 멈췄다. 선배의 차였다. 어린 딸을 안은 선배의 부인이 차에서 내렸다. 곱슬거리는 머리카락은 라일락 잎이 날리는 것처럼 바람에 나부꼈다. 봄이었고 여자는 봄비처럼 옷을 입었다. 여름이었으면 여름비처럼 입었겠지. 가을이었으면 겨울이었으면…….

여자는 달력처럼 그에게 계절을 느끼게 했었다. 마주보고 있을 때마다 달력이 한 장씩 넘겨지는 것 같았다. 어찌된 일인지 선배를 향해서는 경쟁심이나 시기가 느껴지지 않았다. 그는 네 살 된 어린 딸아이에게 질투를 느꼈다. 그녀가 온통 어린 딸에게 관심이 집중되어 있었기 때문이었다. 어린 그녀의 딸은 곱슬곱슬한 엄마의 머릿결에 얼굴을 묻다가 다시 엄마 머리를 잡아당기더니 뭔가를 달라고 떼를 썼다. 차에서 나온 선배가 아이를 받아 안을 때까지 계속 그랬다. 봄 여름 가을 겨울 같은 여자, 그의 마음이 온통 그녀에게 가 있었다. 이 십 대에 찾아온 이상한 계절이었다. 그때를 생각하면 봄이 보이고 여름이 보이고 가을이 보이고 겨울이 보였다. 학교에서도 거리에서도 그의 눈앞으로 지나가는 여자들은 많았으나 그에게는 오직 그녀라는 계절뿐이었다.

머리카락…… 그녀의 머리카락은 밭 같았다. 시골의 밭. 논보다는 집과 조금 떨어져 있는 작은 밭이었다. 무당벌레도 볼 수 있는 작고 작은. 기름지고 하지만 저녁에 머리를 빗으면 한 올의 머리카락이 빠지기도 하는. 내년에는 무엇을 심을까. 어린 딸아이가 그 밭의 주인이었다. 그녀의 머리카락은 고랑처럼 구불구불하기도 하고, 어느 날은 메말라 보이기도 했다.

여자가 잡채를 다시 팬에 데웠다. 그는 그날을 다 기억하고 있었다. 잡채가 팬에 눌어붙지 않도록 나무젓가락으로 열심히 뒤적거렸다. 그녀가 갈색 앞치마를 두르고 있었던 것까지도 기억이 났다. 그녀가 상 위에 잡채 그릇을 올릴 때 그는 슬쩍 옆모습을 바라보았다. 콧등에 땀이 배여 있었고 입술에는 붉은 립스틱이 칠해져 있었다. 그는 어린 딸아이가 상 위에 있는 그릇을 바닥에 엎을까 봐 신경이 쓰였다. 우리 집 말썽꾸러기 대장이야. 하나도 우습지도 뿌듯하지도 않은 말을 선배는 큰 소리로 그에게 일러주었다. 어린 딸아이는 엄마

등 뒤로 가서 업어달라고 떼쓰고 있었다. 곱슬거리는 엄마의 머리카락을 쥐고 있는 아이가 질투가 나서 그는 바라보았다. 바지락이 들어 있는 미역국을 한 입 떠먹으면서 그녀의 어린 딸아이를 계속 바라보았는데, 사실은 그 장면이 너무 신기해서였다. 그는 그런 어린 시절을 가져본 적이 없었다.

'성호, 내 이름이 성호였었지.'

어린 딸아이도 그를 삼촌이라고 불렀다. 그는 그렇게 불리는 게 싫지 않았다. 가족처럼 이 집을 자주 찾을 수만 있다면.

"아아……."

순간 김 원장은 자신의 그네에서 벌떡 일어났다.

"숨을 내쉬어요. 길게 후우 내쉬고 후우우……."

"아, 아아…… 아파요"

"곧 아기 머리가 보일 테니 조금만 참아요."

여자아이의 목소리가 다시 떨렸다. 아이가 갑자기 힘을 주었다. 하지만 아직은 아니었다. 아기가 나오려면 아직도 멀었다. 김 원장도 답답했다. 쓸 만한 기계는 이사를 위해 이미 다 중고상에 넘겨서 초음파 기계도 쓸 수 없었다. 그래도 다행히 여자아이는 몸이 건강한 편이었다. 문득 그는 죽 집에 전화를 건 기억이 났고 배달이 늦어지고 있다는 것을 깨달았다. 비가 오는 데다 영업 끝날 시간이라서 주인이 좋아하질 않았다. 어린 산모가 먹을 거라고 하자 마지못해 죽 집 주인이 알았다고 대답을 했다.

여자아이의 표정이 일그러졌다. 진통이 심해지고 있었다.

"······너무 아파요······."

다시 숨을 참다가 길게 내쉬었다. 김 원장의 그네가 흔들리고 있었다. 여자아이가 눈을 떴다. 어두운 창밖을 바라보았다. 저 눈빛은 어디를 향하고 있는지, 과녁이 없는 희미한 눈빛이었다.

"간호사가 곧 올 거예요. 조금만 참아요."

"아, 아아아아······."

"후우우······ 후우우······ 숨 쉬세요······."

"아기가······ 뒷걸음질 쳐요······."

여자아이가 작은 목소리로 울부짖었다. 이 간호사는 어디에 있는 것일까. 무엇을 해야 하는지, 아이가 이 시간이 아프고 무섭지 않게, 의사인 자신이 어떻게······ 아이에게도 첫사랑이 있겠지? 그래, 첫사랑 이야기를 해달라고 하자. 그의 그네가 또 흔들리고 있었다. 아이가 선생님처럼 그에게 첫사랑 이야기를 해주다 보면 진통을 잊을지도 몰라. 그네에 앉은 김 원장은 자신도 진통으로 이상해져가고 있는 것이라고 생각했다. 여자아이에게 졸라볼까. 그가 아이의 곁으로 다가가는 순간, 눈을 크게 떴다.

"내 몸에 손대지 마!"

여자아이에게 다시 첫사랑 이야기를 해주고 싶었다. 꿈처럼 여자아이가 이 시간을 잊을 수 있을 때까지. 꿈처럼 이 시간을 잊고 싶었다.

언젠가 한 번은 주말에도 첫사랑의 집에 갔었다. 뒤늦게 대학원 공

212

부를 하던 선배는 어린 녀석과 놀아주기 힘들다면서 미안해하며 그를 불렀다.

그녀는 식탁에 앉아 알타리무를 다듬던 중이었다. 왜 알타리무를 보는 순간 선배의 말이 떠올랐는지 그 자신도 알 수가 없었다. 가난한 나 만나 고생이지 뭐. 술잔을 기울이며 선배는 그런 말을 했다. 지금 사는 연립 전세금도 장인이 해주었다고 했다. 집을 분양받아서 내년에는 이사 가게 될 거라고도 했다. 어떤 말을 하다가 그 말이 나왔는지는 모르지만 장인 입맛이 까다롭다는 말까지 했다. 우리 장인은 밥 먹을 때도 생 토마토를 잘라 밥에 비벼먹는다. 마치 게장처럼 말이야, 건강을 어찌나 챙기는지 몰라. 선배의 눈빛은 불안하게 떨리고 있었다. 선배와 그는 둘 다 시골 부모 밑에서 자란, 가난하고 그저 그런 출신이었다. 그는 자신의 초등학교 졸업식 날을 떠올렸다. 우등상을 받고도 농사일 때문에 부모님이 오지 않아 혼자 눈물을 흘렸었다.

그녀는 신문지를 깔고 주방에서 알타리무를 다듬었다. 집안일이 피곤한지 입가에 물집이 잡혀 있었다. 사과 깎듯이 하나씩 하나씩 칼로 깎고 있었다. 알타리무 다듬는 일에는 서툴렀다. 친정이나 시댁에서 김치를 가져다 먹다가 이제 남편을 위해 알타리무 김치를 담아보려는 모양새였다. 그녀는 콧등의 땀을 손등으로 훔쳐가며 조심스럽게 부엌칼로 무를 깎았다. 시골 어머니는 알타리무를 다듬을 때 그렇게 깎거나 하지 않았다. 알타리 한두 단도 어머니 손에서는 금방 손질이 끝났다. 어머니는 칼로 알타리무를 깎는 게 아니라 쓱쓱 그 부분을 재빠르게 칼로 긁어냈다.

"제가 도와드릴까요."

그녀는 뭔가를 들킨 듯 난감한 얼굴이 되었다. 습관인 듯 입술이 벌어져 있었는데 그는 그런 그녀의 모습이 좋았다. 그녀는 삼촌이 어떻게 이걸 하겠느냐는 표정을 지었지만 알타리무를 다듬는 일은 늘 어머니가 하던 일이었다.

그는 여자 옆에 앉아서 알타리무를 다듬었다. 알타리무를 쥔 여자의 손이 유난히 희었다. 얇은 결혼반지가 반짝거렸다. 그는 어머니가 하던 대로 쓱쓱쓱 알타리무의 겉 부분을 빠르게 칼로 긁었다. 어머나, 이런 방법도 있었네요, 하며 그녀가 웃었다. 여자의 칭찬에 호두같이 울퉁불퉁한 감정이 부드럽게 갈리는 느낌이었다.

해가 떴고 그녀의 눈빛과 마주치면 무언가 그의 안에 있던 욕구불만이 잦아들었다. 그날부터였을까. 밤이면 그의 마음 안에서 붉은 입술이 벌어졌다. 왜 이런 상상만 할 수밖에 없는 것일까? 촌놈이라 그렇지. 그는 절망했다. 문득 그는 만약 자신이 여자였다면 그녀의 영향을 받아서 붉은 립스틱을 사거나 머리를 파마하거나 그도 아니면 비슷한 요리들을 해보았을 거라고 생각했다. 하지만 그는 남자였고 그는 이제 날마다 그녀와 자는 꿈을 꾸었다. 넣어도, 넣어도 끝이 보이지 않았다.

단점 하나가 여자에게 있었다. 강박적인 성격이었다. 그 모습조차도 그는 귀여웠지만. 어린 딸아이가 감기에 걸려 소아과에 다녀온 날이었다. 그녀는 약봉지를 식탁 앞에 놓고 집안일을 하고 있었다. 여자는 문득 생각났다는 듯이 식탁으로 오더니 약봉지를 들여다보았다. 조금 전에도 그랬던 것 같았다. 어딘가 초조한 듯이 보여서 물어보았다. 약봉지에 적힌 '식후 30분' 때문이었다. 일 분이라도 넘겨서 약을 먹으면 딸아이에게 큰일이 나는 줄 알고 그녀는 시간을 계속 재고 있었다.

가로등이 있었다. 그 아래에서 그녀와 서 있었다. 그랬다. 그런 날이 있었다. 우리는 무엇을 했을까. 가로등 아래에서는 아무것도 할수가 없었다. 날아다니는 곤충들이 보고 있었으니까. 나방. 땅에 있던 개미도 우리를 보았을 테지. 지금도 우리를 기억할지도 모른다. 먹색을, 어두운 밤 색깔을.

그녀의 손에 들린 것은 선배의 먹색 카디건이었다. 그 카디건에서 밤의 냄새와 그녀의 손 냄새가 났다. 그녀는 그의 낡은 카디건을 기억했던 것일까. 다 떼어낼 수 없을 만큼 많은 보풀들, 살아 움직이던 보풀들…… 그녀는 이를 잡듯이 그의 카디건에 있던 보풀들을 떼어준 적이 있었다. 먹색이었다. 선배가 입지 않는 색이라고 했다. 감각이라곤 없는 그가 입기에 좋은 색이었다. 선배의 냄새는 하나도 나지 않고 옷에서 어린 딸아이의 냄새가 났다.

한 번은 시내에 갔다가 정말이지 우연히, 햄버거 가게에서 딸아이와 앉아 있는 그녀를 보았다. 누구에게도 말한 적이 없지만 그는 유행하고 있던 패스트푸드점을 그때까지도 한 번도 가본 적이 없었다. 그곳은 어쩐지 촌스러운 자신은 쉽게 들어갈 수 없는 곳 같았다. 복학생 느낌의 옷을 입고 있었고 얼굴에서도 시골에서 올라온 티가 났다.

맞은편 계단에 숨어 앉아 그녀를 바라보았다. 감자튀김이 담긴 종이봉지를 뜯은 그녀가 종이봉지 한쪽에 일회용 토마토케첩을 짰다. 어린 딸아이는 어서 달라고 보챘고 그녀가 얼른 감자튀김 하나를 토마토케첩에 묻혀 아이의 입에 물려주었다. 아이는 두 손으로 탁자를 치고 등으로 의자 등받이를 흔들면서 받아먹었다. 아이는 미키마우스 티를 입고 있었다. 그녀는 키티 고양이가 그려진 손가방을 들고 있었는데 여전히 입술이 붉었다. 붉은 고양이처럼.

그날 오후에도 어린 딸아이와 놀아주어야 했다. 선배가 부탁을 했기 때문이었다. 청진기를 가져와 딸아이와 병원놀이를 하며 놀았다. 아이가 윗옷을 들추고 배를 내보였다. 아이는 참외 배꼽이었다. 쿵쿵쾅 건강한 심장 뛰는 소리가 들렸다.

딸아이는 놀다 지쳐 잠이 들었고, 그는 방을 나가려고 일어나다가 책장에 꽂혀 있는 동화책들 사이에서 낯선 책 한 권이 있는 것을 발견했다. 쇼펜하우어 책이었다. 왜 이 책이 아이 방에 있을까. 그가 그 책을 펼쳐보려고 할 때 그녀가 간식을 들고 들어왔다. 그는 그녀가 준 간식을 늘 먹었고 다 비웠다. 오래전 시골에서 살았을 때는 간식이란 게 없었다. 그는 간식이 올 때마다 신기했고 메뉴가 늘 바뀌는 것에 감탄했다. 나오는 음료도 자주 바뀌었다. 직접 만들었다는 식혜가 나온 적도 있는데 처음 먹어보는 맛 같았다. 쇼펜하우어의 책을 들춰보고 있던 그를 보고 그녀가 말했다. 필요하면 가져가서 읽으세요, 라고. 그날 그녀의 눈빛이 쓸쓸했고 어찌된 일인지 처음으로 그녀가 외로운 듯했다. 첫사랑이 외로울 수 있다는 것을, 그는 그때 처음 알았다.

선배는 새 집으로 입주해갔다. 선배가 자신을 불러주기를 바랐지만 전화는 오지 않았다. 딱 한 번 학교 구내식당에서 같이 점심을 먹었을 뿐이었다. 어린 딸아이는 유치원에 잘 다니고 있었고, 선배는 이제 그에게 부탁 같은 것을 하지 않았다.

김 원장은 다른 누군가와 결혼했다. 그녀와 전혀 다른 아내는 얼마 전에야 그의 곁을 떠났다.

첫사랑이라니. 아기를 받기에도 모자라는 시간이었다. 그는 눈시울이 붉어지는 것을 느꼈다. 그네에 앉아 있는 여자 아이처럼 배가 아파왔다. 첫사랑의 진통일까. 정말 늙어가는 모양이라고 그는 생각했다. 그녀는 그때 이상한 계절처럼 그를 찾아왔고 그렇게 사라져갔다. 그렇다고 그녀의 계절이 오지 말라고 문을 닫아걸 수는 없었다. 갓 태어난 수많은 아기들도 이곳을 떠났다. 거리를 지나가다 보면, 이 중에 혹시 내가 받은 아기가 있지 않을까, 그런 생각이 들기도 했다. 슬픈 일이었다. 김 원장은 이곳에서 태어난 아기가 다 자라서 복수를 품고 찾아오는 그런 꿈을 꾼 적도 있었다. 어쩌면 그들의 탄생은 그들의 몫이 아닐지도 몰랐다. 그의 그네가 이리저리 흔들리고 있었다.

"지금…… 몇…… 시쯤…… 되었어요?"

여자아이가 그에게 물었다. 김 원장은 자신만의 그네에 앉아 있었고, 여자아이에게 아무 말도 해줄 수가 없었다. 아직 자궁이 다 열리지 않았다는 말도 할 수 없었다. 보통의 산모보다 진통 시간이 더 길었고 그래서 진통이 잦아들기를 기다리는 수밖에 없었다.

"……엄마."

여자아이가 손으로 침대 시트를 움켜쥐었다.

아이가 시트를 잡아당기면서 말했다. 꾹 다문 여자아이의 입가에 물집이 잡혀 있었다. 어서 이 시간이 지났으면. 김 원장은 속이 울렁거렸다. 왜 이렇게 된 거지? 김 원장은 주저앉아 잠시 쉬고 싶었다. 다시 첫사랑이 떠올랐고 왜 시간이 이렇게 더디게 가고 있는지, 그래, 다시 무언가 떠오르고 있었다. 여자는 지금도 식후 삼십 분을 지킬까, 쇼펜하우어를 기억하고 있을까, 그녀는 지금도 나를 기억하고 있을까! 그때의 나를 기억하고 있을까, 어린 딸아이는 자라서도 엄마의 그 곱슬거리는 머리카락을 쥐고 있으려나.

첫사랑, 이 밤이 더 먼 어딘가로 가는지, 자신의 마음이 어디로 움직이는지. 이제야 삼촌이 된 것 같았다. 희미한 그림이 김 원장의 마음 안에 그려졌다. 그녀가 이제 붉은 립스틱을 바르지 않을지도 모른다는 생각이었다. 여자아이의 진통이 다시 잦아들고 있다. 상처가 났나? 여자아이의 꾹 다문 입가에 물집이 잡혀 있었다. 숨이 잠시나마 고르게 이어지고 김 원장의 마음에 있던 필름도 숨을 고르고 있었다.

첫사랑을 붉게 비추는 것이었다.

그는 그녀의 집 전화번호를 아직도 기억하고 있다. 하지만 걸어본 적은 없었다. 그가 그녀에게 어떤 짓을 한 것이 없음에도 가정을 지키고 있지 않을까 봐 김 원장은 겁이 났다. 그때 여자아이가 힘을 주기 시작했다. 고통스러운 신음을 내뿜으며 달리는 기차처럼 곧 목적지에 도착할 것이었다. 길의 끝이 보이겠지? 그때 여자아이가 다시 몸을 웅크렸다. 이 간호사는 왜 오지 않을까. 밤은 또 다른 밤으로 흐르고 있었고 병원은 여자아이의 신음소리뿐이었다. 여자아이는 공을 배 안에 넣고 공연하는 슬픈 피에로 같았다. 참을 수 없는지 여자아이가 두 발을 다시 모았다.

무슨 소리지? 다시 문 두드리는 소리가 들렸다. 이 간호사의 투덜거림이 들렸다. 지금까지 무얼 하고 이제야 온 것일까. 문 두드리는 소리가 다시 멈췄다.

밖으로 나오자, 죽 가게 주인이 마티즈 차창을 열고 죽이 든 종이가방을 내밀었다. 친절한 표정은 아니지만, 이 시간에 와준 것만도 고마운 일이었다.

"산모인가요?"

"예, 그런 셈이지요."

바깥바람이 차가웠다. 비는 그칠 것 같지 않은데 아기는 언제 나오려는 것일까. 손을 내밀어볼까? 아기가 그의 새끼손가락을 꽉 오므려 잡았으면 싶었다. 태어난 것 역시 어쩔 수 없다는 듯이 나와 주었으면. 그때였다. 아아아악 여자아이의 비명이 들려왔다.

"개자식아!"

발악하듯 소리를 질렀다. 욕을 하는 걸 보니 거의 마지막에 다다랐다. 눈에 힘을 주니 실핏줄이 터질 것 같았다.

"힘을 줘요!"

아기들은 왜 울고 나오는 것일까. 김 원장은 자신이 잘 울지 않아서 이런 날을 맞이한 것만 같았다. 그는 아기가 저 먼 바다로 헤엄쳐서 가버렸으면 싶었다. 물고기가 있는, 햇살이 물살 위로 비치는 더 아름다운 곳으로 갔으면 싶었다. 엄마를 위해 웃고 나와야 하는 것이 아닐까? 스마일. 볼이 발그레해져서. 태어난 아기들은 하나같이 못생겼다.

양수가 터졌다.

회음부 절개를 한 다음 두 손으로 아기를 받아냈다. 딸이었다. 아기의 입안에 든 분비물을 기구로 빨아내고 엉덩이를 두드리자 가느다란 울음을 울었다. 아기는 마치 울고 싶지 않은데 억지로 때려서 운다는 억울한 표정을 지었다. 이 간호사의 몫까지 그가 해내야만 했다. 그의 손놀림이 빨라졌다. 아기는 이제 어쩔 수 없다는 듯 태어나서 가장 먼저 배운 울음을 울었다. 인간들이 잘 우는 것은 태어나서 가장 먼저 배운 것이라 그런지도 몰랐다.

여자아이가 말없이 누워 있다. 아이는 엄마가 된 것이었다. 꼬물거리는 아기를 보고도 여자아이는 눈을 뜨고 싶지 않은 것 같았다. 놀라움에도, 이 병원의 냉기에도, 울음소리에도, 피 냄새에도. 여자아이는 입술을 다물고 있었다. 문득 그는 아이에게서 오래전의 붉은 입술을 느꼈다.

아기는 불빛 때문에 눈이 시린 듯 얼굴을 찡그렸다. 배가 고픈지 작은 몸에 힘을 주기 시작했다. 손가락을 대자 그의 손가락을 꽉 오므려 잡았다. 몸이 붉었다. 털이 없는 갓 태어난 붉은 새끼 고양이처럼. 살고 싶다고 했다. 그가 준비해놓은 깨끗하고 작은 이불 속으로 아기는 들어갔다. 그때 갑자기 병원 문을 두드리는 듯한 소리가 들렸다. 이 간호사일까. 도대체 어딜 다녀온 것일까.

"진짜 마지막 손님이에요?"

"……그럴까?"

"왜요?"

이 간호사가 되물었다.

갑자기 바람이 불어왔다. 그는 다시 문단속을 하려고 나갔다. 겨울이 언제쯤이나 봄을 낳으려는지. 밖에는 아무도 없었다. 문단속을 하고 다시 분만실 안으로 들어갔다. 그녀는 저 혼자 흔들리고 있었다.

"이곳에 오는 여자치고 사연 없는 여자가 있을까요?"

이 간호사는 어딜 다녀온 것일까. 갓 태어난 붉은 고양이가 이불 속에서 김 원장을 바라보았다. 다시 기나긴 한 계절이 지나갈 것이었다.

김경나   2011년 《경인일보》 신춘문예 「비단길」로 등단.

완벽한 장례

황보윤

그의 가족은 일 년에 한 번 모여 저녁 식사를 했다.

저녁 여섯 시, 그는 하이테크 소재의 검정색 양복을 입고 식당에 나타났다. 아내의 연금으로 새로 구입한 옷이었다. 검은 양복을 돋보이게 하려고 받쳐 입은 흰 와이셔츠가 백발과 잘 어울렸다. 인공척추 시술을 받은 그의 허리는 장대처럼 꼿꼿했다. 발 도장을 찍듯 다부지게 걷는 그의 걸음걸이는 놀랍게도 청년 같았다. 그는 가족이 늘 앉는 지정석으로 걸어갔다. 창밖이 내려다보이는 전망 좋은 자리였다. 백오십 층의 높이에서 창 아래를 내려다보면 아찔했다. 높은 빌딩들이 장난감 블록처럼 빼곡히 박혀 있었다.

딸과 딸의 아이가 나란히 앉아 심각한 대화를 나누고 있었다. 딸의 복장은 우중충했다. 작년에 입었던 것과 같은 것으로, 발열섬유로 된 카키색 코트였다. 그는 눈살을 찌푸렸다. 굳이 그 옷을 입고 나온 딸의 저의가 의심스러웠다. 그럴수록 뻔뻔해져야 했다. 그는 만면에 웃음을 띠고 딸에게 다가갔다.

"나, 왔다."

그의 목소리에 깜짝 놀라 딸이 고개를 들었다. 그를 본 순간, 딸은 벌린 입을 다물지 못했다. 눈앞에 서 있는 허리가 꼿꼿한 노인이 아버지라는 사실을 믿을 수 없다는 표정이었다. 딸은 그가 전동휠체어를 타고 올 것으로 생각한 모양이었다. 삼 년 전 겨울, 그는 술을 마시고 돌아오다 무빙워크에서 넘어져 척추를 다쳤다. 인공척추가 아니었다면 오늘도 헬스케어로봇에 의지해 나왔을 것이다.

"딴 사람인줄 알았어요."

딸의 말에 가시가 돋쳐 있었다.

"수술은 언제 하신 거예요?"

"석 달쯤 됐다."

"설마, 연금을 다 쓰신 건 아니죠?"

딸은 의심의 눈초리로 그를 바라보았다. 그는 딸이 실망할까 봐 고개를 가로저었다. 어차피 알게 되겠지만 미리 말해서 즐거운 식사를 망치고 싶지 않았다. 딸은 안도의 한숨을 내쉬며 보일 듯 말 듯 미소를 지어 보였다. 둥글게 쌍꺼풀진 눈이 초승달처럼 가늘어지며 새 발자국 같은 주름이 눈가에 깊이 패었다. 일 년 새 딸의 얼굴은 몰라보게 시들어 있었다. 그의 나이가 예순여덟이니 딸의 나이는 마흔다섯이었다. 나이에 비해 노화가 빨리 진행된 편이었다. 비타민 주사 투여와 항산화 식품 복용, 고단백 영양제 섭취가 제때 이루어지지 않아서일 것이다. 경제적으로 그만큼 여유롭지 못하다는 말이기도 했다.

딸은 대규모 세탁 공장에서 일을 했다. 세탁 로봇의 미세한 오작동을 모니터링하는데 독한 세제와 뜨거운 열기, 표백과 살균 시에 발생하는 화공 약품 냄새 때문에 두통이 심하다며 만날 때마다 푸념을 늘어놓았다. 학창 시절 자신이 남들보다 공부를 못한 이유가 부모에게 있다는 것이었다. 그는 죽은 아내에게 책임을 돌렸다. 아내는 딸을 만들 때 수정란이 아니라 다른 일에 마음을 쏟았다.

아내와 그는 결혼과 임신, 출산 제도가 사라지던 해에 딸을 만들었다. 오랜 청년 실업으로 결혼과 출산 기피 현상이 지속되고, 출산율이 제로에 가깝게 떨어지자 국가에서는 획기적인 카드를 내놓았다. 그것은 취업과 결혼, 자녀 양육으로부터 자유로운 일인 가구의 도입이었다. 일인 가구 생애시스템은 이십 년씩 사 단계로 세분화하여 이십 세까지는 국가교육기관에서 직업에 필요한 교육을 받고, 사십 세까지는 의무적으로 한 사람의 교육비를 납부하며, 육십 세까지는 자신의 연금을 붓고, 팔십 세까지 연금을 받아 생활하는 제도였다. 연금 종료시기인 팔십 세가 되면 병이 들었거나 건강하거나 안락사주사로 생을 마감해야 한다는 조항이 붙었지만 오랜 논의 끝에 통과되었다. 팔십 세 정도면 살만큼 살았다는 생각을 가진 젊은 층의 찬성표가 결정적이었다. 누구에게나 집과 직업이 주어지고 노후가 보장된다는 것 하나만으로도 사람들은 생애시스템을 열렬히 환영했다. 그도 거기에 한 표를 던졌다.

그와 아내는 바이오센터에 가서 정자와 난자를 제공하고 열 개의 수정란이 착상되는 과정을 지켜봤다. 성공적으로 착상된 수정란 중 하나가 딸이 되었다. 바이오센터에서 불임 시술을 받은 그들은 국가에서 제공한 각자의 오피스텔로 돌아갔다. 그로부터 열 달 동안 아내와 그는 바이오센터에서 띄워준 수정란의 홀로그램을 보며 그들이 원하는 아이를 상상했다. 그가 하루도 빠짐없이 그 작업에 몰두할 수 있었던 이유는 따로 있었다. 자식의 미래가 부모의 월급에 보탬이 되기 때문이었다. 자식이 졸업과 동시에 연구원이나 기계공학자, 컴퓨터 프로그래머, 교수와 의사 등의 직업군에 속하게 되면 부모 월급에 십오 퍼센트의 인센티브가 붙었다.

그는 최선을 다했다. 그러나 아내는 아니었다. 그가 수정란에 온 정신을 집중하고 있을 때 아내의 에너지는 자주 분산되었다. 사이버섹스에 막 눈 뜬 아내는 하루 한 시간도 온전히 수정란에 집중하지 못했다. 아내는 수정란에 집중하는 것이 아이의 두뇌에 영향을 미친다는 국가의 시책을 비웃었다. 아내는 수정란이 달걀의 유정란과 다르지 않다고 말했다. 부화기에서 태어난 아이가 어떻게 우리 자식이냐고 따져 묻는 아내에게 그는 역사를 전공한 사람답게 조목조목 반박했다. 먼 옛날 조선시대의 명문가에서 자식을 잉태하고 출산하는 과정이 남달랐다는 것을 예로 들었다. 그들은 아이를 갖기 전에 기도와 정성을 드리는 것은 물론 임신한 아내는 남편과 잠자리를 갖지 않고 오로지 태아에만 집중했다. 그 과정은 생각이 무르익어 창조와 발명으로 이어졌던 인류의 역사와도 무관하지 않았다. 아내는 도무지

설득되지 않는 여자였다. 그가 아내를 선택한 것은 빼어난 외모 때문이었다. 그의 유전자와 아내의 유전자가 합쳐지면 가장 완벽한 아이가 태어날 거라 믿었다. 그의 생각은 반은 적중했고 반은 빗나갔다. 딸은 예뻤지만 학습 능력이 떨어졌다. 아내의 책임 방기로 딸은 전두엽 발달이 원활하게 이루어지지 못했고 졸업과 동시에 세탁 공장에 배치되었다.

"넌, 인사 안 하니?"

스마트폰으로 띄운 홀로그램을 들여다보던 아이에게 딸이 눈치를 줬다. 아이가 굼뜨게 고개를 들자 눈앞에서 홀로그램이 사라졌다. 홍채 인식 기능이었다. 아이는 마지못해 인사를 했다. 아이는 진회색 터틀넥 스웨터에 낡은 청바지 차림이었다. 아이의 표정에서 반가움이라곤 찾아볼 수 없었다. 아이의 나이가 스물다섯이니 다섯 번째 만남이지만 한 번도 밝게 웃는 모습을 보지 못했다. 그는 그 나이 적 자신의 모습을 보는 것 같아 씁쓸해졌다. 아이의 생김새는 그와 흡사했다. 가무잡잡한 피부색과 호리호리한 체격, 유인원처럼 길쭉길쭉한 팔다리가 그랬다. 그러나 두뇌는 딸을 그대로 빼다 박았다. 아이의 직업이 가정용 로봇 수리공인 것을 보면 알만한 일이었다. 과거의 직업 대부분을 로봇과 인공지능 컴퓨터가 차지하고 있었다. 새로운 가치를 창조하는 일에 종사하지 못하는 인간이, 기계보다 못한 직업에 배치되는 건 어쩌면 당연한 일이었다. 그는 아이의 거친 손마디가 못마땅해 옆으로 고개를 돌렸다.

옆 테이블에서는 두 사람이 스테이크를 먹고 있었다. 부부로 보이는 젊은 두 사람은 오가닉 코튼 소재의 도톰한 니트를 입고 있었다. 가뭄으로 인해 목화 생산이 어려워진 탓에 순면은 구하기가 어려웠다. 값비싼 면 옷은 상류층의 상징이었다. 그들은 우아하게 웃으며 이야기를 나누고 있었다. VIP석인 식탁 주위에 봄꽃이 홀로그램 영상으로 피어났다. 그들의 귀에만 들리는 음악은 아마 봄과 관련된 음악일 것이다. 멘델스존의 봄노래일까. 딸과 손자가 그의 뒤를 이어 교수가 되었다면 그의 가족이 그 자리를 차지했을 것이다. 아쉬운 마음에 그는 입맛을 쩟쩟, 다셨다.

그가 최고급 스테이크를 맛볼 수 있는 기회는 일 년에 딱 한 번, 가족 모임뿐이었다. 대부분의 음식이 간편 조리 형태로 만들어져 시판되고 있었지만 그렇다고 해서 소고기 갈빗살이나 등심, 해산물 류의 음식이 사라진 것은 아니었다. 재료 원가가 비싸고 조리 절차가 까다로운 음식은 고급 식당에서나 맛볼 수 있었다. 그러나 가격이 워낙 고가여서 고액 연봉자가 아니라면 꿈도 꿀 수 없었다.

"미쳤군, 흰 면 옷을 입고 음식점이라니. 하긴 돈 많은 것들이니 뭐는 못하겠어?"

딸의 눈꼬리가 치켜올라갔다. 딸은 흰 옷을 입은 사람들만 보면 필요 이상으로 흥분했다. 딸에게 눈부시게 흰 옷이란 손만 많이 가는 빨랫감일 뿐이었다.

딸이 식탁 위의 한 지점을 누르자 허공에 메뉴 홀로그램이 떠올랐다. 스테이크 메뉴를 보자마자 그의 혀밑에 침이 고였다. 고기가 어금니에 씹혀지며 달짝지근한 육즙이 배어나오는 상상만으로도 침이 고이다니. 빠진 어금니와 함께 사라졌던 미각이 되살아나고 있었다. 얼마 전에 시술한 인공치아 덕분일 것이다. 오늘 제대로 씹는 맛을 느껴볼 생각에 그는 벌써부터 기분이 좋아졌다.

"나는 꽃등심 스테이크!"

"스테이크요?"

딸이 또 한 번 놀란 토끼 눈을 했다. 그는 어금니가 빠진 뒤로 가족 모임에서 양송이스프만 먹었기 때문이다.

"이 새로 한 거 안 보이냐?"

그는 입을 크게 벌리고 잇속을 보여주었다. 새로 심어진 인공치아는 종마의 어금니처럼 튼튼해 보였다.

"인공치아까지! 아까는 다 쓴 건 아니라면서요?"

그는 아차 싶었다. 인공치아를 자랑하려는 마음이 앞서 연금에까지 생각이 미치지 못했다. 이미 엎질러진 물이었다. 그는 다급하게 물을 주워 담았다.

"아, 인공척추에 다 들어간 건 아니라는 얘기였지."

"그래서 한 푼도 안 남겼다구요?"

"……"

딸은 충격을 받았는지 입을 딱 벌렸다. 누렇게 뜬 얼굴이 햇볕에 오래 노출된 가죽의 표면처럼 뻣뻣해졌다. 딸의 얼굴이 혈색 없이 누리끼리한 것은 신장이 안 좋기 때문이다. 딸의 신장병은 아내의 유전 인자였다. 신장을 이식하려면 그만한 돈이 필요한데 딸은 직업상 저금할 형편이 되지 않았다. 설상가상으로 딸의 남편까지 교통사고로 일찍 죽었다. 연금을 다 붓지 않고 죽은 경우라 받을 것이 없었다. 딸은 아무런 혜택도 보지 못했다. 남편이 죽고 없으니 딸이 기댈 수 있는 사람은 유전적 아버지인 그가 전부였다. 딸은 아내가 죽고 난 다음부터 유별나게 화상 통화를 자주 걸어왔다. 그의 건강을 물어왔지만 어쩐지 빨리 죽기를 바라는 것 같아 인공척추 수술을 받은 뒤부터는 통화 수신 거부를 해놓고 있었다.

"이가 없으니까 살맛이 안 나더라. 죽이라도 씹어 먹어야지."

그는 최대한 처량한 표정을 지어 보였다. 딸이 싸늘한 눈길로 그를 쳐다봤다. 얼굴의 한 점에 구멍이 뚫릴 것 같아 그는 딸의 시선을 외면하며 손자에게 주문을 권했다. 아이는 메뉴 란에서 치킨샐러드를 터치했다. 그가 스물에서 마흔까지, 이십 년 동안 먹었던 샐러드와 별반 다르지 않았다. 가족모임의 식사비는 사람 수에 따라 국가에서 지급되었다. 추가 비용을 물지 않으려면 지급된 돈에 맞춰 주문해야 했다. 그가 생을 마감하면 손자도 양장본 두께의 두툼한 스테이크를 맛보게 될 것이다. 손자가 안쓰러울 것은 없었다.

홀로그램이 떠오르며 음식이 나왔다는 알람이 울렸다. 식당의 조리 과정은 전자동 기계 시스템으로 이루어졌다. 서빙 로봇이 음식을 담은 트레이를 들고 소리 없이 다가왔다. 방금 조리된 스테이크가 핫

플레이트에 담겨져 모락모락 김을 피워 올리고 있었다.

스테이크는 몇 번 씹기도 전에 목구멍으로 넘어갔다. 아껴먹어야지 하는 데도 도무지 멈출 수 없었다. 스테이크를 포크로 누르고 칼로 자르기 무섭게 혀가 고기를 빨아들였다. 허겁지겁이라는 표현이 딱 들어맞았다. 손은 뇌의 명령을 기다리지 못했다. 그는 진공청소기처럼 입으로 빨려 들어가는 고기를 접시로 끌어내려 잘라지지 않은 부분을 다시 칼질해야 했다. 완전히 익혀지지 않은 고기가 입안에서 질겅질겅 씹혔다. 그는 핏물이 입술을 붉게 물들이는 줄도 모르고 씹는 재미에 온통 정신이 팔려 있었다. 고기를 씹으면서 남은 고기의 양을 헤아렸고 건너편 딸의 접시를 흘금거렸다. 딸의 고기가 더 커 보였는데, 딸 역시 그를 경계하며 게걸스럽게 먹고 있었다. 둘의 모습은 마치 두 마리의 육식 동물이 막 사냥한 고기를 앞에 두고 으르렁대고 있는 것 같았다. 맹렬한 기세로 허기를 채우던 암컷의 식사가 끝이 났다. 딸은 가만히 포크를 내려놓았다.

"화장실 좀!"

딸은 말을 마치자마자 벌떡 일어나 화장실로 향했다. 소변을 오래 참고 있었는지 딸은 다리를 엑스자로 꼬고 뒤뚱거리며 걸어갔다. 그는 딸의 접시를 넘겨보았다. 고기가 놓여 있던 자리가 알뜰하게 비워지고 적갈색의 소스가 혈흔처럼 남아 있었다. 그는 딸의 접시를 바라보고 있는 또 한 명의 눈길을 의식했다. 말 한마디 없이 소처럼 앉아 묵묵히 샐러드를 되새김질하던 손자였다.

"싹 다 비우고 갔네요."

손자는 재빨리 손을 뻗어 접시에 남아 있던 두 개의 아스파라거스에 골고루 소스를 묻혔다. 그런 다음 한 개를 찍어 올려 입속에 넣었다. 매사에 굼뜬 손자의 행동이라고는 믿을 수 없는 속도였다.

"기가 막히네요."

손자가 두 번째 것을 입에 넣으려는 찰나, 딸이 돌아왔다.

"너 뭐하는 거니?"

딸이 손자의 포크를 낚아챘다. 아스파라거스는 원래의 주인에게로 돌아갔다.

입맛을 다시는 손자의 눈길이 그의 접시로 옮아왔으므로 그는 성급하게 마지막 남은 스테이크를 포크로 찍어 올렸다. 그는 고기를 아껴 먹을 생각에 입안에서 이리저리 굴렸다. 되도록 오래 스테이크의 참나무 훈향과 부드러운 육질을 느끼고 싶었다. 그는 코를 벌름거리며 숨을 들이마셨다.

"켁, 케켁!"

사레 들린 그의 입에서 쏟아져 나온 스테이크가 손자의 치킨샐러드 접시로 날아갔다. 스테이크는 절반 정도 씹혀져 분홍빛 속살이 고스란히 드러나 있었다. 손자와 그의 입에서 동시에 짧은 탄식이 터져 나왔다. 마지막 스테이크를 날려버린 그 못지않게, 손자의 충격도 상당한 듯했다. 손자는 반도 먹지 못한 치킨샐러드 접시를 아쉬운 듯 바라보았다. 그와 손자는 동시에 포크를 내려놓았다.

갑작스레 식사가 끝나버리자 어색한 침묵이 감돌았다. 그는 머쓱하여 창문으로 시선을 돌렸고, 딸은 가방에서 신장약을 꺼내 놓았으며, 손자는 스마트폰에 다시 고개를 처박았다. 창문에 비친 영상은 무인자동차가 질주하는 저 아래 땅 위의 풍경이었다. 자동차의 불빛이 은하수처럼 흘러가고 있었다.

손자가 띄운 홀로그램에서는 막 다섯 살이 된 손자의 아들이 친구들 앞에서 작은 입을 오물거리며 영어 노래를 부르고 있었다. 학교를 졸업할 때까지 부모는 자식의 성장과정을 영상으로 전송받았다. 예쁘다거나 사랑스럽다는 생각은 들지 않았다. 손자와 꼭 닮은 인형 같다고나 할까.

그는 손자의 정수리 가마를 바라보았다. 그를 닮아 쌍가마였다. 손자는 밥 먹는 시간을 제외하고는 스마트폰만 들여다보고 있었다. 모일 때마다 그랬다. 그들은 공유한 기억이 없기에 나눌 대화가 없었다. 과거의 가족은 한 울타리에서 나고 자라서 죽는 과정을 공유했다. 탄생의 기쁨과 죽음의 슬픔을 함께 나누었다. 오랜 세월 동안 한 울타리에 살며 노인과 젊은이와 아이가 같은 기억을 몸에 새겼다. 그가 태어나기 훨씬 전부터, 생과 사는 울타리 밖에서 이루어졌다. 낯선 공간에서 태어나고, 낯선 이들 틈에서 홀로 죽었다. 인생의 중요한 순간이 기억되지 못했다. 그는 기억을 나누지 못하는 가족은 이미 가족이 아니라고 생각했다. 그는 딸과 손자가 가족모임에서 시간을 견디고 있다고 생각했다. 시간을 견디는 이유는 다름 아닌 돈이었다. 모여서 연금 이야기만 나누는 관계를 가족이라 할 수 있을까. 다른 이들과 마찬가지로 가족모임의 주제는 얼마나 오랫동안 젊음을 유지하며 사는 가에 있었다. 죽을 때까지 팽팽한 피부와 튼튼한 장기와 단단한 뼈대를 유지하는 일에 열을 올렸다. 돈만 있으면 가능한 일이었기에 연금에 대한 욕망은 어쩌면 자연스러운 일이었다. 팔십을 다 채우고 죽는 부모는 어떤 자식에게도 환영받지 못했다. 국가에서는 여든 살까지의 삶을 보장한다 했지만 그 나이까지 사는 건 욕 먹을 짓이었다. 그가 부모 대접을 받으려면 연금을 물려줘야 했다. 모르지 않았다. 그러나 연금이 무엇인가. 바로, 그의 목숨 값이었다. 그는 더 살고 싶었다. 저도 모르게 어금니를 물었다. 허기가 졌다.

그는 요즘 자주 의문이 들었다. 연금 수령과 관련한 노인 범죄가 갈수록 급증하고 있지만 국가에서는 손을 놓고 있었다. 기계화된 시스템이라 많은 인력이 필요치 않고, 세금 납부의 의무가 없는 노인은 더 이상 쓸모가 없어서일까. 분쟁의 소지가 되는 가족모임을 국가에서 강제적으로 시행하는 이유가 뭘까. 종국에는 가족 제도를 없애자는 목소리가 터지기를 기다리는 건 아닐까. 유전적 부모 자식 관계마저도 필요치 않은 체제로의 전환을 꾀하고 있는지도.

손자가 천천히 고개를 들었다. 그와 손자의 눈이 허공에서 얽혔다. 손자가 그에게 눈으로 물었다.

'모여서 연금 이야기만 나누는 관계를 가족이라 할 수 있을까요?'

너무 깊은 생각에 빠진 탓에 손자가 그를 읽어버렸다. 그는 대답이 궁했다. 그는 손자의 생각에 집중했다. 손자는 그가 안락사하기를 바라고 있었다. 손자의 몸에도 신장병이라는 유전 인자가 독버섯처럼 자라고 있을 터였다. 조부의 연금으로 엄마가 신장이식 수술을 받고 연금수령 시기까지 살아줘야 자신에게도 혜택이 돌아온다는 생각이 손자의 머릿속에 가득 들어차 있었다. 그러니까 손자에게 가족이란, 서로의 연금에 기생하는 관계였다.

'글쎄, 잘 모르겠다.'

그는 눈으로 말했다. 손자가 받아쳤다. 손자의 대답은 뜻밖에도 그렇다, 였다.

'누군가에게 흡반을 붙이고 살아간다는 것 자체가 공동운명체죠.'

손자가 씨익 웃었다. 섬뜩한 웃음이었다. 그는 머리가 혼란스러웠다. 손자의 생각을 바르게 읽은 것인지 확신할 수 없었다. 그는 쏘는 듯한 손자의 눈길을 피해 눈을 내리깔았다. 그곳에 먹다 만 샐러드 접시가 놓여 있었다. 그는 손자의 샐러드 접시를 빨아들일 듯 노려보았다. 말간 침 한 방울이 그의 입꼬리를 타고 흘러내렸다. 손자가 티슈를 내주었다.

"아빠, 안락사 시기는 결정하셨어요?"

"안락사?"

그는 잠에서 깬 듯 소스라치게 놀랐다. 안락사라는 말에 놀란 심장이 빠른 속도로 뛰기 시작했다. 그는 머릿속에 그래프를 하나 그린 다음, 공을 띄웠다. 심장이 약한 그가 곧잘 하는 명상법이었다. 공이 움직이기 시작했다. 공이 가로선의 아래로 내려갈 때는 숨을 내쉬고 위로 떠오르면 숨을 들이마셨다. 공의 움직임에 따라 호흡하는 사이 심박 수가 정상으로 돌아왔다.

"작년 가족모임에서 엄마 안락사 시기를 결정했었죠. 엄마도 동의했고, 한 달 뒤 실행했구요."

그는 딸의 입에서 나올 다음 말이 두려워졌다.

"그날 아빠가 했던 말이 기억나요. 고통스럽게 사느니 죽는 게 낫다고 했죠."

그건 사실이었다. 안락사가 인정되지 않았던 과거에는 암, 뇌혈관 질환, 심장질환 다음으로 자살로 인한 사망률이 높았다. 나을 가망 없이 고통스럽게 살아야 한다면 자살밖에는 방법이 없었을 것이다. 그런 점에서 안락사는 획기적인 제도였다. 평생 성실하게 세금을 납부한 국민에게 국가가 해줄 수 있는 최고의 선물이기도 했다. 국가 또한 손해 보는 사업이 아니었다. 안락사로 죽은 사람의 장기를 되파는 일은 국가의 큰 세입원이었다. 안락사는 국가의 핵심 사업이었으므로 안락사의 모든 경비는 국가에서 부담했다.

"니 엄마가 만성 신부전증으로 고통 받고 있었잖냐. 마약도 안 듣고."

딸은 병아리처럼 물을 한 모금 물고 천장을 쳐다봤다. 목이 타는 모양이었다. 그도 꿀꺽 마른침을 삼켰다. 딸이 물 컵을 탁, 소리가 나게 내려놓았다.

"엄마가 같이 안락사하고 싶다고 했을 때 아빠가 뭐랬어요? 정리가 되면 곧 따라 가마 했죠?"

그는 아내를 안심시키고 싶었다. 아내가 죽어야 그가 아내의 연금으로 새 삶을 살 수 있었다. 느려 터져서 작동이 멈추곤 하는 낡은 컴퓨터를 처음의 상태로 포맷하기 위해서는 아내를 먼저 보내야 했다.

아내는 아플수록 삶에 집착했다. 고통 없는 세상으로 간다는 것을 알면서도 죽음을 두려워했다. 아내와 그는 어떻게 사느냐의 문제보다 어떻게 죽느냐의 문제를 평생 숙고해왔다. 학습된 결과이기도 했고 자주 복용하던 마약 성분 때문이기도 했다. 육체를 벗어난 정신의 상태는 다른 차원의 세상에 이르게 했다. 그건 영으로 존재한다는 죽음 이후의 세상과도 같았다. 죽음이란 낯선 곳으로 떠나는 여행이었으므로 피할 이유가 없다고 생각했다. 그런데 여기저기 아프기 시작하면서 그 역시 생각이 달라졌다.

"전에는 몸이 별거 아니라 생각했는데, 그게 아니라는 걸 알았다. 몸이 없는데 죽어서 무슨 수로 희로애락을 느끼겠냐? 난 튼튼한 어금니로 씹고 뜯고 맛보고 할 거다."

"이제야 본색을 드러내시네요."

"엄마는 몸이 고통스러워서 일찍 안락사를 선택한 거고, 난 이제 아픈 데 없다."

"제가 아프잖아요."

"네가 아프니까 나보고 죽으라는 말이냐?"

그는 딸의 따귀를 갈기고 싶은 충동이 일었다. 그런데 생각과 달리 헛웃음이 나왔다. 뉴스에서 듣던 연금 관련 범죄가 남 일이 아니라는 생각이 뒤통수를 쳤다.

"아빠, 그럼 몇 년 만요. 오 년 정도, 그것도 안 되겠어요?"

딸이 상체를 앞으로 숙이며 협상의 달인처럼 치고 들어왔다.

"오 년이고 육 년이고, 내가 결정할 문제다. 더는 왈가왈부하지 마라!"

"그래서 여든까지 사시겠다구요? 저를 이렇게 만들어놓고 미안하지도 않으세요!"

마침내 딸이 폭발했다. 딸은 울면서 발악을 했다. 옆 좌석의 두 사람이 의자를 소리 나게 끌며 일어나더니 식당을 나갔다. 그는 얼굴이 홧홧하게 달아올랐다.

"건강관리를 못한 건 네 탓이다. 네가 얼마나 방탕하게 살았는지 내가 말해주랴?"

"일이 힘드니까 그런 거죠! 저도 아빠처럼 교수였으면 독한 술이나 싸구려 마약에 의지했겠어요!"

"그만 하자, 숨이 가쁘구나. 심장이 터질 것 같다."

"차라리 심장이 터져 버렸으면!"

"누구, 나 말이냐? 너, 그게 애비한테 할 소리냐!"

"애비요? 전 오늘부터 애비 없는 딸이에요. 연금을 한 푼도 남겨주지 않는 애비가 애비인가요?"

"너, 터진 입이라고……."

그는 노여움으로 얼굴이 붉으락푸르락했다. 갑자기 뒷골이 띵, 하고 당기며 눈앞이 캄캄해졌다. 검은 장막이 드리워진 시야 속에서 딸과 손자가 박수를 치며 웃고 있었다. 소리는 들리지 않았다. 고요하고 적막한 다른 층위의 세상에서 그는 한 손으로 뒷골을 잡고 있는 자신의 모습과 몸을 흔들며 웃고 있는 딸과 손자를 바라보고 있었다. 마치 한 편의 코미디를 보는 것 같았다.

그가 눈을 떴을 때 딸과 아이가 커피를 마시고 있었다. 아주 긴 시간 잠들었다고 생각했는데 깨어보니 음식이 치워지고 커피가 세팅될 정도의 시간이었다. 전에도 한두 번 겪었던 쇼크 상태가 요즘 들어 부쩍 잦아졌다. 두통이 일어 그는 다시 눈을 감았다. 그가 깬 것을 모르는지 딸과 아이의 대화가 계속되었다.

"할아버지, 오래 못 가요."

"어째서?"

"아까 사래 들려서 켁켁 뱉어내는 거 봤죠? 그러니까 오래 못 산다구요."

"호호, 음식물이 목에 걸려서?"

"옷 보셨죠? 허연 백발에 검은 정장이라니…… 큭큭큭."

"그러니까 노망이라는 거 아니니?"

두 모자가 시시덕거리는 소리를 듣고 있자니 그는 쓸쓸해졌다. 평생을 혼자 살아왔지만 지금처럼 외롭다는 생각이 든 적은 없었다. 결혼과 출산으로 가정을 이루던 시절에도 가족모임은 흔치 않았다. 명절에나 자식들이 얼굴을 들이밀 따름이었다. 그는 명절이면 갖은 핑계를 대서 여행을 떠났다. 아버지의 생일에 연락을 받고 내려간 자리에서도 그는 스마트폰만 들여다보았다. 생일 케이크에 초를 꽂은 여동생이 눈을 흘기며 스마트폰을 빼앗았다. 그와 동생이 노래를 부를 때 두 노인은 행복한 표정을 지었다. 돌아오는 차 안에서 여동생과 그는 부모의 유산을 놓고 한 치의 양보도 없이 설전을 벌였다. 똑같이 나누자는 여동생과 티격태격했지만 결론은 부모님 돌아가신 뒤에 얘기하자였다. 최소한의 예의는 있었다.

"크흠, 그만 가자."

그는 헛기침을 하며 눈을 떴다. 딸이 기절할 것처럼 놀랐다.

"괜찮으세요?"

그는 대꾸도 없이 자리를 털고 일어났다.

늘 그렇듯 가족모임은 뒤끝이 좋지 않았다. 미련은 없었다. 별일 없으면 일 년 뒤에 이곳에서 다시 만나게 될 터였다. 그를 만나고 싶지 않아도 딸과 손자는 의무를 다하기 위해 나올 것이다. 무엇보다도 국가에서 입금해주는 가족모임장려금이 아쉬울 테니까. 셋은 식당을 나오며 출입문 옆에 달린 기계에 손바닥을 올려놓았다.

'오늘의 가족모임장려금이 입금되었습니다.'

242

백오십 층 하늘에서 지상으로 내려오는데 걸린 시간은 몇십 초에 불과했다. 위에서 내려다 볼 때는 마치 신이 된 듯한 기분이었는데 빌딩을 벗어나자마자 개미만도 못한 존재가 된 것 같았다. 밖에는 눈 발이 날리고 있었다. 무빙워크의 둥글고 투명한 차양 위로 눈이 습자 지처럼 쌓이기 시작했다.

그는 집으로 돌아가는 길에 편의점에 들렀다. 손자의 샐러드 접시로 날아가 버린 스테이크 때문인지 자꾸만 허기가 졌다. 고기 맛을 본 어금니의 마력이었다. 이가 자라나 턱을 뚫고 나오기 때문에 끊임없이 이를 갈아야 하는 설치류처럼 그는 어금니의 허기를 잠재우기 위해 돌이라도 씹어야 할 판이었다. 돈만 있으면 모든 것이 해결된다고 생각해 온 그였다. 그러나 오늘밤, 돈으로 채워지지 않는 무언가가 몹시 그리웠다. 편의점의 진열대에는 당연하게도 스테이크가 없었다. 씹을 것도 없는 유동식뿐이었다. 그는 편의점 안을 두어 바퀴 돌고 나서야 번데기튀김 한 봉지를 구입했다. 단백질이 많이 함유되어 있는 고단백 식품이었지만 평소에는 쳐다보지도 않던 것이었다.

그는 건물 사이의 좁고 어두운 틈새로 들어가 누가 보지 않는지 경계하며 어금니로 봉투를 뜯었다. 찌들은 기름 냄새가 위를 자극했다. 손이 곱아서인지 손가락이 달달 떨렸다. 번데기는 입구가 좁아 쉽게 딸려 올라오지 않았다. 그는 양 손으로 봉투의 입구를 힘껏 잡아당겼다. 북, 소리와 함께 봉투가 찢기며 내용물이 허공으로 솟구쳤다. 그는 쏟아지는 튀김을 잡으려고 허둥거렸다. 그의 손가락을 빠져나간 번데기가 살충제를 맞은 모기처럼 흰 구두 위에 우수수 떨어져 내렸다. 봉투 속에는 번데기가 서너 개 밖에 없었다. 그는 봉투를 거꾸로 들고 입안에 튀김을 털어 넣었다. 조미를 하지 않은 튀김은 아무 맛도 없었다. 양에 차지 않았다. 그는 구부정하게 쭈그리고 앉아 흰 구두 위에 떨어진 번데기를 주워 먹었다. 포근포근한 번데기의 살이 어금니에서 흔적 없이 부서졌다. 맛을 느낄 새도 없이 그는 씹고 삼키는 일을 반복했다. 그가 일어섰을 때 그의 입 주위에는 검은 가루가 잔뜩 묻어 있었고 흰 구두 주변은 먼지 하나 없이 말끔했다. 종류를 알 수 없는 생물체가 그의 다리 옆을 재빠르게 지나갔다. 지하에서 올라온 쥐인지 몰랐다. 그는 어둠 속으로 사라진 그것의 비릿한 털 냄새를 맡았다. 그의 탐욕스러운 눈길이 어둠 속에서 빛났다.

그가 잠들기 전에 틀어놓은 음악은 쇼스타코비치의 교향곡 5번이었다. 그는 서정적인 현악기의 선율을 들으며 잠에 빠져들었다. 혁명이라는 부제가 붙어 있는 음악에서 쇼스타코비치는 냉전 시대의 억압과 강요된 자유 의지를 표현하고 싶었다고 말했다. 냉전이라는 말도 자유의지라는 말뜻도 선뜻 다가오지 않았지만 그는 2악장의 경쾌하고 빠른 템포가 좋았다. 당대의 평론가들은 말러 풍의 왈츠라고 평했다지만 그는 두 사람의 대화라고 생각했다. 그는 말없이 추는 춤보다 사람들과의 대화가 더 그리웠다. 그는 아내와 딸, 그 누구와도 따뜻한 대화를 나누지 못했다. 악기들은 다투지 않고 서로를 배려하고 존중하며 화음을 만들어갔다. 관악기가 묵직하게 말을 걸면 현악기는 종달새처럼 높게 날아오르며 피치카토로 대답했다. 음악은 3악장으로 넘어가면서 분위기가 반전된다. 관악기는 숨어버리고 현악기의 떨림이 긴장감을 고조시킨다. 더블베이스의 저음이 음산하게 깔리기 시작하면 그는 심장이 쫄밋거려서 죽음을 알리는 듯한 피아노 소리가 들릴까 봐 서둘러 음악을 껐다. 희망찬 부활을 알리며 둥둥 울리는 4악장의 팀파니 소리를 듣기 전에 심장이 멈출 것 같았기 때문이다.

새벽 두 시, 그가 잠을 깬 것은 격심한 가슴 통증 때문이었다. 누군가 있는 힘껏 심장을 틀어쥐고 있는 것 같았다. 숨을 쉴 수가 없었다. 그는 새우처럼 등을 구부리고 가늘게 숨을 내쉬었다. 기관지를 빠져나오는 숨소리가 음정이 맞지 않은 관악기의 그것처럼 새된 소리를 냈다. 그는 그날 잠들기 전까지 끊임없이 먹었다. 마치 걸신들린 사람 같았다. 마약을 한 것처럼 이성이 마비되어 있었다. 마지막으로 그가 먹은 음식은 오피스텔의 쓰레기통 옆에서 주워온 종류를 알 수 없는 고기였다. 상한 냄새가 나지 않아 푹푹 삶아 소금을 찍어 먹었다. 그게 원인일까. 그는 고통 속에서 흐릿해지는 의식의 끝을 붙잡기 위해 안간힘을 썼다. 이렇게 고통 속에서 쓸쓸히 죽을 순 없었다.

까르륵 까르륵 깔깔깔깔…… 웃음소리가 들렸다. 여럿이 한꺼번에 터뜨리는 웃음이었다. 그의 웃음소리도 들렸다. 아내와 딸, 손자와 손자의 와이프가 보였다. 그들은 안락사 전문시설에서 일박이일을 보냈다. 그곳은 정원이 아름다운 야외 레스토랑과 호텔급 숙박시설,

화장장까지 한 곳에 모여 있는 복합형 안락사 예식장이었다.

아내는 그날, 흰 홈드레스를 입고 머리에는 야생화로 장식한 화관을 썼다. 푸른 잔디 위에 식탁이 놓이고, 실내악단의 음악이 연주되었다. 오래된 영화에서라면 신랑과 신부가 등장해야 할 판이었다. 그러니까 요즘의 장례식은 이전의 결혼식을 본뜬 것이었다. 그 자리에는 모처럼 온 가족이 모였다. 가족모임과 달리 장례식은 배우자까지 모두 참석하도록 권장했기 때문이다. 딸과 손자 내외까지 모인 자리는 흥성했다. 일인 가족으로 오래 살다 보면 지나가는 강아지만 봐도 반가운 법이었다. 하물며 혈연으로 맺어진 가족이니 오죽할까. 딸과 손자 내외는 시종일관 분위기를 띄우기 위해 노력했다. 손자의 와이프는 우스운 이야기를 많이 알고 있었다. 할머니, 수수께끼 하나 낼까요? 사과를 먹다가 벌레 한 마리를 발견하는 것보다 더 기분 나쁜 일은 뭘까요? 글쎄, 잘 모르겠구나. 할머니, 놀라지 마세요, 벌레가 반 마리일 때죠. 왜냐하면 다른 반쪽은 이미 먹어버렸을 테니까요. 어머나 세상에, 끔찍하구나. 아내는 박수를 치며 웃었다. 그는 아내가 웃는 모습을 처음 보았다. 별것도 아닌 이야기에 박장대소하는 아내의 모습이 낯설었다. 사실 아내라 해도 딸의 유전적 부모일 뿐 함께 살지 않았으니 남과 다를 바 없었다. 그는 아내의 웃음에서 비로소 아내의 내면을 엿 본 느낌이었다. 식사를 마친 다음에는 소고기 안주에 곁들여 와인을 마셨고 음악에 맞춰 아내와 춤을 추었다. 아내의 몸이 검불처럼 가벼웠다.

저녁노을이 질 무렵, 아내의 안락사가 진행되었다. 아내는 낙엽이 지듯 정원에서 생을 마감하고 싶다고 했다. 흔들의자에 앉은 아내의 이마 위로 감빛 노을이 내려앉았다. 아내의 두 손을 그와 딸이 따뜻하게 감싸 쥐었다. 의사가 아내의 혈관에 정맥주사를 놓았다. 그는 요람을 흔들 듯 의자를 가만가만 움직였다. 누군가 성가를 불렀다. 성가는 합창이 되었다. 잠시 후, 아내는 편안하게 눈을 감았다.

아내가 옳았다. 아내는 모두와 함께였다. 안락사를 제외한 죽음은 다른 절차 없이 국가 차원에서 시신을 처리했다. 가족에게는 사망 사실만 통보되었다. 아내는 아프기 시작하면서 혼자 죽는 것처럼 실패한 인생은 없다고 거듭 말하곤 했다. 건강한 삶보다 중요한 것은 모두가 지켜보는 따뜻한 죽음이라고.

그는 혼자 죽고 싶지 않았다. 딸이 그의 손을 잡아준다면 죽음이 두렵지 않을 것 같았다. 아무래도 이번 고비를 넘기지 못할 것 같았다. 그는 119를 부르는 대신 침대 머리맡의 벽을 터치하여 홀로그램을 띄웠다. 자고 있는 딸의 영상이 그의 눈앞에 떠올랐다. 그는 입술을 달싹거릴 기운조차 없었다. 홀로그램 속의 딸을 깨우기 위해 필사적으로 기운을 모았다. 딸이 가늘게 눈을 떴다. 딸은 잠에 취해 그를 곧바로 알아보지 못했다.

"얘…… 야…….."

그의 목소리가 한 음절씩 토막 나 흘러나왔다.

"어디가 안 좋으세요?"

딸이 침대에서 느릿느릿 일어나 앉았다. 그는 손짓으로 딸을 불렀다. 딸의 얼굴이 확대되었다. 그의 얼굴도 딸의 눈앞에 커다랗게 확대되었을 것이다. 그의 눈은 고통으로 타들어가고 있을 것이었다.

"금방 갈게요."

딸이 사라지자, 그는 저녁 식사 시간에 나누었던 딸과의 대화가 떠올랐다. 신장이 필요하다던 딸의 말을 묵살했던 것이 겨우 여섯 시간 전이었다니. 딸의 눈이 날카롭게 번뜩인 것 같아서 그는 안간힘으로 홀로그램을 터치했다. 딸이 사라지자 침대에 누워서 자고 있는 손자의 모습이 떠올랐다. 그는 온 기력을 모아 손자의 뇌를 일깨웠다. 손자가 그의 기척을 느꼈는지 눈을 떴다. 잠에 취한 손자와 눈을 맞추려고 그는 사력을 다해 바라보았다. 마침내 손자가 그를 알아봤다. 그는 손자를 부르려고 오른손을 쳐들었다.

"이리…… 로……."

"어디 아프세요? 병원으로 연락을 하셨어야죠."

"보…… 고……."

"네, 제가 연락하고 바로 갈게요."

손자가 허공에서 사라졌다. 일 초가 영원 같았다. 기다려도 딸과 손자가 오지 않았다. 홀로그램 영상을 띄웠지만 연결이 되지 않는다는 경고음이 울렸다. 수신 차단을 해놓은 것 같았다. 무덤 속 같은 적막이 찾아왔다.

잠시 멈추었던 심장의 통증이 다시 시작되었다. 거대한 존재가 수

도꼭지를 비틀어 잠그듯이 목을 조르고 있었다. 마치 물속에 던져진 것 같았다. 공기가 액체가 되어 코와 목구멍을 꽉 틀어막았다. 숨이 쉬어지지 않았다. 그는 침대에서 굴러 떨어졌다. 떨어진 충격으로 잠시 의식을 잃었다가 깨어난 그는 현관문을 향해 네 발로 기어갔다. 방 안이 가스로 가득 차 있어 숨이 쉬어지지 않는지도 몰랐다. 문을 열면 신선한 공기가 흘러 들어올 거라 생각했다. 두 평도 안 되는 거실의 현관문이 아득히 멀었다. 꿈틀꿈틀, 한 마리의 애벌레가 된 것 같았다. 현관문에 닿기도 전에 식은땀으로 온몸이 흠씬 젖었다. 더는 움직일 힘이 없었다.

"켁, 켁."

입안이 바짝 마르자 기침이 터졌다. 음식물이 목에 걸려 죽을 거라던 손자의 말이 떠올랐다. 음식물 쓰레기통 옆에서 주워온 고깃덩어리, 심지어 따뜻하기까지 했던 고기가 목구멍을 틀어막고 있었다. 지상의 쓰레기통은 원통형의 관을 통해 지하로 연결되어 있었다. 그러니까 버려진 고기는 누군가 의도적으로 쓰레기통에 넣지 않은 것이었다. 그는 기억을 되돌렸다. 식당을 나서기 전, 그의 몫으로 나온 커피가 아까워 바닥이 보일 때까지 마시고 나왔지. 그가 잠든 사이, 딸과 아이가 웃고 있었던가.

저승사자의 발자국 같은 느린 음악이 시작되었다. 저승사자는 도포자락을 끌며 느릿느릿 방 안을 가로질렀다. 예약되지 않은 음악이 저절로 흘러나오는 경우는 드물었다. 그는 음악이 스스로 재생되는 것에 놀라 머리칼이 쭈뼛해졌다. 음악은 3악장 라르고였다. 바이올린의 현이 가파르게 고음으로 치달았다. 시작이야 어찌되었든 음악을 중단시켜야 했다. 그러나 생각뿐 그는 차가운 바닥에 꼼짝도 못 하고 누워 있었다. 현악기의 고음이 심장으로 파고들어 피를 요동치게 했다. 뛰는 심장소리가 음악소리보다 더 요란하게 들렸다. 그의 귀는 무방비 상태로 열려 있었고 눈은 공포로 가득 차올랐다. 마침내 죽음을 알리는 오르골 소리가 들려왔다. 천천히 건반을 짚어나가는 피아노 소리였다.

그의 심장이 멎었을 때 현관문이 열렸다. 때맞춰 도착한 119 구급대원들은 형식적으로 심폐소생술을 시도했다. 심장은 멎었지만 그의 귀는 열려 있었다.

"조금만 일찍 도착했어도 큰일 날 뻔했네."

"죽었다고 연락해."

두 사람의 목소리가 들리고 곧이어 홀로그램을 통한 딸의 음성이 들려왔다. 딸은 그들에게 잘했다고 치하했다. 그들이 웃고 딸이 그들에게 신형 마약을 제공하기로 거래하는 내용을 그는 두 귀로 들었다. 그의 귀는 그 후로도 오래도록 열려 있었다. 병원에서 사망 사실을 확인하는 의사의 건조한 음성도 들을 수 있었고, 그의 장기 중에 효용 가치가 있는 것이 신장과 간이라는 것도 알 수 있었다. 그의 배가 갈라지고 신장이 꺼내지는 순간까지 그의 귀는 고통스럽게 듣고 있었다.

　딸은 다음 날 아침, 홀로그램 은행 사이트에서 손바닥 칩으로 아버지의 연금을 수령했다. 연금을 수령하기 무섭게 장기이식 사이트에 들어가 막 새로 올라온 신장을 빛의 속도로 예약했다. 예약이 완료된 것과 그의 귀가 닫힌 것은 거의 동시였다.

황보윤　2006년 〈동서커피문학상〉 대상 「산수유 그늘 아래」로 등단. 2009년 《대전일보》 신춘문예 「외계인은 펜비트로 말한다」와 《전북일보》 신춘문예에 「동남풍」이 당선되었다. 창작집으로 「로키의 거짓말」이 있음. 2012년 전북해양문학상 수상.

두 번 결혼할 법

이병천

늙은 뱀이 젊은 여자의 허벅을 물고
이윽고 여자는 늙어 어린 뱀에게 젖을 물린다.
세상은 순환하여 공평해지리니
이 비의를 누릴 자, 입문ㅅㅏㅂㅏ하라.

마을로 들어서는 입구, 당간지주처럼 버티고 선 붉은 적송 가지에
앞의 화두는 목판에 새겨 걸려 있다. 하얗게 윤기가 흘렀을 나무판자
는 이제 붓으로 쓴 글씨만큼이나 시커멓게 낡았다. 글씨도 그리고 글
씨가 품은 뜻도 송판처럼 낡아 보인다.

누구를 막론하고 말에서 내릴 것이며 잡인은 출입을 금한다는 내
용의 무슨 하마비나 되는 것처럼 오만한 글귀에 행인들은 우선 당황
한다. 나도 그랬다. 하지만 이곳은 사찰이 아니고 궁전 같은 곳은 더
더욱 아니다. 아니, 어쩌면 둘 다일 수도 있겠다. 산속에 깊이 들어앉
은 모양새를 보면 사찰로 오인하는 이들이 적지 않고 사이비 종교집

단이 그러하듯 어느 작은 왕국의 틀까지 제법사리 갖춘 마을이니까.

결론부터 말하자면, 비의랄 것도 없는 그 비의를 나는 일찍이 풀었다. 그런데도 아직까지 입문은 하지 않고 있다. 내가 과연 입문을 해도 괜찮을지 어떨지는 지금 내 얘기를 듣는 당신들이 판단해주셨으면 한다. 제기랄, 나는 아직도 산문 언저리에서 목이 뒤틀린 풍뎅이처럼 그저 맴맴, 맴을 돌고 있을 뿐이다. 정작 내가 풀어야 하는 비의는 따로 있다.

뱀은, 프로이드라는 심리학사가 주창하기 훨씬 이전부터, 심지어 우리나라에서조차, 남성의 명백한 상징이었다. 그러니 늙은 뱀은 늙은 사내를 지칭할 터였다. 늙은 사내가 젊은 여자를 취하고, 그 관계가 순환 역전되어 공평해진다고 했으니 늙은 계집은 젊은 사내와 짝을 이뤄 산다는 뜻이었다. 늙지도 젊지도 않았던 사십 끝줄에 나는 이미 본뜻을 간파했었다. 그리고 그때만 해도 웃었다. 성스런 교주 하나 나셨군!

그곳이 도대체 어디냐고, 당장이라도 내비게이션을 찍고 달려갈 기세로 나를 성가시게 만들 사람들이 분명 있을 터이므로 우리 공통의 화제를 바람직하게 진전시키기 위해서라도 먼저 그 위치를 확실히 발설해야겠다. 모악산 서북 능선 아래, 오리알터라는 이름의 저수지 상류 지점, '다솜'이 바로 그곳이다.[1]

---

1) '다솜' 마을의 명칭과 위치는 필자의 장편 소설 『에덴동산을 떠나며』에서 인용했다. 또 하나의 새로운 이상적인 공동체 사회를 구축하기가 영 귀찮고 힘든 때문이기도 하다.

이제 됐는가? 떠날 사람은 다들 떠났는가? 그렇다면 남은 우리끼리만 얘기를 계속하자.

사십 끝줄 무렵, 여러분이 기억하는 것처럼 내가 어느 지방 방송사에 근무하던 시절, 나는 다솜 교주에게 정식으로 인터뷰를 요청한 적이 있다.

"인터뷰는 허락되지 않습니다. 단, 비의를 푸셨다면 촌장님 면담은 얼마든지 가능합니다. 면담 내용을 언론에 공개하지 않는 조건으로 말입니다."

"촌장님이라고요?"

"네. 저희는 촌장님이라고 부릅니다."

전화를 받는 여자의 목소리는 젊었다. 나는 그 순간 좀 짓궂은 심정이 되어 물었다. 뭔가 뒤가 구린 사람들이라는 확신이 들었던 것이다.

"전화를 받으시는 분도 혹시, 실례지만, 늙은 뱀과 관련된 젊은 여자신가요?"

"물론입니다."

여자는 짧고 강한 어조로 대답했다. 하지만 왠지 수화기 너머로 한숨을 삼키는 소리가 아주 희미하게 들려오는 것만 같았다. 그녀는 어느 늙은 뱀에게 허벅을 물렸을까? 그리고 장차 가슴을 열어 누군가에게 젖을 물려주려는 걸까?

"말씀을 들어보니 선생님께선 비의를 이미 푸신 것 같군요. 그렇다면 언제든지 다솜을 찾아와 누리시면 됩니다."

여자가 그렇게 말하고 전화를 끊었다.

비의 좋아하시네…… 자기 혼자 꾸며본 선문답 같은 수수께끼 말고도 세상에 비의는 많다. 마치 보물찾기 게임처럼, 세상은 돌 틈이나 나뭇가지 위, 누군가가 벗어놓은 구두 안쪽에도 알 수 없는 비의들을 무궁무진하게 숨겨두고 있다. 심지어 내 아내도 온통 비의로 무장한 여자가 아니던가?

며칠 뒤, 나는 다솜을 찾아갔다. 이미 그쪽으로부터 정식으로 초청을 받은 셈이나 마찬가지였다. 비의는 충분히 됐고, 여차하면, 비리를 캐내서 방송에 대고 확 불어버릴 속셈이었다. 사이비 종교라면 말할 것도 없고 나는 기성종교든 신흥종교든 그리 달갑게 여기는 편이 아니었다.

"다솜은 종교 공동체인가요?"

전화를 받았던 여자가 나를 맞이했다. 집단이라는 말 대신 공동체라는 좀 더 근사한 어휘를 고른 건 순전히 내 인내심 때문이었을 것이다. 마을로 올라오는 산길은 일부러 그렇게 조성해놓은 것처럼 빠듯한 외길이었고 구절양장, 꼬불꼬불하고 험했다. 앞이든 뒤든 구린 게 있는 것이 분명해보였다.

"하하하!"

삼십대 초반쯤으로 짐작되는 여자는 밝고 쾌활했다. 거침없이 웃는 여자의 입속 혀가 온통 붉었다. 늙은 뱀에게 물리면 혀가 붉어지는 걸까?

"저희는 종교하고는 먼 사람들입니다. 여기 올라오는 길이 골고다 언덕처럼 험했는지는 모르지만 말이에요."

"제 예상이 빗나갔군요. 촌장님을 뵐 수 있을까요?"

"꽤 성급하시네요. 우선 꽉 잠겨 있는 자물쇠를 풀 열쇠를 보여주셔야 합니다. 비의 말이에요. 열쇠가 맞는지 확인한 다음에 저희는 다솜을 안내해드릴 겁니다. 촌장님 면담은 그 뒤에 별도로 예약을 하셔야 가능하지요."

"남자는 늙은 뒤에 젊은 여자와 결합하고, 그 여자는 늙은 다음에 젊은 사내를 만나 교접한다. 뭐, 그런 거 아닌가요? 남녀 관계의 새로운 모색이 되겠지요. 이런 방식은 회춘과 교육이라는, 두 가지 측면에서 유리한 뭔가가 있을 테고……."[2]

"빙고!"

여자는 박수까지 쳐주었다. 수련 잎에 홀로 떠 있는 개구리에게 뱀이란 존재는 결코 비의가 될 수는 없을 것이다. 쥐구멍에 숨은 쥐들에게도 바깥에서 웅크리고 있는 고양이란 놈이 숨기고 있는 뜻은 비밀스러울 것 하나도 없다. 나는 그래서 쉽게 수수께끼를 풀 수 있었다. 나한테는 아내가 그랬으니까…….

---

[2] 이 발상은 필자의 고유한 제안이 아니다. 이미 기존의 몇몇 선각자들이 현 결혼제도의 문제점을 파악하고 제시한 썩 괜찮은 이론 가운데 하나다. 과문한 필자로서는 그들이 누군지 여기서 다 예시하지 못한다. 사정이 이러하니 이 작품은 당연히 표절 혐의를 받을 수도 있겠다. 만약 표절로 판명이 된다면 필자는 주저하지 않고 작품을 폐기처분할 방침이다.

여자가 앞장서서 마을을 안내하기 시작했다. 모악산이 제 등허리를 제외하고는 앞쪽 몸을 니은(ㄴ) 자로 푹 파서 터전을 만들어준 듯 마을은 아늑했다. 발아래로 오리알터의 수면이 반짝였다.

"여기가 식당이랍니다. 한쪽에 붙은 마을회관과 더불어 다솜의 유일한 공동시설이죠."

"식사만큼은 같이 한다?"

"모두가 한 식구라는 유대감을 심어주기에 충분하니까요. 요즘 우리나라 모든 시골 마을들이 나 그런 것처럼 말입니다."

"번갈아 식사 당번을 정하겠군요."

"아닙니다. 식사는 몇몇 사람들의 도움을 받아서 촌장님께서 직접 준비하십니다. 유명한 셰프 출신이거든요."

일류 요리사로 꽤 많은 돈을 벌었다는 소식은 나도 풍문으로 들어 알고 있었다. 그런 중에 젊은 아내가 다른 남자와 바람을 피웠다던가? 헌데 아내를 탓하기는커녕 분명코 처용處容 같았을 이 사내는 뭔가 따로 각성을 한 모양이었다. 처용처럼 노래를 지어 부르거나 춤을 추지는 않았지만 재산을 모두 처분하고 내려와 모악산 기슭을 일구었다고 했다.

"궁금한 게 정말 많습니다. 이를테면 배필은 누가 정해주는지……."

"하하, 차차 아시게 될 거예요. 이 제도의 목적이 회춘과 교육에 있을 것이라고 미리 짐작하신 선생님이시라면 다른 건 하찮은 수단에 지나지 않는다는 걸 아실 테니까요. 그나저나 회춘은 누구나 알만한 얘기고, 어떤 교육적인 측면이 있다고 말씀하신 건가요?"

얼추 헤아려보니 마을은 삼십호 가량 돼보였다. 다들 뭘 하고 있는지, 단풍이 물들기 시작하는 호시절의 마을 안길은 한산했다. 첫 번째 혹은 두 번째 만난 배우자들과 더불어 오로지 방사房事에만 관심을 두고 있는 걸까? 나는 그들의 일상이, 하다못해 이곳 주민들의 표정이라도 한번 대했으면 했다. 그때 때마침 저 앞쪽에서 한 쌍의 부부가 다가왔다. 과연 부부였을까? 중늙은이 한 사람과 그를 부축하듯, 아니면 팔에 매달리듯 동행하는 젊은 여자였다.

"두 분, 어딜 가세요?"

"그저 산책을 가외다."

중늙은이가 대답했다. 왠지 낯이 익은 듯도 한 노인이었다. 중늙은이의 팔에 매달린 여자가 예리한 눈으로 나를 살폈다. 산전수전 다 겪은 눈빛이었다. 그렇지만 내가 보기로는, 적어도 내 눈에는 그들 부부는 행복해보였다. 그래서 그들에 대한 인상은 나에게 강렬하게 각인되고 말았다.

결혼하고 나서 아이가 열 살이 될 무렵까지만 해도 아내는 동네 슈퍼마켓을 갈 때도 항상 나를 끌고 나서곤 했다. 그리고는 마지못해 따라나서는 내게 서비스하듯 내 팔짱을 끼곤 했다. 돌아오면서는 무거운 짐을 들어야만 하는 내 팔의 운명을 조금 위로하려던 수작이었는지도 모르겠다. 하여튼 그때, 우리 모습을 지켜본 이들도 우리가 행복하다고 여겼을까? 그런데 왜 부부는 변하는 걸까? 결혼으로 인한 행복의 유효기간은 기껏해야 이십 년이 넘지 않는 걸까?

"세상에서 가장 바람직한 형태의 교육이라면, 할아버지가 손녀에게 할머니가 손자에게 지식을, 지혜를 전해주는 방식이라고 나는 생각합니다. 바람직할뿐더러 세상의 온갖 비의들을, 비의란 말을 빌려 씁니다만, 바르게 전수할 수 있지요."

심지어 성교육도 그럴지 모른다는 얘기를 하려다가 나는 입을 다물었다. 젊은 사내들은 어릴 때부터 나이든 여자로부터 성을 배워야 한다고, 그래야 일방적인 형태가 아닌 쌍방 소통의 관계가 이뤄진다고 말이다. 그렇게 평생에 걸쳐 익힌 방중술을 늙어서는 젊은 여자에게 느긋하게 발휘한다. 이럴 경우에는 조루하거나 지루할 틈이 없고, 따분하다거나 아니면 거첩 시 분주할 새가 없어진다. 모르기는 해도 한때 사춘기 소년들을 킥킥거리게 만들었던 소녀경少女經의 핵심과 요체가 그것이리라.

"촌장님과 면담할 수 있는 날을 잡아두겠습니다. 선생님께선 오래전부터 이미 우리 식구였다는 생각이 듭니다."

"그런가요?"

나는 심드렁한 반응을 보였다. 마이크를 대고 세상에 폭로할만한 취재거리를 찾지 못한 낭패감 때문이었다. 돌아설 때가 되자 비로소 직업의식이 돌아온 셈이었다. 나는 마을 쪽을 흘깃거리며 차에 올랐다. 그녀가 열린 차창을 향해 말했다.

"묻지 않으시는군요. 벌써 짐작하고 계시거나…….”

"뭘 말인가요?”

"제 지아비가 바로 촌장님이시란 거…….”

여자가 돌아섰다. 나는 그제야 여자에게 더 많은 비의들에 대해 물어보지 못한 걸 후회했다. 비의까지는 아니라고 하더라도 여자는 적어도 다솜 마을의 살림을 도맡고 있을 뿐만 아니라 실제적인 일들을 지휘하고 있을지도 모른다는 생각이 들었던 것이다.

산길을 내려오는 일은 조심스러웠다. 다시 찾을 엄두가 나지 않을 정도로 차가 금방이라도 앞으로 고꾸라질 것 같은 급경사 고비가 한두 군데가 아니었다. 세상의 부부 사이에도 오르막과 내리막이 있는 걸까……. 나는 핸들을 잔뜩 움켜쥔 채 위험하기 짝이 없는 상념에 빠져들었다.

도대체 우리 부부는 언제부터 이런 급경사 같은 내리막길을 걷기 시작했을까?

대도시, 그것도 도심 구역에서만 자랐다는 아내는 이상스럽게도 잠자리를 무서워했다. 잠을 자는 행위가 아니라 곤충 이름 잠자리 말이다. 고추잠자리든 수면을 날아다니는 실잠자리든, 하여튼 그 어떤 잠자리라도 볼 때마다 소스라치게 놀라 자빠지곤 했다. 뭐가 무섭냐고, 한 번은 내가 잠자리를 잡았던 손으로 아내의 손을 쥔 적이 있었는데 그녀는 한사코 손을 빼내면서 비누로 손을 씻기 전에는 아예 나를 근처에도 두지 않으려고 했다. 나는 지금 잠자리에 대해 얘기하려

는 게 아니다. 도대체 아내가 왜 나를 잠자리 따위로나 여기기 시작
했을까?

　아내의 귀가가 자꾸 늦어지던 시절에 나는 점잖게, 그야말로 정중
하게, 자정 전 귀가만은 지켜주기를 부탁하곤 했다. 같은 엘리베이터
를 타게 될 아파트의 남자 술꾼들에게 내가 고개를 들지 못할 지경이
라고 하소연하기도 했다. 아내는 진실로 미안해했고, 적어도 한동안
날짜변경선만큼은 넘기지 않으려고 노력하는 듯했다. 그러다가 다시
금 두세 시 넘어서 귀가가 이어지던 어느 날, 나는 안에서 현관문 번
호 키를 이중으로 잠가버렸다. 그날 밤 집 앞에 도착한 아내는 여러
차례 현관문을 열려고 시도했다. 나는 문 안쪽에 잠자코 서서 지켜보
면서도 끝내 자물쇠 번호를 해제하지는 않았다. 아내가 초인종을 울
리거나 현관문을 걸어차면서 욕설을 퍼붓는 소리가 들렸지만 나는
꼼짝하지 않고 버텼다. 잠시 후 아내는 툴툴거리며 엘리베이터를 타
고 내려갔다. 그걸로 끝이었다. 나는 그녀가 그날 어디서 남은 밤을
새웠는지 묻지 않았다.

　아내에게 손찌검을 한 것은, 내가 출근하는 길에 그제야 집으로 돌
아오는 아내를 엘리베이터 앞에서 용코로 마주쳤을 때였다. 아내 입
에서 단내가 풍겼다. 왜 그때, 원수는 외나무다리에서 만난다는 속담
이 떠올랐는지 모른다. 우리 부부에게는 그게 외나무다리가 아니라
엘리베이터였다. 나는 아내의 뺨을 후려쳤다.

　그날 퇴근하면서 나는 일부러 꽃집에 들러 붉은 장미 마흔두 송이

를 샀다. 그리고 백화점 상품권 열 장과 함께 그걸 아내에게 내밀었다. 소파에 누워 있던 아내의 반응이 그때 그랬다. 잠자리!

아내에게 손찌검을 한 건 물론 그게 처음이 아니었다. 그렇다고 내가 상습적이었다는 것은 아니다. 그녀가 시어머니를 욕할 때도, 시댁에 돈을 줬다고 발악을 하고 있을 때도 나는 아내의 뺨을 세게 올려붙이긴 했었지만……. 그때는 며칠 지나지 않아서 봄눈 녹은 듯 화해도 어렵잖게 이뤄지곤 했었다. 내가 먼저 빌고 사과를 하긴 했어도 그게 뭐 대수는 아니었다. 그런데 엘리베이터 앞 귀싸대기 사건은 사정이 달랐다. 아내는 그 후 내 손길이 닿을라치면 정말이지 잠자리라도 날아와 앉을 때처럼 소스라치게 놀라기 일쑤였고 질겁해서 내 손을 황급히 털어내곤 했다. 나는 나대로 마냥 너그러울 수만도 없었던 게 사실이다. 결혼 십오 년째 되던 시절이 그랬다.

세상 모든 여자들에게는 전쟁에 대한 공포가 숨어 있는 법이란다. 일찍이 전쟁을 겪은 바 있는 내 어머니는 명절이나 당신 생신이 되어서도 혼자 기어드는 나를 보고 말씀하신 적이 있다. 무슨 전쟁 말이에요? 이놈아, 여자가 남편에게 얻어맞는 게 바로 전쟁이지 뭐야?

그렇다면 여자들은 평화를 상징하거나 사랑하는 걸까? 비둘기처럼? 비둘기가 평화와는 아무런 관련도 없다는 사실은 이미 생리학자나 의학자 역사학자 심리학자 생물학자 등을 통해서 낱낱이 밝혀졌다. 그래서 그건 어쩌면 밥 먹고 아무런 할 일도 없던, 배부르고 등따습던, 세상에 미안해하던 어떤 한 시인의 넋두리에 지나지 않았는지도 모르겠다. 사실이야 어떻든지, 그때 내 어머니는 부연하셨다. 쯔쯔쯔, 평화로운 시대가 되면 암탉들이 소리 내어 우는 법이거늘! 그렇다면, 그렇다면 말이다. 내가 내내 참고 인내하다가 아내의 뺨을 올려 부칠 게 아니라 아내의 귀가가 늦어지던 처음 그 순간에 한 방을 먼저 내지르고 전쟁을 선포했어야 마땅하다는 뜻이 될까?

이제 촌장 쪽으로 화제를 바꿔야겠다. 내 아내 얘기를 너무 길게 늘어놓는 일도 민망한 짓이다. 옛날 어느 때는 아내 자랑을 하는 게 팔불출의 하나라고 했다지만 지금은 밖에 나가서 칭찬이든 욕설이든 아내를 언급하는 일이야말로 팔불출의 으뜸이라는 사실을 내가 모르지 않는다. 물론 내가 격앙에 이르게 되면 또 꺼내게 될지는 알 수 없지만.

"다솜은 궁극적으로 어떤 목적을 가지고 있습니까?"

식당 옆 마을회관에 앉아서 촌장에게 물었다. 일류 셰프 출신이라고 했지만 그는 1970년대 후반의 흔한 중국집에서 조리하는 주방장들처럼 평범하고 수더분한 인상을 주었다. 키도 작은 편이었으며 얼굴에는 벌써 검버섯도 몇 개 돋아나고 있었다. 그의 옆에서는 예의 그 젊은 여자가 바짝 붙어 앉아서 연신 생글거렸다. 계획대로 일이 성사된다면 훗날에는 젊은 사내에게 자기 젖을 물려줄 여자였다. 망측하게도 그 한 가지 상념이 내 머릿속을 오롯이 지배하는 듯했다.

"법이지요."

촌장이 낮은 음성으로 내뱉었다. 법이란 말이 산중이라서 그런지

아주 생경하게 들렸다.

"법이라고요?"

"그렇다오. 우리는 궁극적으로 인간이 살아생전에 두 번씩 결혼하는 것으로 법 제정이 이뤄지기를 바라지요."

"그렇다면 지금 법에는 인간이 한 번만 결혼해야 한다는 조항이 있던가요?"

"아니지요. 법은 우리가 결혼을 한 번하든 두 번하든, 심지어 아예 하지 않겠다고 버티더라도 전혀 상관하지 않습니다. 잘 아시겠지만, 이런 걸 일러 소극적 조항이라고 합니다. 명색이 복지국가를 표방하는 나라의 법이 이렇듯 국민의 행복과 복지에 직결되는 결혼 제도에 관해 방치하거나 소극적이어서야 되겠어요?"

"그럼?"

나는 쉽게 말을 맺지 못하고 어물쩍거렸다. 나 같으면 기껏해야 결혼생활 한 번으로도 갈팡질팡 좌충우돌하는데 만약 두 번을 하게 된다면 오히려 복지 혜택을 누리게 되리라는 얘기였다. 그러자 갑자기 다솜에 대해 파악하고 있었던 사실들과는 달리 내 스스로 자가당착에 빠지는 느낌이 들었다.

"저번에 들렀을 때 노인 부부를 만났다는 얘길 들었는데?"

"그때 산책을 가신다던 부부 말이에요."

촌장의 여자가 친절하게 일러주었다.

"아!"

"그분은 직전까지 서울 지역구 국회의원을 지낸 분이라오. 그래서 법 청원과 관련해서 여러모로 자문을 받고 있지요."

어디선가 낯이 익었다 했더니 그런 인물이었던 모양이다. 그나저나 그게 다 청원으로 가능한 일인지 궁금했다. 국회에 계류 중인 법률들이 별 희한한 것들까지 다 있더라는 얘기는 들은 적이 있지만.

"우리 법률 가운데 결혼 제도에 대한 적극적이고 강제적인 조항이 있다면 그건 이중결혼 방지라오. 하지만 결혼할 생각이 없는 사람들은 하지 않아도 상관없지만, 하려는 사람들은 생애 두 번 결혼하라는 강제 조항으로 바꾸자는 게 내 생각이란 말이오이다."

"한 번조차 어렵고 힘든 사람들이 부지기수인데요? 제 주변의 회사 동료나 친구들을 보면 열에 한둘은 이미 이혼하고 나머지 예닐곱은 오래전부터 각방을 쓴다고 고백합니다."

"하하하!"

촌장이 넉넉하고도 호걸스런 웃음을 터뜨렸다. 그의 옆에 앉아 있는 젊은 여자가 전에 만났을 때 보여준 그런 웃음이기도 했다. 부부는 닮는다더니, 그들은 같은 웃음까지도 공유하는 사이가 됐을까?

내 말은 사실이었다. 물불 안 가리고 되나캐나 지지 않으려고 덤비는 남자들의 뻥을 내가 물론 모르는 바는 아니다. 술자리에서 누군가가 각방을 쓰기 시작했다고 실토라도 할라치면 나머지들도 메뚜기처럼 튀어 오르며 자기는 역사와 연조가 더 오래 됐다고 자랑삼아 늘어놓는 게 그것이었다. 모든 뻥들을 한 수 접어준다고 해도 그러니, 우리나라 모든 부부관계는 이미 글러먹었다는 증거다. 벌써 떡시루를 다들 엎었다는 뜻이다.

"다솜 이데올로기는 바로 그 지점에서 연유했다오."

촌장이 여자의 손을 쥐었다. 여자도 남은 손을 촌장의 마른 손등 위에 포개는 모습이 눈에 들어왔다. 남자의 손은 남자의 손이어야 하고, 여자의 손은 여자의 손이어야 할 것 같다는 생각이 그때 들었다. 똑같이 거칠거나 똑같이 부드러운 손이 아니라 서로 다른 남자와 여자의 손이 쥐어지는 게 아름답고도 조화로울 듯싶었던 것이다. 내가 비로소 최면에 빠지기 시작했던 걸까?

"어떤 이들은 얘기합디다. 남자가 나이 들어서 가지고 있어야 할 게 첫째는 마누라고 둘째는 아내, 셋째가 와이프라고……. 또 어떤 이들은 말합디다. 남자가 아내에게서 하루 세 끼 밥을 다 얻어먹으면 '삼식이놈' 소리를 듣는다고 말이지요. 이게 우리 시대 늙은 남자들이 처한 현실입니다. 그러니 한때 우리 법률이 여성들의 권익을 괄목할 만하게 신장시켜 주었듯이, 이제는 도탄에 빠진 중장년 남자들을 돌아봐야 한다는 뜻입니다. 그리고 그게 어디 남자들만을 위한 법이 되겠소? 길을 가다가 중장년 여자들을 한번 유심히 살펴보시구려. 그들은 조금이라도 젊은 사내가 옆을 지나갈라치면 눈이 째질 정도로 목마른 시선을 보내지 않더이까?"

"하하하하……."

이번에는 여자가 붉은 혀와 목젖이 드러나게 웃었다. 그러면서 촌장의 손등을 꼬집었는지 촌장도 자기 손등을 빼내며 크게 웃음을 터뜨렸다.

"촌장님, 그렇다면 묵은 결혼이나 새 결혼은 그대로 놔둔 채로 그냥 내연으로, 그러니까 애인을 두고 사는 사람들은 어쩝니까?"

"아! 그건 아까 얘기한 것처럼, 각 개인들이 원하는 방식대로 살게 하면 돼요. 나는 오로지 결혼이라는 무시무시한 족쇄, 그 굴레를 좀 느슨하게 풀어주거나 적극적인 의지로 개선해야 마땅하다는 것뿐이오."

"그럼 구체적인 방법에 대해 얘기해주시죠. 어떻게 만나고 또 맺어지는지……."

한참을 우회해서 비로소 처음으로 돌아온 듯 생뚱맞은 느낌이 없지는 않았다. 초상집에 가서 먼저 실컷 울고 난 다음에야 뒤늦게 누가 죽었냐고 묻더라는 속담처럼……. 그건 그만큼 내가 촌장이 하는 말에 일방적으로 빠져들었다는 뜻에 다름 아닐 것이다. 방송 취재 같은 건 이제 안중에도 없었다. 그들이 꿈꾸는 일은 법에 저촉되지도 않을뿐더러 비난의 대상도 못될 터였다.

촌장의 젊은 부인이 구기자를 달였다는 물을 들어 촌장의 입에 대주고는 나에게도 사과 한 쪽을 권했다. 촌장에게 목을 축이라는 뜻일 테니까 아마도 긴 얘기를 시작할 모양이었다. 아내도 그렇게 살뜰하게 나를 챙겨주고 배려하던 날들이 있었다. 내가 비눗물에 발이 미끄러지면서 엄지발가락이 시커멓게 멍이 들었을 때, 아내는 그게 몹시도 아픈 부위라면서 내 발가락이 다 나을 때까지 약을 발라주고 주물

러준 적도 있다. 오래 떨어져 지내왔으면서도 아버지가 돌아가셨을 때는 아무런 내색도 하지 않은 채 밝은 낯빛으로 조문객들을 맞이하기도 했다. 하지만 그런 날들은 이제 결코 다시는 돌아오지 않을 것임을 나는 잘 안다. 오래전 한 자락이 이미 단언한 적이 있듯……. 한 번 가버린 사랑은 다시는 오지 않아요. 아무리 기다려 봐도 다시는 올 수 없어요.[3]

"저희는 어쩌면, 지금 단계에서는 한낱 뚜쟁이에 지나지 않을지도 모르외다."

촌장은 다소 자조 섞인 목소리로 말문을 열었다. 스스로를 지칭하면서 '저희'라고 한 건 아마 그 자조 때문이었으리라. 뚜쟁이라고도 했다.

"돈을 좀 가지고 있는 나이 많은 남자로부터 관계는 시작됩니다. 그가 젊은 여자 하나를 구하는 것이라고 보면 되겠지요. 나이가 많다고 해서 노인들만 대상이 되는 건 아니고요. 선생처럼, 사십 대 이상이면 가능합니다. 젊은 여성을 구하는 건 우리 몫인데, 물론 선생께서 몇 차례 퇴짜를 놓을 수도 있습니다."

상담이라도 받으러 온 고객을 대하듯 촌장은 드러내놓고 내 경우를 빗대어 얘기했다. 나는 말려들지 않겠다고 시위하듯 이를 앙다물었다.

---

[3] 양희은의 〈잊어버려요〉 앞 부분.

"그렇게 남은 생을 살다가 결국 남자는 죽게 되겠지요. 그새 여자는 나이를 들어 젊은 사내를 맞이하게 됩니다. 전 남편으로부터 물려받은 재산으로, 그리고 자신의 젖으로 젊은이를 양육하는 겁니다. 그러다가 여자가 죽거나 너무 늙으면 남자가 젊은 여자를 들이도록 우리가 다시 사람을 찾아 나섭니다. 윤회처럼, 그렇게 반복 순환하는 것이지요."

"다음에도 재산 일부를 내야 하겠죠?"

"하하…… 아주 없시는 않시만 그선 극히 일부에 지나지 않는다오. 사람을 찾는 비용 정도만 필요합니다. 굳이 이곳에 들어와 살겠다면 거기 소요되는 비용도 아주 없진 않지요. 하지만 내가 만약 축재에 뜻이 있었다면 애초에 이런 일을 벌이지는 않았을 거요. 그리고 나는 이 순환 과정을 열 번 이상은 되풀이해도 좋을 만큼 재산이 충분하외다."

"그럼, 그 복잡한 관계 속에서 태어나는 아이들은 어찌 합니까?"

조금은 속된 질문을 전에 했던 터라 나는 서둘러 화제를 바꾸었다.

"나와 이 사람 사이에도 사내아이가 하나 있소. 우리는 장차 이 아이가 우리가 세운 목표 안에서 살기를 희망한다오. 하지만 그건 전적으로 아이의 뜻에 맡겨야겠지요. 그런데 어쩌면 나중에 내 아내가 젊은 남자를 만나 살더라도 새 아이를 갖는 일이 그리 수월하지는 않을 거요. 장담할 수는 없지만 내가 죽을 때가 되면 내 아내도 이미 오십이 넘어 있을 테니까 말이오. 그래서 이 제도 안에서는 자식들 문제가 그리 복잡하게 얽히는 경우는 드물 것이라고 믿으오이다."

272

촌장의 아내가 촌장의 볼에 입술을 갖다 댔다. 촌장도 똑같이 답례를 했다. 나는 그때 그들 부부와는 상반된 관계, 곧 늙은 여자와 젊은 사내 부부를 만나보고 싶다는 생각이 들었다. 그들도 이들처럼 만족할까?

"가능할지 모르겠지만 다른 관계는……."

나는 또다시 우물거렸다.

"무슨 말인지 짐작할 수 있소이다. 허나 먼저 이 말부터 해두고 싶어요. 성인인 공자孔子의 탄생은 앞서 그런 결합에서 가능했다오. 아비는 늙었고 그 어미는 아주 젊었지요. 생물학자들은 이런 조건에서 우수한 형질의 자식들이 잉태된다는 사실을 이미 오래전에 증명했어요. 늙은 아비로부터 세상을 보는 지혜와 경륜, 그리고 인내의 씨앗을 물려받은 뒤에 싱싱하고도 기름진 밭에서 생육되기 때문이랍디다. 바로 이런 점에서도 국가가 나서서 이 제도를 법제화할 필요가 있다는 거요."

촌장은 아주 득의양양했다. 이번에는 그들 사이에서 태어났다는 아이를 만나보고 싶어질 지경이었다.

"많은 이들이 질문하는 게 바로 그것입디다. 과연 그 역의 관계에도 장점이 있는지, 만족도가 높은지 말이오. 그게 아니오?"

"맞습니다."

"사실 그건, 내가 처음 뜻을 세울 때부터 회의했던 부분이기도 하다오. 지금도 나는 그들 부부를 관찰하는 데 최선을 다하지요. 장차 내 아내에게 현실로 닥칠 문제이기도 해서 더욱 그리합니다. 하지만 결론부터 얘기하자면 만족도는 의외로 아주 높습니다. 젊은 남편 쪽에서 공개되기를 꺼려해서 직접 대면시켜드릴 순 없지만 이건 내가 장담하리다. 그들이 왜 그런고 하면, 젊은 수컷들의 성급함을 노련하게 제어시키는 감속 장치, 뭐 그런 게 있기 때문이라고만 얘기해둡시다. 혈기왕성한 젊은이들은 힘을 믿고 달릴 뿐 느긋하게 감상하는 능력이 떨어져서 낭비가 심하고 자칫 몸을 상하는 경우가 많습니다. 그러다가 나이 들어서는 샘이 고갈돼서 쩔쩔매는 일이 발생하죠. 내가 그랬고, 아마 선생께서도 분명 그랬을 겁니다. 그렇지 않은가요? 그런데 우리 사회 우스갯소리마냥 아주머니는 아주 많이 한 사람이고 할머니는 할 만큼 한 분들이기 때문인지는 몰라도 자동차 경주를 하듯 내달리는 젊은 사내의 난폭운전을 제어하는 본능적인 기능을 익히고 있더라 이 말이에요. 젊은 남자들의 몸도 차츰차츰 적응이 되면서 진정한 즐거움을 맛보게 될 것임은 자명하지요. 그들 남자들이 나이 들어서 경륜이 쌓이고 두 번째 결혼할 때쯤을 상상해보세요. 우리 사회는 분명 열락의 세상이 되고도 남을 거외다."

대책 없는 열기가 내 몸에 뻗쳤다. 얘기를 듣는 것만으로도 회춘한 기분이었다. 그걸 눈치 채고 말았는지 촌장의 젊은 아내가 자기 늙은 남편의 허리에 팔을 둘렀다. 여자의 몸이 촌장에게 안기듯 비스듬히 기울어졌다. 그들 부부는 고단수의 약장수 같은 느낌도 아주 없지는 않았다. 어쨌거나 좋다. 내 회가 동한 건 사실이었다. 약값은 물어봐야 했다.

"재산에 기준은 있을까요?"

"아!"

답답한지 촌장이 한숨을 몰아쉬었다.

"모든 중매쟁이들을 떠올려보면 될 거요. 남자의 재산을 따지기는 하되 그걸 중매쟁이들이 차지하는 건 아니지 않소? 우리도 그러합니다. 다만, 그 재산이 얼마가 됐든 공탁을 해두고 서약을 받아두는 절차는 있습니다. 예를 들어, 남자가 젊은 여자의 단물만 다 빨아먹고 도망치지 못하도록 장치를 해두는 거죠. 지금은 우리 다솜이 이 일을 도맡을 수밖에 없지만 장차 이런 시스템은 정부가 마련해야 할 거고……."

그들 부부에게 양해를 구하고 나는 회관 밖으로 나섰다. 다솜의 가을은 절정으로 치닫고 있는 중이었다. 산중 마을의 가을이라 아마 짧고도 강할 것이다. 사랑도 본래 그런 것일지도 모른다는 생각이 머리를 스쳤다. 길어지면 가늘거나 추잡해지는 것이라고……. 촌장의 얘기도 그것일지 모른다. 줄잡아서 서른 살에 결혼해서 칠십이나 팔십까지 간다면, 그 사이 사십 년이나 오십 년은 추잡스러워질 만큼 긴 세월일까?

난데없이 꽁지가 붉은 고추잠자리 한 마리가 내 어깨에 내려앉았다. 나를 바지랑대쯤으로나 여긴 모양이었다. 나는 녀석의 꽁지를 잡으려다 말고 굳은 듯 가만히 서 있었다. 하늘을 올려다보니 잠자리

떼가 어지럽게 나는 모습이 눈에 들어왔다. 아내는 그래서 가을 들판에 나가는 걸 몹시 싫어했다. 불행한 여자가 틀림없었다.

내가 입을 열면, 당신은 아마 몹시 슬퍼질 거예요.

무슨 일이냐고, 도대체 왜 그러는 것이냐고 내가 울면서 물었을 때, 아내는 그 한 마디를 어렵게 토해냈었다.

그래, 어디 한번 슬퍼보자. 제발 입을 열어봐.

아내가 다시 침묵했다. 나는 아내의 함구를 견디기가 힘들었다. 침묵을 깨뜨리는 특단의 조치가 필요했다. 그게 피라면, 팔에서 뚝뚝 떨어지는 피라면 가능할까? 나는 부엌으로 가서 식칼을 꺼내들고 그녀 앞에 섰다.

다시는 당신에게 손찌검을 하지 못하도록 내 손목을 잘라낼까? 그럼, 믿겠어?

내 험악하기 짝이 없을 눈꼬리를 가만히 응시하던 아내의 두 눈에서 맑은 눈물방울이 흘러내렸다. 나는 스스로 후회하거나 자책하지 않도록 단칼에 손목을 내려칠 작정이었다.

불쌍한 사람…… 그 때문은 아니에요.

아내가 내 손아귀에서 칼을 빼냈다. 그런 와중에 아내의 팔뚝이 일직선으로 짝 그어지고 말았다. 아내의 팔에서는 금세 핏물이 배어났다. 나도 아내도, 마치 생전 처음 보는 어떤 즙액이라도 구경하듯 물끄러미 그 핏물을 바라보았다.

베인 자리가 쓰라리기는커녕 상쾌하네요. 아, 내가 왜 여태 이걸

276

몰랐을까?

미소까지 머금은 채 아내는 내 동의를 구하듯 내 눈길에 간절히 매달리고 있었다. 그날 밤, 아내와 나는 함께 꺽꺽 울면서 섹스를 했다. 내 생애 그런 변태적인 섹스는 처음이었다. 나는 아내 팔뚝의 피를 핥았고, 아내는 아내대로 상쾌하다고 말하면서 울었다. 피는 좀 떫었지만 눈물은 달았다. 그게 우리가 함께 한 마지막 만찬이었고, 우리가 부부로서 치른 마지막 성애이기도 했다.

문제는 그 섹스 이후 발생했다. 아내가 이따금 자신의 팔이나 다리 어딘가에 붙여둔 일회용 밴드를 억지로 떼고 보면 그곳에서는 어김없이 칼로 날카롭게 베인 상처가 드러나곤 했다. 그게 아니면 어느 때는 잠꼬대라도 하듯 혼잣말을 중얼거리기도 했다. 헌혈하러 왔어요. 하루에 세 번쯤은 괜찮겠죠? 그쵸?

아, 남편으로서는 풀 수 없는, 아내가 품고 있는 비의秘意라니!

정말이지 바지랑대가 아니면 허수아비 따위로나 여겼는지 고추잠자리 몇 마리가 내 몸 곳곳에 내려앉기 시작했다. 나는 잠시 놈들을 지켜보다가 그들이 놀라지 않도록 날려 보낸 다음 잠자코 내 승용차로 가서 조용히 시동을 걸었다. 촌장 부부에게는 따로 인사할 필요도 없었다. 인사를 나누지 않고 그냥 가버림으로써 그들은 내가 틀림없이 다시 찾아올 것이라고 믿을 터였다.

그 후로 오랫동안 나는 다솜을 찾지 않았다. 마음은 늘 그곳 언저리, 화두가 내걸린 붉은 적송 주변에 가 있었다는 사실을 고백해두

자. 남들 부부는 어찌 사는지, 방송 특집을 핑계로 숱한 부부들을 만나 속내를 들어보기도 했다. 그들 삶은 다들 각양각색이었다. 그러다가 어느 날엔가는 그런 탐구도 그만 시들해지고 말았다. 남들이 어떻게 사는지는 나에게, 우리 부부에게는 개 터럭 한 올 만큼도 상관없는 일이었다. 그들이 어떻게 지내든 우리에게는 아무런 영향이나 감흥도 주지 않았기 때문이다. 텔레비전 프로 한 편을 보고 부부관계를 고치는 이들은 세상에 없을 거라는 의욕 상실도 컸다.

내가 전에 아내에게 이런 말을 한 직은 있다. 아내의 발뚝에서 피를 보기 훨씬 이전의 일이었다.

다솜이라는 곳이 있어. 알아?

다솜?

그래, 얘길 들어봐.

나는 그때까지만 해도 풍문으로만 들었던 다솜 얘기를 아내에게 들려줬다. 아내는 호기심을 보이며 내 말에 귀를 기울였다.

그거, 진짜예요? 당신 엉뚱한 상상력으로 또 뭔가를 꾸미는 건 아닌가요?

이 사람이, 진짜라니까!

설마, 그런 게 가능할까?

그게 가능한지 어떨지는 아직까지 나도 모르겠다. 촌장의 바람처럼 만약 법제화가 이뤄진다면 사정이 달라지겠지만 그게 우리 생애에 쉽게 실현되지는 않을 것 같다. 아니, 이건 확실하다. 사람들은 빠르게 바뀌지만 세상은 더디게 변화하기 마련이다. 세상은 아직 이십일 세기인데 사람들은 벌써부터 이십삼 세기쯤을 살고 있다. 부부관계가 특히 그렇다는 생각이 든다.

입을 열면 당신이 몹시도 슬퍼할 거라던 아내 얘기가 떠오른다. 내가 슬퍼할만한 일이 과연 무엇일까? 그건 나 아닌 아내의 또 다른 사랑을 말하는 걸까? 이를테면 다른 남자를 향한?

그런 게 아니라면 세상에 슬플 일은 없을 것도 같다. 하지만 한편으로 생각하면 지금의 내 처지만큼 슬픈 경우가 또 있을까……. 그래서 내가 결심한 일, 이제 그 부분에 대해서 마지막으로 당신들의 의견을 묻고자 한다.

아파트를 처분한 다음, 예금통장을 헐어버리고 고향 삿갓배미 땅뙈기까지 팔아 치우면 한꺼번에 꽤 많은 현금을 장만할 수도 있을 것 같다. 그걸 아내와 나, 둘로 공평하게 나눈다. 그리고는 아내 손을 잡고 다솜으로 이끄는 것이다. 아내의 조건이 좀 불리해진다거나 상대방 젊은 사내가 까탈스럽게 굴기라도 한다면 아내 몫으로 좀 더 떼어줄 수도 있다. 아내의 노후가 젊은 사내와 더불어 행복했으면 좋겠다. 물론 내가 전면에 나설 수는 없다. 전문적인 뚜쟁이들이 거기 있기 때문이기도 하지만 무엇보다 내가 아내를 중매할 수는 없는 일이고, 또한 그런 상황을 보면서 인내해 낼 자신이 없다.

그런 다음 비로소 나도, 죽어서 눕기라도 하듯 편안하게 다솜에 정착했으면 한다. 내가 아직 혈기왕성하기는 해도, 이건 결코 젊은 여성에 대한 욕망 따위는 아니다. 어머니는 평화라고 말씀하셨어도 나에게는 너무나 긴 전쟁이었다. 한 번뿐인 생애, 그래서 일생一生이라고들 부를 테지만, 일생에 전쟁을 만난 건 내가 불우한 탓이다. 하지만 휴전의 조건이 어떻게 되든 이제 전쟁을 끝내고 싶어진다.

그래, 날자.[4] 한 번이 아니라 일생에 적어도 두 번은 날아야 하지 않겠는가?

---

4) 이상李箱. 「날개」끝 부분.

이병천 1981년 《조선일보》신춘문예에 「우리의 숲에 놓인 몇 개의 덫에 관한 확인」의 시가, 1982년 《경향신문》 신춘문예에 단편소설 「더듬이의 혼」이 당선되었다. 창작집으로 『사냥』 『모래내 모래톱』 『저기 저 까마귀떼』 『홀리데이』. 장편소설로 『마지막 조선검 은명기(전3권)』 『신시의 꿈』 『900000리』가 있고, 어른을 위한 동화 『세상이 앉은 의자』 등이 있음.

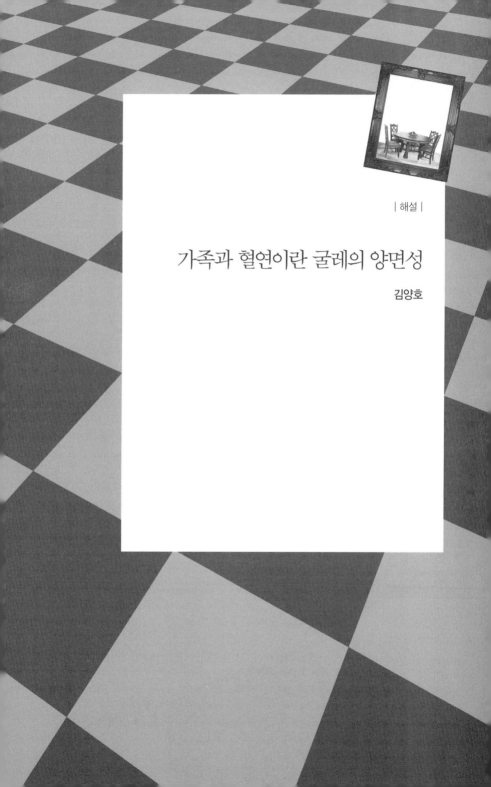

가족과 혈연이란 굴레의 양면성

김양호

가족과 혈연이란 굴레의 양면성

김양호

(소설가 · 숭의여자대학교 미디어문예창작 전공 교수)

: '가족'을 묻는다 :

후기 자본주의 사회에 들어서면서 현대인의 삶은 더 각박해지며 피폐해지고 있다. 자본과 기술이 국경을 넘어 세계를 지배하는 세계화 시대의 정치판은 극우 민족주의의 탈을 쓰고 난민에 대한 거부나 이주민에 대한 차별을 당연시한다. 생존과 일자리를 찾아 국경을 넘는 사람들은 다문화 가족의 등장을, 물질중심주의 사회는 혈연보다 돈이 우선하는 사회를 이미 예고하고 있다. 세계가 급변하면서 전통적 가치들은 급격히 사라지거나 또는 변형되고 있다.

가족 테마소설집 『두 번 결혼할 법』은 삶과 사회, 국가의 근간을 이루는 최소 단위인 가족의 의미와 가치가 현 시대에 어떻게 해체 · 변형되어가고 있는가를 중심주제로 선정해 조명한다. 아홉 편의 작품들의 시대적 배경은 제각각이다. 영 · 정조시대의 작품이 있는가 하면, 미래를 그리는 에스에프 작품도 있다. 그러나 가족의 의미를 재고하게 만든다는 점에선 공통적이다.

전통적으로 가족은 혼인제도에 기반을 둔 혈연적 재생산을 통해 대를 잇고, 혈연으로 이어진 가족 간의 사랑을 통해 유지된다. 사랑이 가족의 감성적 유대라면, 가부장제도는 가족 내 질서를 유지하는 권위에 근거한 유대를 창출해 왔다. 혼인(법), 혈연관계, 가족애 (부모에 대한 존경, 자식에 대한 내리사랑, 부부애) 등은 가족의 전통적 가치를 유지하는 절대적 개념이다. 소설집은 이러한 가치들이 사라지거나 변형되거나 혹은 집요하게 유지되고 있거나 역전되고 있는 현상들을 보여준다.

이러한 주제들은 가족과 관련한 전통적 가치들이 제각각 유지 · 소멸 · 변형 · 역전되고 있는 현 시대의 격변을 다양하게 반영하고 있다. 지면의 한계상 인상비평 수준의 해설을 쓰면서 오독에 대한 두려움을 함께 적는다.

: 혈연과 가족애 관계의 다양성 :

혈연과 가족애 관계의 절대성 – 장마리의 「가족의 증명」

「가족의 증명」은 열악한 주거환경 속에서 살아가는 열아홉 살의 남자 박현수가 살인을 하게 되는 경위와, 그 범죄를 덮어주는 아버지의 모습을 그려낸 일인칭 시점의 작품이다. 친자식의 살인행위를 몰래 처리하는 행위는 옳고 그르고를 떠나 오로지 혈연관계이기에 가능할 수도 있다는 개연성을 지닌다.

주인공 '나'는 물건을 버리지 못하고 쌓아두는 호더장애인인 아버지와 쓰레기 더미에 파묻힌 은행나무 집에서 살고 있다. '나'는 생계를 위해 초롱미용실에서 미용 일을 배운다. 초롱미용실 여주인은 자폐증을 앓는 여덟 살 된 아들 초롱이를 키우는 서른한 살의 이혼녀다.

안타고니스트로 등장하는 친구 명주는 이 년간 소년원에서 복역하다 출옥해서 화자를 찾아온다. 그리고 돈을 요구한다. 지하셋방에서 함께 살고 있는 할머니가 아프다며 입원비를 뺏어가고 전세값을 빼앗아간다. 교장 차를 부수고, 고자질한 애들에게 폭력을 행사한 명주가, 공범이었던 나를 끌어들이지 않고 혼자 소년원에 갔다는 부담 때문에 요청을 거부할 수 없었던 화자는, 마지막으로 할머니의 수술비용 천만 원이 필요하니 초롱이를 유괴하여 몸값을 받아내겠다는 명주의 제안에 당혹감을 느낀다.

자폐아인 초롱이는 노란색에 집착하는 아이다. 머리칼, 안경테, 셔츠, 바지, 운동화 모두 노란색 일색이다. 이 작품에 시종일관 등장하는 노란색의 상징은 천착해 볼 여지가 있다. 화자인 나도 노란 단무지가 좋아 짜장면을 시키는 등 노란색을 선호한다.

화자는 노란색을 좋아하는 여자처럼 생긴 여린 남성이며 쓰레기

더미로 뒤덮인 집 마당에는 은행나무가 자라고 있다. 노란색은 집을 나간 어머니가 좋아하던 색깔이기도 하다. 다시 말해서 자신의 정체성과 존재 증명을 노란색으로 환치하여 집착하는 것이다. 그런 입장에서 보자면 노란색을 좋아하는 자폐아 초롱은, 유년시절 자신의 또 다른 분신이다. 화자는 초롱이를 유괴하려는 명주의 의도는 자신을 죽이려고 칼을 들이대는 행위와 같다고 느낀다. 위기의식을 느낀 나는 결국 명주를 집으로 유인하여 수면제가 든 술을 먹인 뒤 살해하고 만다. 정신을 잃은 뒤 깨어난 나는 아버지가 은행나무 아래에 명주의 시체를 묻었다는 사실을 알게 된다. 내가 저지른 살인을 폐인처럼 살아가던 아버지가 처리한 것이다.

이 작품은 전통적 옹호가치인 부모의 무조건적인 사랑, 절대적 사랑의 한 단면을 보여주고 있다. 무조건적이고 절대적인 그런 사랑은 친자식(혈연관계)이기에 가능한 것이며, 그런 사랑의 실천이야말로 바로 가족애를 증명하는 행위다. 아버지가 자식에게 쏟는 무조건적 사랑의 절대성은 독자의 비난을 주저하게 만든다.

혈연과 가족애 관계의 무의미성 – 한지선의 「여섯 달의, 붉은」

「가족의 증명」이 혈연에 대한 절대적 가치를 보여주고 있다면, 「여섯 달의, 붉은」은 혈연관계가 절대적 가치인 가족애를 보증하는 것이 아닐 수도 있는 현실을 보여준다. 작품은 혼외녀와의 사랑을 못 잊어 가족을 내팽개치는 남자, 전통적으로 세간의 비난을 받는 몹쓸 남자를 통해 혈연에 기초한 가족애의 가치를 무의미한 것으로 만들어 버린다. 육 개월간 동거했던 여자를 잊지 못하고 방황하다 우울증에 걸린 남자가 결국 아내에게 아무런 말도 남기지 않고 종적을 감춘 채 죽음을 택한다는 하강적 미의식을 드러낸다.

화자는 고등학교에 근무하면서 결혼을 해 '류'와 '용'이라는 자식을 둔 선생이다. 평범하게 직장생활과 결혼생활을 영위해 가는 사람이었으나 어느 때부터 과거의 미망에서 헤어 나오지 못하는 자신을 발견하게 된다. 그 미망은 운영하던 컴퓨터 회사가 망한 뒤 임용고시를 준비하던 젊은 시절 절에서 만났던 이혼녀와의 육 개월 간에 걸친 동거에서 기인한 것이다.

현주라는 이름의 이혼녀는 준이라는 네 살 된 아이를 데리고 절에 나타나 사흘간을 머물다 가는 중에 주인공과 육체관계를 맺게 된다. 절을 떠난 후에도 연락을 취해와 결국 여자의 아파트로 들어가 동거하게 된다. 이혼녀의 캐릭터는 상당히 독특하다. 동거 생활을 하면서도 일본어 통역 일을 한다고 밖에 나가 외박을 하고 오기 일쑤다. 아예 드러내놓고 "저 남자랑 자고 갈 거야"란 말을 서슴없이 꺼내는 여자다. 얼핏 보면 프리섹스주의자 같이 보이기도 하고, 색정증 환자처럼 느껴지기도 한다. 하지만 그런 그녀를 화자는 내치거나 떠나지 못하고 동거를 계속한다.

동거는 여자가 "나이 많지만 돈 많은 일본인 교수"를 만나 일본으로 떠나겠다고 선언하는 데에서 끝이 난다. "난 돈이 없으면 못 산다"

라면서 여자가 일본으로 떠나는 날 화자는 공항에 나가 자기보다 키가 더 작은 일본 남자와 함께 떠나는 여자를 지켜본다.

화자는 "뜨겁지도 차갑지도 않은, 잘 웃지도 그렇다고 찡그리고 있지도 않는 마치 중립지대 같은 담담하고 무표정에 가까운 몸과 마음의 소유자인 아내와 그저 그런 듯이 살며, 두 아이의 아빠가 되어" 살아간다. 화자의 말을 빌리면 아내는 무색무취한 성격의 여자다. 결국 화자는 그런 비밀을 아내에게 털어놓지 못하고 우울증에 걸린다. 아내는 두 아이를 호주에 있는 시아주버니에게 보내고 화사에게 지료를 받게 하지만 화자는 아무런 말없이 가출하여 자살하고 이야기는 끝난다.

인간은 다양한 종류의 사랑에 빠질 수 있다. 혈연에 기초한 사랑(전통적 가족애), 이성(동성)간에 느끼는 에로스적 사랑, 지식탐구에 빠지는 사랑 등 그 종류는 매우 다양하다. 이 모든 것들이 인간 본성의 각 단면들이라면 그 사랑들은 자체로서 아름답다. 그러나 사랑들 간에 충돌이 발생했을 때 문제는 시작된다. 현실 사회를 안정적으로 유지하기 위해선 서열 순위가 분명해야 하는데, 인간의 감정은 그렇지 못하다. 사랑은 저절로 빠져드는 것이지 하려고 해서 되는 것이 아니다. 가족애도 더 이상 우러나는 것이 아니라면, 그것은 가족관계를 유지하려는 사회가 요구하는 책무로 전락하게 되고, 사랑과 책임이 충돌할 때 사회는 책임을 버리는 사람을 비난하게 된다.

사랑에 빠져 세상의 모든 가치를 져버리고 죽음까지 불사한다는 이야기는 수많은 문학 예술작품들에서 다루어져 온 주제다. 사랑이 가족애와 충돌할 때 무엇을 포기하는가에 따라 세간의 시선은 달라진다. 사랑에 빠져 가족을 포기하는 이런 사랑을 지지한다면, 가족 관계는 언제라도 무너질 수 있다. 따라서 현실은 이런 가치를 완강히 거부한다.

혈연과 무관한 가족애 – 김소윤의 「괜찮습니다, 나는」

「괜찮습니다, 나는」은 앞의 두 작품들과는 또 다른 가족애가 성립할 수 있음을 보여준다. 이 작품은 혈연과 무관한 가족애도 혈연에 기초한 가족애만큼 절대적일 수 있으며, 가능할 수 있다고 말한다.

혼혈 필리핀 여성 한조이와 결혼한 말단 세무공무원인 나는 결혼 삼 년 만에 이십오 세의 아내가 교통사고로 죽자 그 충격으로 직장생활에 적응하지 못한다. "누구도 내 앞에서 한껏 울지 못했다. 사실상 울어줄 사람도 없었다. 우리 부모님은 몇 번이나 땅을 쳤지만, 홀로 남은 아들을 위한 눈물이지 아내를 위한 것은 아니었다. 친구들은 내 어깨를 두드리며 술잔을 기울여주었으나 떠난 아내를 잘 알지는 못했다"의 독백처럼 충격은 아내의 부재와 아무도 아내의 죽음을 진정으로 슬퍼해주지 않는다는 걸 느끼면서 받은 것이다.

그것은 오로지 공무에 집중하는 형태로 나타난다. 상사는 "난 그저 걱정하는 거야. 장례를 치르고 나서 자네가 사람들과 눈 한 번 마주치지 않았다는 걸, 알고 있어?"라고 말하며 일주일간의 휴가를 준다.

휴가를 얻은 나는 아내의 고향인 필리핀 '보라카이'로 찾아간다.

장모 '에리카'를 찾아간 나는 아내의 이부 동생인 열 살짜리 사내아이 '호세'를 만난다. 아내 조이의 죽음을 전해들은 두 사람은 슬퍼하며 충격에 빠진다. 아내의 상실에 비참해하던 나는 마침내 진정으로 슬퍼하는 사람을 만났다는 생각에 오히려 슬픔이 덜어지는 이상한 안도감을 느낀다. "조이를 나만큼, 나보다 사랑해준 이들이 있다. 홀로 남은 참혹한 지옥에서 뼛속까지 녹아내리려는 찰나, 나는 구원되었다"고 느끼는 것이다. 그것은 화자의 심리적 내상을 치유하는 계기가 된다. 화자는 사랑하는 아내를 잃은 자신을 진정으로 위로해주는 사람들 속에서 가족애를 느낀 것이다. 내상의 치유 방법을 다른 곳에서만 찾으려던 자신의 시야가 편협했다는 것을 깨닫는 계기가 되었다고 볼 수 있다. 엄살과 과장이 조금 묻어 있는 화자의 슬픔은 결국 혈연관계가 아닌 이방의 가족관계 속에서 가족애를 통해 치유를 받는다.

화자는 한국애처럼 생긴 외모에 더듬더듬 한국어를 할 수 있는 호세와 며칠간 바닷가에서 수영을 하는 등 즐거운 시간을 보낸다. 떠나기 전날 에리카는 마사지를 해주겠다고 한다. 극구 사양했으나 어쩔 수 없이 마사지를 받게 된 화자는 에리카의 손끝에서 응어리진 근육이 풀어지고 따뜻한 온기가 불어넣어지는 걸 느낀다. 풀어지는 건 근육만이 아니다. 응어리진 마음의 상처 또한 풀어지는 것이다. 호세가 원한다면 언제든지 한국으로 초청하겠다는 말을 남기고 떠나오는 화자는 시련을 극복하고 귀환하는 사내의 모습으로 재탄생된다.

한국인과 필리핀인 사이에서 태어난 '코피노'를 소재로 하여 그들의 애환과 이주가족, 국제결혼의 문제를 다룬 이 작품은 아내의 죽음으로 고통스러워하던 주인공이, 진정한 슬픔의 민낯을 보여준 이방의 가족들을 통해 심적 고통에서 벗어나는 과정을 그려낸다. 고통의 수렁에서 화자를 건져 올린 것은 결국 따뜻한 가족애지만 그 가족애는 반드시 혈연관계에 근거하지 않고도 성립한다.

소망적 사고로서의 가족 – 김경나의 「마지막 손님」

도시의 허름한 뒷골목에서 산부인과를 운영하는 김 원장은 쇠락해가는 병원의 의자에 앉아 이사 갈 준비를 하면서 옛날 일을 회상한다. 첫 환자의 병명, 인형을 업고 나타나던 미친 여자의 일화 등을 기억하면서 상념에 젖어 있던 김 원장은 병원에서 마지막 손님을 받게된다. 환자는 진통을 호소하는 여중생이다.

분만을 유도하는 그네의자에 앉힌 임산부를 돌보면서 김 원장은 가난한 고학생 시절 자신을 스쳐 지나간 첫사랑을 떠올린다. 대상은 네 살짜리 딸을 둔 선배의 아내다. 알타리무를 다듬는 선배 아내의 섬세한 손놀림과 붉은 립스틱을 바른 입술에 마음이 흔들렸던 기억을 떠올린다. 잡채를 볶는 모습과 식후 삼십 분을 기다려 딸아이에게 약을 먹이는 모습, 책꽂이에 꽂혀 있던 쇼펜하우어 등 선배의 아내 모습은 김 원장의 기억 속에 세세히 문신되어 눈앞에 선연히 떠오른다.

하지만 김 원장이 느끼는 첫사랑은 사랑이라고 보기 어렵다. 가사에 충실하고 딸아이를 지극정성으로 돌보며 때로는 어려운 책도 읽고 가끔 붉은 립스틱을 바른 입술로 성적인 매력을 풍기는 선배의 아내는 가난한 고학생인 자신이 미래에 갖고 싶은 가정의 모습, 가정을 꾸려나가는 아내의 미래상이 치환되어 나타난 것이다. 현실적으로 도전하고 이룰 수 있는 사랑이 아니라 혼자서 그려보는 자신의 행복한 미래상이다. 현실적 사고가 아니라 소망적 사고의 대상이다.

진통을 호소하는 이린 임산부를 돌보는 김 원장의 속내에는 사라지고 잊힌 것들에 대한 아련한 그리움이 묻어 있다. 그리움은 환자가 별로 찾아오지 않는 낡은 산부인과의 쇠락과 더불어 느끼는 자신의 노화현상에 대한 아쉬움과 병치된다.

이 소설은 첫사랑에 대한 소재를 형식으로 채택하여 얘기를 진행시켜 나가지만 그 속에는 늙어가는 외로움과 쇠락해가는 병원에 대한 아쉬움 등이 내재되어 있다. 어린 산모가 출산하는 새 생명도 탄생과 죽음이라는 이항대립 구조를 명료하게 만들어준다.

젊은이는 미래를 보고 노인은 과거를 본다. 과거를 회상하는 빈도수가 많아진다는 것은 다가올 미래에 대한 기대감의 감소에 수반되는 노화현상이다. 폐업을 준비하는 노의사의 상념은 순수한 첫사랑과 진통을 호소하는 환자 사이를 왕복하면서 자신의 과거를 반추하는 형식으로 나타나지만, 내면에는 노년과 젊음의 이항대비를 외로움과 그리움으로 병치시켜 제시하고 있다.

: 부(물질)와 가족애 가치의 역전 :

물질중심주의 시대의 가족애 – 김저운의 「개는 어떻게 꿈꾸는가」

「개는 어떻게 꿈꾸는가」는 폐암으로 죽어가는 어머니를 바라보는 아들의 시선과 어머니가 키우던 개의 시선이 교차하면서 쓰인 작품이다.

무절제하고 방탕하며 이기적인 삶을 살아가던 나는 어머니의 관심에서 멀어진다. 병석에 누운 어머니가 개에게 유산을 물려주는 유언장을 작성했다는 사실을 친구인 사무장에게서 들은 나는 개에게 어떻게 유산을 주냐고 웃어넘기지만 개에게 주는 게 아니라 법인 같은 재단에 주어 유기견을 모아 관리하고 입양시키는 일, 반려견 또는 유기견에 대한 교육 사업을 하게 한다는 말에 당황한다. 골프 강사인 아내는 어머니의 임종 전에 유언을 바꾸게 만들라고 나를 채근한다.

어머니가 키우던 반려견 '모리'는 첫 주인에게 버림받은 말티즈다. 유기견으로 지내던 모리는 '꽃무늬 모자를 쓰고 흰 원피스를 입은' 어머니의 눈에 띄어 함께 살게 된다. 모리는 어머니를 마미라고 부른다. 불륜을 저지르다 교통사고로 죽은 남편 때문에 고통 받던 어머니는 모리에게서 위안을 얻는다. 자식마저도 자신을 돈주머니로만 생각하는데 넌더리가 나서 우울증이 생긴 어머니는 모리를 유일한 위안처로 삼는다. 같은 식탁에 앉아 마미는 밥을, 모리는 사료를 먹는다. 모리도 '의리와 충직과 인내가 내 근본이다'라며 충실히 따른다. 마미는 "인간처럼 간사한 것들이 없단다. 남편도 자식도 마찬가지야.

지들 필요할 때만 옆에 있지. 모리! 넌 안 그렇지? 만년에 네가 없었으면 내가 무슨 낙으로 살았을까!" 하며 무염분 쇠고기와 생일케이크를 먹여주는 등 알뜰히 정을 쏟는다.

결국 나는 아내의 제안을 받아들여 모리를 죽여버리기로 한다. 모리가 없으면 모리를 위한 재단도 필요 없으니 어머니의 유언장을 바꿀 수 있다는 생각에서다. 죽여 버린 개의 시체를 유기하고 돌아서는 길에 나는 어머니가 임종했다는 아내의 전화를 받는다. 길가 은행나무에서 은행잎들이 한꺼번에 우수수 떨어져 흩날린다. 차창에도 이파리 몇 개가 날아와 달라붙는다. 나는 은행잎들이 노란 손바닥들로 변해 나를 향해 마구 덤벼드는 것처럼 느낀다. 일말의 자책감과 뉘우침이 얼굴을 향해 손짓하는, 뺨을 갈기는 노란 손바닥에 의해 구현되고 있는 것이다.

이 작품은 물질중심주의 사회에서 이미 발생하고 있는 가족애의 상실과 파괴를 집어내고 있다. 혈연에 기초한 가족애인가, 혈연과 무관한 가족애인가는 이제 더 이상 중요하지 않다. 어머니는 반려견과 새로운 가족관계를 형성했지만, 물질가치는 어떤 형태의 사랑보다 우선적으로 추구되고 있는 까닭에 모든 형태의 사랑을 파괴한다.

「개는 어떻게 꿈꾸는가」는 개가 꾸는 꿈을 얘기하는 동시에, 개를 키우는 어머니의 꿈과 그런 어머니의 재산을 탐내는 아들과 며느리의 꿈을 중의적으로 묘파하고 있다. 여기서 개의 의미는 반려견 모리에게만 머무는 게 아니라 어머니를 위하기는커녕 돈만을 추구하는 아들과 며느리의 꿈도 '개가 꾸는 꿈'으로 후경화시켜 드러내 보여주고 있다. 아들과 며느리도 개인 것이다.

물질중심주의 시대의 가족애 – 황보윤의 「완벽한 장례」

「완벽한 장례」는 「개는 어떻게 꿈꾸는가」와 같은 주제, 물질적 가치로 인해 파괴된 가족애를 묘사하고 있다. 작품은 에스에프나 판타지 같은 장르소설에서 보이는 가상공간에서 일어남직한 사건들을 치밀한 복선과 군더더기 없는 문장으로 엮어내고 있다.

작품에 등장하는 가족은 삼대가 일 년에 한 번씩 가족모임 장려금을 받고 식사하는 가상 세계에서 살고 있다. 결혼과 임신, 출산 제도가 사라지고 바이오센터에서 각자 제공한 정자와 난자가 수정란으로 착상되는 과정을 지켜보는 세상이다. 출산된 생명은 국가교육기관의 판단에 따라 능력이 결정되고 그에 걸맞는 직업을 받게 된다. 직업을 선택할 자유는 없고, 국가의 통제만 남는다. 자식에 대한 애정이나 부모에 대한 의무 또한 사라진다. 세상은 "이십 세까지는 국가교육기관에서 직업에 필요한 교육을 받고, 사십 세까지 의무적으로 한 사람의 교육비를 납입하며 육십 세까지 연금을 붓고 팔십 세까지 연금 받아 생활하되 팔십 세가 되면 안락사 주사로 생을 마감하는" 법이 지배한다.

화자는 은퇴한 교수이며 딸은 세탁공장에서 세탁 관련 일을 하고, 손자는 가정용 로봇 수리공이다. 노교수는 안락사 된 아내의 연금으로 인공척추수술과 인공치아를 해 넣는다. 신장이식을 해야 하는 딸은 아버지가 어머니의 연금을 자신에게 물려줄 생각 없이 혼자 탕진한다고 비난하면서 노교수가 빨리 안락사를 택하길 바란다. 그래야 자신이 연금을 받아 신장이식 수술을 받을 수 있기 때문이다. 손자 또한 신장병이란 유전 인자 때문에 걱정하면서 할아버지가 안락사를 택하기를 고대한다. 딸과 손자의 공격에 쇼크를 받아 노교수는 잠깐 정신을 잃는다. 그런 와중에 빨리 자신이 죽기를 바라는 딸과 손자의 말을 듣는다.

쇼크에서 깨난 노교수는 쇼스타코비치의 교향곡 5번을 틀어놓고 잠이 들지만 한밤중에 깨어나 심장마비 징후를 예감한다. 사망 직전 딸과 손자에게 홀로그램을 띄워 영상통화를 하지만 건성인 대답만 돌아온다. 사망했지만 노교수의 청각은 구급대원들의 목소리와 딸의 목소리를 듣는다. 신장과 간이 적출되는 과정까지 노교수의 청각은 살아남는다. 이 장면은 벌레로 변한 「변신」의 주인공이 마지막으로 듣는 음악 소리를 연상시킨다. 딸은 아버지의 연금을 수령하자마자 장기이식 사이트에 들어가 '갓 들어온 신장을 빛의 속도로' 예약한다.

「완벽한 장례」는 물질중심주의 사회가 일상화된다면 가족애는 파괴될 수밖에 없다는 점과 가상현실을 통해 가족애와 물질가치의 역전을 꼬집어 강조하는 것으로 읽을 수 있다.

물질중심주의 사회는 어떤 인간관계나 사회적 관계망도 모두 파괴시켜 버리고 인간을 비정하고 냉혹한 존재로 만들어갈 것이라는 경고다. 사랑은 나눌수록 커지지만 물질은 나눌수록 작아진다. 물질중심주의 사회에서 물질에 좌우되는 생존의 질과 양을 늘리려면 타인을 배려할 여유가 없다. 사랑과 윤리와 도덕, 정의 등 사회의 틀을 유지하는 가치들은 변경으로 사라지고 이기적 생존만이 삶의 중심에서 최우선 목표가 되어가는, 가상의 시대상을 냉정하게 그려내고 있는 작품이다.

: 권력과 가족애의 다양성 :

권력투쟁과 가족애 – 서철원의 「장헌莊獻」

왕조시대의 왕권은 절대 권력이다. 그러나 왕권王權과 신권臣權의 갈등은 왕조시대에 이미 내재되어 있다. 왕은 신하의 도움 없이 통치할 수 없고, 신하는 붕당패를 만들어 왕권을 실질적으로 무력화시킬 수도 있다. 역으로 신하의 등용은 왕의 권한이다. 왕의 눈에 들어 등용되기를 바라는 신하들을 어떻게 기용하는가에 따라 왕권은 붕당정치를 조정하는 왕의 무기가 될 수 있다. 영·정조 시대의 권력투쟁의 역사는 소설, 영화, 드라마 등으로 다양한 해석이 시도되고 있다. "역사 해석은 사관의 몫일 것이고, 소설의 문필은 작가의 몫이다"라고 작가가 작품 말미에 남긴 후기는 그런 의미를 담고 있다.

영조와 사도세자, 그리고 정조를 등장시켜 쓰인 「장헌莊獻」은 뒤주에 갇혀 생을 마감한 사도세자의 죽음에 대해 새로운 상상력을 가미한다. 사도세자는 죽지 않았고, 대신 내금위였던 '솔'이라는 젊은 무사가 대신 뒤주에 들어가 죽었다는 설정이다. 개연성을 부여하기 위해 '솔'이 사도세자와 외모가 닮았다는 것과, 사후 추존된 사도 思悼라는 이름도 '솔'이란 호위무사가 믿고 있던 서학(천주교)에서 신의 뜻을 따르는 사도使徒로서 죽고 싶다는 의사를 반영한 것이라는 복선을 깐다.

뒤주에서 죽은 사도세자가 실제 본인인지 '솔'이라는 호위무사인지는 역사적 사실의 확증이 필요한 사안이지만 현재로서는 거의 확인 불가능한 영역이다. 따라서 이런 설정은 문학적 창의성의 영역이다. 이런 창의적 설정을 배경으로 깔고, 작가가 시도한 역사 해석의 문제는 본 소설집의 주제와 연관해 시도해볼 의의가 있다고 본다. 영조가 친아들 이선을 죽이고 손자 이산을 왕으로 옹립한 이유에 대한 작가의 시각이다. 작가의 해석은 다음 글 속에서 읽을 수 있다.

영조가 등장하는 첫 번째 장에서는 영조와 홍국영 사이에 오고 가는 문답을 축으로 해서 사건이 진행되어 나간다. 문답 속에는 "진실은 떠도는 말 속에 있는 게 아니라 세상을 쥐고 흔드는 노론"에 있으며 노론을 제거하기 위해서는 세자의 죽음이란 미증유의 사건을 만들어내 손자인 이산을 국본國本으로 삼아야 한다는 의도가 담겨 있다. "선의 아들이 국본으로 설 수 있는 조건은…… 노론의 종자를 밀어내는데 있다. 아비의 억울한 죽음을 지닌 자만이 해낼 수 있는 것, 이것이 선의 아들이 임금의 자리에 오를 수 있는 명분"이라는 영조의 심중도 드러난다. 그것을 깨닫는 홍국영의 귓가에 부엉이 울음소리가 들린다.

　사도세자가 등장하는 두 번째 장에서는 사도세자 이선과 그를 호위하는 내금위 '솔'의 대화가 이루어진다. 대화 속에서 이미 두 사람은 사도세자 대신 '솔'이 뒤주 속에 들어가 죽기로 했다는 사실을 알고 있다. 서학을 믿고 유랑의 예루살렘 사람들을 떠올리며 가나안 땅을 찾아 나선 서학인의 고단한 길을 되새겨 보는 '솔'의 다짐에서는 세자를 대신해 목숨을 버리는 호위무사의 비장함이 묻어난다. 이산이 정조로 즉위한 후 사도세자를 장헌세자莊獻世子로 추존하는 장면과 교지를 적는 박제가의 귀에도 부엉이 울음소리가 들린다. 작품은 소설의 미학적 장치를 적재적소에 가미하여 작품의 비장미를 증대시킨다. 마지막 장은 사도세자가 뒤주에 갇히기 전날 '솔'과 나누는 마지막 대화로 이루어져 있다. 사도세자는 밤중에 변복을 하고 궁을 떠날 것임을 알리고 있다.

　아비의 원통한 죽음을 가진 이산이 임금이 되어야, 국정을 좌지우지 해오던 노론을 칠 수 있다는 영조의 정치적 포석이 깔린 역사의 재해석을 주목할 수 있다. 홍국영과 박제가가 듣는 부엉이 울음소리는 '자식을 죽일 아비'의 심중을 반영하는 장치다. 왕권을 위협하는 노론을 치기 위해 아들(이선)과 손자(이산)를 도구로 사용하고 그러면서 가슴 아파하는 영조의 모습이다.

　필자는 작가의 이런 시각을 본 소설집의 주제와 연관해 권력투쟁과 가족애라는 관점에서만 접근하고자 한다. 영조는 단순한 가장이 아니라 국가의 왕이다. 그러기에 아들을 죽여 손자의 복수심을 자극시키고 후세에 손자가 노론을 처단해주기를 바라는 영조의 행위는 간략하게 두 가지로 접근해볼 수 있겠다.

첫째는 국익이라는 대의적 측면이다. 노론이 국익을 해치고 있다는 정세판단에서 가족을 희생시켜서라도 왕으로서의 책임(국익추구)을 다해야 한다는 옹호관점이다. 이 경우 영조의 행위는 읍참마속의 대의적 결단이다. 둘째는, 노론이 왕권에 무조건 따르지 않고 불복만 거는 괘씸죄를 저지르고 있다는 정세판단이나. 이 경우 영조의 행위는 가족을 이용·희생시켜서라도 왕권을 행사하고 싶은 권력투쟁욕의 화신이다.

상상력과 창의력을 바탕으로 하는 문학작품은 실제 영조가 어떤 인물이었는지가 핵심이 아니다. 핵심은 오히려 권력추구도 인간의 주요 욕망들 중의 하나라는 사실이다. 사랑을 위해 왕위를 버린 영국의 왕자도 있지만, 권력을 위해 사랑이나 가족을 버린 수많은 사례들도 있다. 또한 권력이라는 개념 또한 무수히 많은 복합층을 내포하는 개념이다.

사족을 덧붙이자면, 가족애는 인간사에서 하나의 가치이지 지고의 절대적 가치가 아님을 보여주기 위한 것이 작가의 의도가 아니었나 추측해본다. 가치들의 충돌과 갈등, 그리고 가치들의 충돌에서 인간이 겪는 딜레마를 소설의 허구적 장치를 빌려 표현하고 싶었을 수도 있다고 본다.

가부장적 권위와 가족- 정도상의 「장씨의 어떤 하루」

빌딩을 소유하고 있어서 경제적인 여유는 있지만 매사에 독선적인 성격의 장씨는 아내나 자식들에게 존경받지 못하는 자신의 처지를 한탄한다. 그렇지만 그렇게 만든 것이 자신의 권위주의적 사고에서 야기되었다는 점을 간파하지 못한다. 존경을 받고 가장으로서의 위치를 과시하고 싶은 장씨지만 자식이나 아내는 존경 대신 비웃음만 날릴 뿐이다.

자식들로부터 무시당한다고 생각하는 장씨는 그 돌파구로 열 평짜리 주말농장을 가꾸는 일을 택한다. 그러려면 중고 화물트럭이라도 있어야 농기구 운반이나 목공재료를 사는데 도움이 되리라 생각한다. 식구들이 모여 치킨에다 맥주를 곁들여 먹던 일요일 저녁, 그런 계획을 밝히면서 중고트럭을 사겠다고 말하자 큰딸은 "그건 아닌 거 같아요. 얼마나 쓸 거라고 트럭을? 겨우 열 평짜리 텃밭에 농사를 지으면서 무슨 천 평쯤 짓는 것처럼 그러세요? 욕심인 거 같아요"라고 핀잔을 준다. 군대에서 휴가 나온 아들은 그런 아버지가 '늙은 행보관' 같다고 헤죽거린다. 늙은 행보관은 늙은 행정보급관의 준말로 군대에서 잔소리꾼 역할을 하는 상사를 폄하하는 말이라는 걸 알게 된 장씨는 기가 막힌다. 큰딸에게 할머니의 일기를 베껴 쓰라고 말하지만 "고리대금업에 일수 놀이한 기록을 일기라고 우기는 것도 참 안타깝다"는 아들의 본격적인 비아냥거림을 듣자 참지 못하고 폭발해 아들의 따귀를 갈겨버리고 만다.

중고트럭을 사기 위해 부천으로 간 장씨는 그러나 교묘하게 준비된 절차에 따라 사기에 걸리고 만다. 사기수법은 교묘해서 사기당하지 않으리라 다짐하고 또 사전 준비를 했던 장씨였지만 눈뜨고 당할 수밖에 없는 상황으로 몰린다. 전문 사기범들에 의해 치밀하게 계산된 각본으로 인해 장씨는 나락으로 떨어지고 만다. 비단 장씨뿐만이 아니라 사기엔 절대 넘어가지 않는다고 자신하는 독자라고 하더라도 당할 수밖에 없는 상황이 전개되는 것이다.

그런 와중에 설상가상으로 막내딸 연주가 경찰서에 잡혀 있다는 연락을 받는다. 어떤 노인을 폭행해서 입건되었다는 것이다. 결국 사백짜리 중고트럭 대신 천백만 원짜리 트럭을 사게 된 장씨는 차를 몰고 막내딸이 잡혀 있다는 경찰서로 간다.

울화가 치밀고 가슴속이 부글부글 끓기 시작한 장씨가 분기탱천하여 경찰서 청소년계에 들어서자 연주는 태평스럽게 책을 읽으며 앉아 있다. 장씨는 우선 딸의 뺨부터 갈긴다. 자초지종을 물어보지도 않고 저지르는 장씨의 폭력은, 타인의 말에 귀를 기울이지 않는 독선적 성격이 가져올 수밖에 없는 부정적 결과를 만들어낸다. 성추행하려는 노인의 사타구니를 걷어찼다는 사연을 듣고서야 아차 싶지만 딸의 마음은 이미 차갑게 얼어붙은 뒤다. 「장씨의 어떤 하루」는 처음 단추를 잘못 꿰면 결국 단추 구멍이 남고 만다는 사실을 간과한 장씨의 판단과 싼 물건만을 찾다가 눈 뻔히 뜨고 당하는 사기, 충동적이고 강압적인 성격이 만들어낸 서글픈 해학 등을 독자에게 제시한다. 사기당하는 원

302

인은 지나치게 싼 매물만을 찾던 장씨 자신의 욕심이다.

그러나 장씨의 잘못 꿴 단추는 정작 가장의 권위유지 방식이 이미 바뀌어버린 사회를 인지하지 못한 데서 비롯되었다. 전통가치가 지배하던 가부장 사회에서는 가장이라는 사실만으로도 권위를 요구하고 인정받을 수 있었다. 이제는 아버지, 가장이라는 어휘 자체가 흔들리는 사회다. 가족관계 속에서 사랑과 신뢰를 생성·유지하는 삶을 이끌어 낼 수 있는 사람이 실질적 가장으로 인정받는 시대이기 때문이다. 가족 구성원 모두가 가장의 역할을 해낼 수도 있고 어느 누구도 못해낼 수도 있다. 소녀가장도 있고 할머니가장도 있다. 가장의 권위는 가족 구성원들이 부여하는 것이지 아버지라고 해서 요구할 수 있는 가치가 아니다. 가장의 권위는 재구성되고 있는데 장씨만 모르고 있을 뿐이다.

제도권력(혼인제도법)과 가족 – 이병천의 「두 번 결혼할 법」

「두 번 결혼할 법」은 본 테마소설집의 대표 제목이다. 사회적 존재인 인간은 사회의 기본틀을 짜는 특정의 법과 제도에 의해 사회적 삶을 살아가는 방식이 결정될 수밖에 없다. 반상이 구별되는 신분사회라면, 어떤 신분으로 태어나는가에 따라 한 인간의 사회적 기본 삶의 행동영역의 폭과 깊이가 달라진다. 호주법이 있고 없는가에 따라 여성의 사회적 삶의 행동영역이 달라진다. 일부일처제, 일부다처제, 일처다부제 등도 마찬가지다. 관습법이건 성문법이건 법과 제도는 해당 사회의 구성원들에게 눈에 보이지 않는 방식으로 지대한 영향을 미치는 까닭에 제도권력은 가장 막강한 권력이다. 가족 테마소설집의 표제어로서 혼인제도법과 관련된 제목이 선정된 것은 그런 까닭으로 보인다.

「두 번 결혼할 법」은 특이한 '다솜공동체'를 내세워 현 사회의 결혼제도에 대해 전면적인 도전장을 내민다. 일생에 두 번 결혼할 수 있도록 법을 만들어, 늙은 남자는 젊은 여자와 결혼하고 여자가 늙으면 젊은 남자와 결혼하도록 법을 정해야 한다는 발상이다. 다솜공동체를 세운 촌장은 그럼으로써 회춘과 교육이 윤회하듯 원활히 이루어진다고 주장한다.

모악산 서북 능선 아래 저수지 상류지점, 다솜공동체에 새겨진 화두는 그 점을 비의적으로 드러낸다. "늙은 뱀이 젊은 여자의 허벅을 물고 / 이윽고 여자는 늙어 어린 뱀에게 젖을 물린다. / 세상은 순환하여 공평해지리니 / 이 비의를 누릴 자, 입문入門하라."

마치 두 마리의 뱀이 서로 꼬리부터 먹어 들어가는 모습을 보는 듯한 이런 화두는 늙음과 젊음, 남자와 여자, 음과 양, 어둠과 밝음, 밤과 낮, 욕망과 해소, 삶과 죽음의 양면성이 극과 극을 가리키지만 실은 동일한 윤회의 고리에 맞물려 있음을 함의하고 있다.

지방 방송국에서 근무하는 사십 대 후반의 화자는 공동체를 찾아가 그런 내용을 취재한다. 취재 도중 화자는 중의법으로 제시되는 '잠자리'에 대한 아내의 공포 등 원활치 못한 결혼생활을 되새긴다. 그러다가 차츰 공자의 탄생을 예로 들며 촌장이 내세우는 공동체의 논리에 빠져든다.

성인인 공자孔子의 탄생은 앞서 그런 결합에서 가능했다오. 아비는 늙었고 그 어미는 아주 젊었지요. 생물학자들은 이런 조건에서 우수한 형질의 자식들이 잉태된다는 사실을 이미 오래전에 증명했어요. 늙은 아비로부터 세상을 보는 지혜와 경륜, 그리고 인내의 씨앗을 물려받은 뒤에 싱싱하고도 기름진 밭에서 생육되기 때문이랍니다. 바로 이런 점에서도 국가가 나서서 이 제도를 법제화할 필요가 있다는 거요.

결국 다솜공동체에 들어가기로 결정한 화자는 마지막으로 독자들에게 묻는다. 당신들의 의견은 어떠한가? 이 질문은 결국 작가가 독자에게 묻는 질문이다.

문화인류학자들은 해당 사회에서는 당연하게 여겨지는 결혼제도가 사실은 문화권마다 얼마나 상이한가를 밝혀냈다. 어떤 사회의 제도와 풍습이 다른 사회에서는 터무니없는 것으로 여겨질 수 있다. 우리가 최근 당연하게 받아들이고 있는 현 결혼제도법도 하나의 문화적·역사적 현상이라 할 수 있다. 문제는 그러한 제도를 유지하기 위해 형성된 가치들을 절대적 가치로 사람들에게 강요함으로써 빚어지는 사회적 억압이다. 결혼제도가 인간이 만든 제도에 불과하고 문화마다 다른 제도를 만들어왔다면, 하나의 제도틀이 추구하는 가치를 절대적인 것으로 강요하는 것은 바람직하지 않다.

「두 번 결혼할 법」은 두 번 결혼하는 법이 최선의 법이라고 주장하는 것이라기보다는 다른 결혼제도 방식도 얼마든지 있을 수 있다는 것을 강조하는 작품으로 읽을 수 있다. 그리고 공자의 사례를 들면서 제도가 바뀌면 그에 따라 가족관계나 가족애도 얼마든지 다른 가치들로 대체될 수 있음을 보어주고 있다.

결혼과 가족에 대해 어떤 제도와 가치관이 가장 바람직한 것인가를 묻는 것은 어리석은 질문일 수 있다. 그러나 특정제도와 가치들을 절대적 가치로 모두에게 강요하는 것은 인간을 억압하는 것임을 알 만큼 인류역사는 성숙해왔다. 다양한 자질과 특성을 갖고 태어나는 개인들이지만 또한 개개인들은 사회제도로 인해 서로 영향을 미치는 삶을 살아갈 수밖에 없다. 따라서 개성의 존중과 선택의 자유를 최대한 허용할 수 있는 법과 제도를 개선하려는 노력은 중단될 수 없는 과제다. 작품 「두 번 결혼할 법」을 보며, 필자는 오늘날 소수인 동성애의 커밍아웃, 동성결혼에 대한 사회적 시각이 떠오른다.

: '가족'에 답하다 :

  가족 테마소설집 『두 번 결혼할 법』은 혼인에 근거한 혈연가족이라는 전통적 가족관계에서 절대시 해온 가치들이 급격하게 유지 · 소멸 · 변형 · 역전되고 있는 현재진행형 사회를 다양한 관점에서 접근한 작품집이다.

  테마소설집의 기획의도를 반영하기 위해 필자는 아홉 편의 작품을 편의상 세 개의 하위주제로 분류했다. 제2장에서는 "혈연과 가족애 관계의 다양성"이라는 하위주제로 혈연에 기초한 전통적 가족관계에서 신성시되어온 가족애가 현대 사회에서 어떻게 변형되어 나타나는지를 중심으로 네 편의 작품들을 살펴보았다. 제3장에서는 "부(물질)와 가족애 가치의 역전"이라는 하위주제로 두 편의 작품들을 묶었다. 물질중심주의 사회에서 물질적 가치에 밀려나 소멸되어가는 가족애를 보여주는 작품들이다. 제4장에서는 "권력과 가족애의 다양성"이라는 하위주제로 나머지 세 편의 작품들을 검토해 보았다. 권력의 개념은 매우 복합적이지만, 여기서는 정치권력, 가부장권위, 결혼제도 권력을 각각 다룬 세 편의 작품들의 의미에 한정한다.

  가족 테마소설집이라는 기획의도가 분명한 만큼 소설집 전체의 주제 연관성에 집중하는 작업이다 보니 각각의 작품에서 드러나는 문학적 미학이나 예술성 등을 언급할 여지가 부족한 게 아쉬움으로 남는다. 작품집 속에서 빈번히 등장하는 '우울증' 현상도 따로 분석해보고 싶은 주제였다.

　이 작품집은 삶과 사회, 국가의 근간을 이루는 최소단위인 가족의 의미와 가치가 현 시대에 어떻게 해체·변형되어가고 있는가를 하나의 중심주제로 선정해 조명하고자 기획되었다. 따라서 기획의도에 따라 작품집에서 보여주는 현재진행형인 시대적 현상들에 초점을 맞추는 데 만족하기로 하였다. 각각의 작품들 속에서 필자는 혈연, 가족, 물질, 법, 결혼제도의 창의성 등 여러 방면에서 작가들이 치밀하게 끄구해온 다양성을 읽을 수 있었다. 그런 다양한 관점들이 "가족과 혈연이란 굴레의 양면성"이라는 보다 통일된 주제로 간추려질 수 있다고 생각한다.

김양호　1978년 《한국일보》신춘문예 소설 당선. 작품집으로 『북극성으로 가는 문』 『까마귀의 섬』 『사랑이여, 영원히』 『베트남, 베트남』 『내 어릴 때 꿈은 거지였다』 『호랑이 눈썹』 『섬』 등이 있음.